Vollmondnächte

Gabriele Beyerlein

Voll mond nächte

Mit Vignetten von

Daniela Chudzinski

Thienemann

Für Brigitte und Christian

1

Eines Tages wachte Prinzessin Aimee auf und spürte, dass ihr etwas fehlte. Dass ihr schon immer etwas gefehlt hatte. Und dass sie von nun an nicht mehr würde leben können ohne dieses Etwas, was auch immer es sei.

Ein Gefühl war es, tief innen in der Brust, als sei ihr da etwas herausgerissen worden und habe ein schwarzes Loch hinterlassen. Oder eine große Wunde. Aber Aimee hatte kein Loch in der Brust und keine Wunde.

Nur dieses Gefühl.

Hätte sie eine Freundin gehabt, mit der sie darüber hätte sprechen können, oder eine Schwester! Aber da war niemand, keine Gefährtin, keine Vertraute. Den Umgang mit gewöhnlichen Kindern hatte der König ihr verboten – denn eine Prinzessin dürfe nicht mit Kindern spielen, die nicht ihresgleichen seien – und Geschwister hatte Aimee nicht.

Aimee hatte nur eine Lehrerin und eine Kinderfrau und den König und die Königin, ihre Eltern. Und leider auch den Offizier, der ihr laut Befehl des Königs auf Schritt und Tritt folgte, sobald sie das Schloss verließ und in den Park ging, und der aufpasste, dass niemand ihr zu nahe kam und dass sie nicht der Mauer oder dem Tor des verbotenen Gartens zu nahe kam, jenes Gartens, den zu betreten der König jedermann bei Todesstrafe untersagt hatte.

An anderen Tagen beschäftigte dieser geheimnisvolle Garten Aimees Phantasie – denn man durfte ihn nicht nur nicht besuchen, man durfte auch nicht von ihm sprechen – und heimlich betrachtete sie von den Schlossfenstern aus die Baumwipfel hinter der Mauer. Doch seit sie die Wunde in ihrer Brust spürte, konnte sie an nichts anderes mehr denken als an das, was ihr fehlte und was sie nicht kannte.

Sie dachte so sehr daran, dass sie die Erklärungen nicht hörte, die ihr die Lehrerin im Unterricht gab, und auch nicht die Fragen, die diese ihr stellte. »Hoheit sind heute ausnehmend unkonzentriert!«, tadelte die Lehrerin und runzelte die Stirn. »Wenn sich dies nicht ändert, werde ich Seiner Majestät davon berichten müssen!«

»Oh bitte, tut das nicht!«, bat Aimee erschrocken, denn das, was sie in einem solchen Fall erwartete, mochte sie sich gar nicht vorstellen. »Ich will mir ja Mühe geben! Aber ich muss doch immer an das denken, was mir fehlt!«

»Ist Euch etwas abhanden gekommen?«, erkundigte sich die Lehrerin.

Aimee schüttelte den Kopf. »Ich weiß nicht, was es ist.«

»Ihr wisst nicht, was es ist? Lasst uns überlegen, was Ihr vermissen könntet! Vielleicht eine Flöte aus Elfenbein? Oder eine Bildungsreise zu den größten Gelehrten des Landes?«

»Nicht so etwas!«, sagte Aimee. Sie hatte geahnt, dass die Lehrerin es nicht begreifen würde. »Es ist ein Gefühl. Hier!«, und sie legte ihre Hand auf ihr Herz.

»Ein Gefühl? Da weiß ich Euch leider nicht zu helfen. Und nun fahren wir mit dem Unterricht fort!«

Aimee tat alles, was die Lehrerin verlangte. Sie zeichnete und schrieb, gab Antworten und lernte auswendig. Aber die ganze Zeit war ihr, als drücke ihr ein schwerer Stein den Atem ab.

Nach dem Unterricht stattete Aimee wie jeden Tag ihrer Mutter, der Königin, einen Besuch ab. Einen Augenblick hatte sie den Wunsch, sich wie als kleines Kind in die Arme der Mutter zu flüchten, den Kopf an ihre Brust zu legen, bei ihr Trost zu suchen. Doch ein solches Verhalten gehörte sich für eine zwölfjährige Prinzessin nicht mehr. Also machte Aimee den pflichtgemäßen tiefen Knicks und trat dann so nah zu ihrer Mutter, dass diese sie auf die Wange küssen konnte, erst auf die linke und dann auf die rechte.

»Du siehst blass aus, mein Liebling!«, sagte die Königin und strich ihr über die goldblonden Locken. »Lächle doch einmal!«

Höflich verzog Aimee ihre Mundwinkel.

Die Königin seufzte: »Ach, Kind, ich liebe dich doch mehr als alles auf der Welt! Warum schaust du nur immer so traurig? Und warum kannst du nicht ein einziges Mal lachen wie andere Kinder auch?«

Aimee antwortete nicht. Lachen – ja, das müsste schön sein. Wenn sie heimlich beobachtete, wie junge Dienstboten lachten, bis sie sich den Bauch hielten, ihr Gesicht rot wurde und ihnen Tränen in die Augen traten, und wenn sie merkte, wie alle Traurigkeit dabei von ihnen abfiel und sie durch und durch froh wurden, dann wünschte sie sich oft, sie könnte auch lachen. Aber es ging nicht. Sie wusste nicht, wie man das machte: lachen. Und weder ihre Kinderfrau noch ihre Lehrerin hatten es ihr beibringen können.

»Fehlt dir etwas?«, fragte die Königin.

Sie hätte schweigen sollen. Sie wusste doch, dass es keinen Sinn hatte, darüber zu reden. Aber der unbekannte Schmerz war größer als die Vernunft. »Ja, Frau Mutter!«, erwiderte Aimee. »Hier tief innen!«, und sie legte wieder die Hand auf das Herz.

»Hast du Husten?«, fragte die Königin besorgt. »Atemnot? Oder sticht es dich in der Brust? Zieht sich der Schmerz gar in den Arm? Was ist es, sag schnell!«

Aimee verstummte. Die Mutter verstand sie nicht.

Die Königin ließ unverzüglich den Königlichen Leibarzt rufen und befahl ihm, die Prinzessin auf das Gründlichste zu untersuchen.

Der Königliche Leibarzt horchte ihre Brust ab und beklopfte sie, tastete und drückte auf ihrem Leib herum, fühlte ihren Puls, hieß sie husten, auf einem Bein hüpfen und mit geschlossenen Augen geradeaus gehen, sah Aimee in den Mund und in die Ohren, zog ihre Augenlider herunter und ihre Zunge heraus, ließ sie mit dem Blick seinem hin und her kreisenden Zeigefinger folgen, schwenkte ihren Urin in einer Glasflasche und roch daran, kurz, er tat alles, was ein Königlicher Leibarzt tun kann. Dann erklärte er: »Ich darf Eure Majestät untertänigst beruhigen. Nach menschlichem Ermessen erfreuen sich die Prinzessin bester Gesundheit.«

»Und wenn Er sich täuscht?«, zweifelte die Königin. »Wenn Aimee doch sagt ... – Ah! Mein Kopf!«, und schmerzvoll griff sie sich an die Schläfe.

Aimee hatte nicht bemerkt, dass sich in diesem Augenblick die Tür geöffnet hatte. Aber nun hörte sie die strenge Stimme ihres Vaters, des Königs. »Aimee! Hast du dich deiner Mutter gegenüber ungehörig benommen?«

Aimee zuckte zusammen und wandte sich zum König um. Sie machte einen Knicks – einen viel tieferen Knicks als vor der Königin, einen Knicks so tief, dass ihr Knie den Boden berührte – und wartete, bis er ihr mit einer knappen Kopfbewegung erlaubte sich zu erheben. Sie brachte kein Wort heraus. Sie brachte nie ein Wort heraus, wenn ihr Vater sie mit einem solchen Blick ansah wie jetzt.

»Aber nein!«, kam die Mutter ihr zu Hilfe. »Sie hat sich nicht im Geringsten ungehörig benommen. Ich mache mir Sorgen um sie! Sie hat gesagt, ihr fehle etwas! Ihr wisst, mein Gemahl, wie sehr ich mich ..., noch einmal könnte ich nicht ...« Die Stimme der Königin versagte.

»Leibarzt?«, fragte der König.

Dieser verbeugte sich. »Mit Verlaub, Majestät, ich habe die Prinzessin gründlich untersucht, eine minimale Anämie, eine proximale ...«

Der König winkte mit einer herrischen Handbewegung ab. Der Rubin seines Krönungsringes blitzte rot im Sonnenstrahl. Harsch befahl er: »Wir wollen nur eines wissen: Ist die Prinzessin krank?«

»Melde ergebenst, Majestät: Nach menschlichem Ermessen, nach bestem Wissen und Gewissen ...« Der Leibarzt kam ins Stocken.

Der König hob die rechte Augenbraue. Da erklärte der Leibarzt: »Nein, Majestät, Prinzessin Aimee sind nicht krank!«

»Aber mir fehlt doch etwas!«, flüsterte Aimee, nur zu sich.

»Ach ja?«, erwiderte der König und sah sie so scharf an, dass ihr Herz zu stolpern begann. Er hatte es gehört. Dem König entging nichts, einfach nichts. »Mein liebes Kind« – wie er das sagte, war es eine Drohung – »mein liebes Kind, was dir fehlt, ist eine gehörige Lektion über die Verwerflichkeit von bewusster Täuschung und Irreführung! Du bleibst auf deinem Zimmer, bis ich dich zu mir zitiere, und denkst darüber nach, was ein Mädchen verdient, das seine Mutter durch Vorspiegelung von Krankheit ängstigt!«

»Ja, Herr Vater!«, brachte Aimee fast tonlos hervor. Sie machte noch einmal einen Knicks, bei dem ihr Knie den Boden berührte, und bewegte sich rückwärts zur Tür. Schlich in ihr Zimmer. Dort warf sie sich auf ihr Bett.

Sie hatte den Gärtnerjungen weinen sehen, als dieser vom Baum gefallen war, und ein Küchenmädchen, das wegen einer zerbrochenen Schüssel eine Ohrfeige bekommen hatte, und oft schon hatte sie ihre Mutter weinen sehen und immer hatte sie dabei gedacht: Weinen scheint gegen Unglücklichsein zu helfen. Gut muss das sein, wenn man weinen kann! Denn sie selbst konnte nicht weinen. Aimee hatte einfach keine Tränen. Aber noch nie hätte Aimee sie so dringend gebraucht wie heute.

Also vergrub sie wenigstens ihr Gesicht in den Kissen. Meine Mutter kann mich nicht verstehen, dachte sie, und mein Vater bestraft mich, wenn ich sage, dass mir etwas fehlt. Mit mir stimmt etwas nicht. Wenn ich nur wüsste, was mit mir los ist! Sie drehte sich auf den Rücken und starrte vor sich hin. Sie sah nicht die silbernen Sterne und den goldenen Mond, die auf den blauen Damast des Betthimmels gestickt waren. Sie sah nur schwarz.

Nene, die Kinderfrau, kam ins Zimmer und brachte Aimee etwas zu essen, stellte das Tablett auf den Tisch, rückte den Stuhl zurecht und wandte sich wieder zum Gehen. Aber Nene sollte bleiben und die Schwärze vertreiben!

»Isst du mit mir?«, fragte Aimee. »Ich gebe dir gerne etwas ab!«

Nene schüttelte den Kopf.

»Sag doch etwas!«, bat Aimee.

Die Kinderfrau presste fest die Lippen zusammen und ging zur Tür. Da wusste Aimee, dass der König Nene verboten hatte, mit ihr zu sprechen und bei ihr zu bleiben, und dass Nene aus Angst vor dem König gehorchte. Jeder im Palast gehorchte dem König, denn jeder fürchtete sich vor seinem Zorn, einfach jeder.

»Bitte, liebe Nene, ich halte das nicht aus, so allein,

bleib doch ein bisschen, nur ganz kurz!«, bettelte Aimee. »Und sag etwas, nur ein Wort! Mein Vater merkt es doch gar nicht!«

Nene blieb stehen, zögerte, schaute voll Mitleid. Doch dann drehte sie sich um, öffnete schweigend die Tür, ging hinaus und schloss hinter sich ab.

Aimee biss sich in den Fingerknöchel, bis der Schmerz in der Hand größer war als der Schmerz im Herzen und in der Brust. Dann nahm sie ihre Puppe mit den echten goldblonden Haaren in den Arm. »Ich bin so allein!«, flüsterte Aimee der kostbaren Puppe ins Ohr. »Tröste, ach tröste mich doch!« Doch die Puppe blieb steif und stumm und kalt.

Da stellte Aimee sich ans Fenster und sah in den Schlosspark hinaus, ohne etwas zu sehen, und übte sich im Träumen, denn was blieb ihr sonst?

Sie träumte davon, eine Freundin zu haben, die mit ihr das Zimmer teilte, mit der sie gemeinsam Unterricht bekam und Musik machte, mit der sie spielte und abends im Bett liegend redete, bis sie einschliefen. Sie träumte davon, auf einem weißen Pferd über die Wiesen zu galoppieren, dass die Haare im Wind wehten, und über die Hecken zu springen, dass der Hut vom Kopf flog. Und sie träumte davon, über die Kieswege zu gehen und im Schatten der uralten Bäume im Gras zu liegen und die Sonne durch die Blätter scheinen zu sehen, ohne dass die Lehrerin und der Offizier sie begleiteten. Aber sie wusste, das waren Träume, die sich nie erfüllen würden. Der Vater erlaubte ihr nicht zu reiten und er erlaubte ihr nicht allein in den Park zu gehen. Und wenn er etwas verbot, so hatte man es zu unterlassen, und wenn er etwas befahl, so hatte man es zu tun und nicht zu fragen, wieso und weshalb.

Und jetzt hatte sie sein Missfallen erregt und er würde sie zu sich rufen lassen und mit diesem Blick ansehen –

Am Abend brachte Nene das Tablett mit dem Abendessen und nahm das unberührte Mittagessen wieder mit hinaus. Aimee drehte sich nicht nach ihr um. Nene würde ihr ja doch keine Antwort geben, wenn sie mit ihr zu sprechen versuchte.

Die Sonne ging unter, das Tageslicht nahm ab. Noch immer stand Aimee reglos am geöffneten Fenster. Der Schmerz in der Brust und die Angst vor dem Vater und die Einsamkeit …

Wenn doch nur die Mutter zu ihr käme! Aber auch die Mutter wagte nicht ein Verbot des Königs zu missachten. Außerdem würde sich die Mutter jetzt in ihrem Zimmer einschließen, weil sie bei Vollmond immer so schlimme Kopfschmerzen bekam, dass weder der Vater noch eine Dienerin noch sonst jemand sie stören durften.

Was dir fehlt, ist eine gehörige Lektion über die Verwerflichkeit von bewusster Täuschung und Irreführung …

Sie hatte die Eltern nicht täuschen wollen und nicht irreführen. Aber wie das dem Vater verständlich machen? Wenn sie ihm von der Wunde in ihrer Brust erzählte, würde sie alles nur noch verschlimmern. Weil er es nicht glauben und sie für eine verstockte Lügnerin halten und zornig werden würde.

Es gab nichts Schlimmeres als den Zorn des Königs. Am besten war es, alle Schuld auf sich zu nehmen und sich einsichtig zu zeigen und ihn um Verzeihung zu bitten. Und nie mehr etwas davon zu sagen, dass ihr etwas fehlte, ohne was sie nicht mehr leben konnte. Dem Vater nicht und der Mutter nicht.

Sie musste allein herausfinden, was es war. Aber wie?

Blutig und rund tauchte der Mond hinter dem tiefen Wald am Horizont auf. Langsam stieg er höher, erhellte sich zu leuchtendem Silber und verzauberte die fortschreitende Nacht. Seine Strahlen spielten mit dem Blattwerk der Baumriesen im Park und ließen die sanften Wellen im Schlossteich glitzern. Längs der Wege, an denen bei Tage blühende Büsche gestanden hatten, duckten sich nun geheimnisvolle Gestalten. Irgendwo heulte ein Wolf, kam es nicht aus der Richtung des verbotenen Gartens? Eine Eule schrie: »Uhuu, Uhuuu!« Und dann, von ganz ferne –

Aimee lauschte. Was war das für eine Stimme, leise, kaum wahrnehmbar, eine Stimme, die sie nicht kannte und die ihr doch so seltsam vertraut erschien? Die Stimme eines Mädchens? Ein kühler Lufthauch trug den heimlichen Klang aus den Tiefen des Waldes zu ihr herüber: »Aimee! Aimee! Warum hörst du mich nicht? Suche mich! Finde mich! Hilf dir, Aimee!«

Hilf *dir*? Nein, da musste sie sich verhört haben. Hilf *mir*!

Wer war es, der da um Hilfe rief, aber nicht nach irgendjemandem, sondern nach ihr, nur nach ihr?

Aimee schauderte.

»Aimee!«, verhallte noch einmal fast unhörbar die ferne Stimme.

Hilf mir.

Wie sollte sie helfen, wenn sie eingesperrt war und das Zimmer nicht verlassen konnte? Wie sollte sie jemanden bitten, in den Wald zu gehen und nach jenem verirrten Mädchen zu suchen, wenn sie mit niemandem reden konnte?

»Hilf!«, hauchte es vom Horizont.

Im Mondschein glänzte der Kiesweg, der zum Wald führte.

Aimee beugte sich aus dem Fenster. Es ging nicht tief hinunter. Kein gefährlicher Sprung. Und doch, was für ein unmögliches Wagnis! Denn wenn der Vater es erführe ...

»Bitte, Aimee, ich bin verloren ohne dich!«, rief es aus dem Wald.

»Verloren, verloren, verloren!«, klang es in Aimees Brust, dort, wo das schwarze Loch klaffte.

Achtlos raffte sie ihr mit Perlen besticktes Seidenkleid zusammen, kletterte auf das Fensterbrett, ließ sich an den Händen hinab und sprang ins Freie. Einen Augenblick verharrte sie und blickte sich angstvoll um. Wenn sie entdeckt würde ...

Aus dem Arbeitszimmer des Königs drang Licht. Das Schlafgemach der Königin lag dunkel, sein Fenster stand offen, sacht bauschte sich der Vorhang im Wind. Die Schildwachen vor dem Portal standen bewegungslos, die Hellebarden gekreuzt.

Lautlos huschte Aimee zur Rückseite des Schlosses

und schlug einen großen Bogen zu den Rosenhecken. Als sie an der hohen Mauer entlanglief, hinter welcher der verbotene Garten lag, meinte sie hinter der Mauer Hecheln zu hören und dahineilende Hundepfoten – oder waren es Wölfe? Sie schauderte zusammen.

Aimee rannte so schnell sie konnte, rannte, bis sie vom Schloss aus nicht mehr zu sehen war, rannte, bis sie den Wald erreichte. Wie eine finstere, undurchdringliche Wand ragte er vor ihr auf, bedrohlich und gefährlich. Alle Geschichten und Warnungen fielen ihr plötzlich ein, welche Nene vom Wald erzählt hatte: von den Wanderern, die sich darin verlaufen hatten und für immer verschollen geblieben waren. Von den Räubern und den Bären, die darin hausten. Von Elfen und Hexen, Moorgeistern, Trollen und der Mondfee. Von dem silbernen Wolf, der nur in Vollmondnächten gesehen wurde, und den vielen Wölfen, die ihn begleiteten.

Vollmondnacht – Wolfsnacht.

Heiße Angst stieg in ihr hoch. Sie presste die Fäuste an die Wangen. Wie war sie nur auf den Gedanken gekommen, nachts in den Wald gehen zu wollen, ganz allein?! Wenn ihr Vater das wüsste!

Sie drehte sich um und begann zum Schloss zurückzulaufen. Sie musste wieder in ihr Zimmer zurückklettern, ohne dass jemand es merkte, und sich ins Bett legen, als sei nichts gewesen. Sie konnte ihm nicht helfen, diesem fremden Mädchen, so Leid es ihr tat.

»Aimee!«, hörte sie da weit hinter sich, von irgendwo aus dem unermesslichen Wald, die zarte Stimme, unendlich traurig, unendlich verlassen. »Ich bin verloren ohne dich«, wisperte die Stimme, »und du ohne mich. Spürst du nicht, dass dir etwas fehlt? Du musst mich suchen, Aimee, denn ich kann nicht zu dir kommen.«

Aimee stockte, blieb stehen. »Also bei dir finde ich, was mir fehlt?«, flüsterte sie und ein Schauer rieselte ihr den Rücken hinunter. »Wer bist du?«

Keine Antwort, so sehr sie auch lauschte. Aber in ihrer Brust, wo die Wunde war, das schwarze Loch, dort brannte und glühte es auf einmal. Und tausend unsichtbare Fäden zogen sie zu dieser fernen Stimme hin.

»Warte, ich komme!«, rief sie und lief in den Wald. Und kein Gedanke mehr an den Vater.

Wie tiefe Abgründe lagen Schattenflecken auf dem mondbeschienenen Weg. Doch Aimee ging weiter.

Da! War die Stimme nicht wieder zu hören gewesen, aus der Finsternis rechts des Weges? Aimee bemerkte einen schmalen Pfad, der sich zwischen die Bäume schlängelte, und schlug ihn ein. Schon nach wenigen Schritten konnte sie unter dem dichten Blätterdach der Bäume den Pfad nicht mehr sehen, tastete sich blind vorwärts.

Ein schauriger, lang gezogener Ton ließ sie zusammenfahren. Und plötzlich war sie wieder da, die Angst, stärker als alles. Aimee rannte, stolperte, stürzte voran, stieß sich den Kopf, ihr Kleid verfing sich, sie fiel, raffte sich auf, schlug sich durch den Wald.

Dieses ferne Heulen – war es der silberne Wolf gewesen?

Längst wusste sie nicht mehr, wo sie war, hatte keinen Gedanken mehr, nur weiter. Rannte, stieß sich, rannte.

Dann, endlich, konnte sie nicht mehr. Taumelte gegen einen Baumstamm, hielt sich nach Atem ringend an ihm fest, schluchzte ohne Tränen.

Der Wolf hatte sie nicht angefallen. Dennoch war sie verloren, nicht weniger verloren als jenes fremde Mädchen. Nie würde sie wieder aus diesem tiefen Wald herausfinden.

»Mutter!«, wimmerte sie. »Mutter!«

Schließlich rief sie um Hilfe.

Da brach ein Mondstrahl durch das Blätterdach, floss auseinander, formte sich – und die durchscheinend silbrige Gestalt einer sehr zierlichen Frau stand vor ihr. »Komm, mein Kind!«, sagte die Frau mit so sanfter Stimme, dass Aimee zu erschrecken vergaß. »Wer helfen will, dem wird geholfen werden!« Damit wandte die seltsame Frau sich um und glitt unter die Bäume, umrundete Dickicht, schlug Ranken zur Seite. Ein sachtes Strahlen strömte von ihr aus, eben genug Licht, damit Aimee sehen konnte, wo sie gehen musste. Die Mondfee!, dachte sie.

So selbstverständlich war alles auf einmal, so richtig. Die Mondfee würde ihr den Weg nach Hause zeigen. Damit sie morgens im Bett lag, wenn das Frühstück gebracht wurde, und der König niemals davon erfuhr, dass sie nachts heimlich fortgelaufen war.

Die silbrige Frau führte Aimee auf einen Pfad, schwebte vor ihr her, ohne den Boden zu berühren. Aimee folgte. Lange ging es so, bis sie auf einen breiten Fahrweg kamen. Müssten sie nicht bald aus dem Wald treten und das Schloss in der Ferne sehen?

Aimee war zu müde, um danach zu fragen. Die Zeit erschien ihr endlos, die Schritte so mühsam und beschwerlich, stetig ging es bergauf.

Bergauf? Aber das Schloss lag doch im Tal!

»Wo führt Ihr mich hin, ich muss doch ins Schloss!«, stammelte sie.

Die Mondfee wandte sich nach Aimee um, legte lächelnd den Finger an die Lippen und schüttelte sacht den Kopf. Dann schwebte sie weiter bergan.

Aimee schleppte sich hinterher. Wenn sie nur wüsste, was sie tun sollte …

Sie traten aus dem Wald. Ein felsiger Hang lag vor ihnen. Schwaches Morgenlicht ließ die Sterne verblassen. In der Ferne berührte der Mond den Horizont. Die Mondfee wies den Berg hinauf. Undeutlich sah Aimee gegen den ergrauenden Himmel die Umrisse einer Burgruine.

»Da wende dich hin!«, sagte die Mondfee. »Dort wird dir geholfen werden. Gott zum Gruß!« Damit griff sie mit beiden Händen in die Luft, formte einen Mondstrahl, schwang sich darauf, wurde eins mit dem Strahl, verschwand.

Der Mond versank hinter den Wipfeln. Aimee war allein.

2

Wie sollte sie je wieder nach Hause finden? Nach Hause?! Dumpf schlug das Herz und schwer. Selbst wenn sie den Weg wüsste, sie könnte nicht mehr heim! Denn bis sie das Schloss erreicht hätte, wäre längst heller Tag und ihr Verschwinden entdeckt.

Wenn Nene am Morgen die Vorhänge des Himmelbettes zur Seite schlagen und feststellen würde, dass es leer war, ja sogar unberührt, so würde sie es der Lehrerin sagen. Die Lehrerin der Königin. Und die Königin dem König.

Er würde sie suchen lassen. Er würde die Offiziere, die Wachmannschaft und die Dienerschaft befragen. Und feststellen, dass sie nachts heimlich davongelaufen war. Da würde er zornig werden …

Sie hatte sein Verbot gebrochen, ihr Zimmer zu verlassen. Sie hatte sein Verbot gebrochen, allein das Schloss zu verlassen. Und sie hatte das Schlimmste gemacht, was überhaupt vorstellbar war: Sie war weggelaufen.

Nein, nach Hause konnte sie nicht mehr. Nie mehr. Es gab kein Zurück.

Aimee presste die Zähne zusammen, bis sie schmerzten. Dann begann sie den Berg hinaufzusteigen. *Dort wird dir geholfen werden …*

Der Torbogen der Burg war eingestürzt. Aimee kletterte mühevoll über einen großen Schutthaufen. Dann betrat sie den Burghof.

Die Sonne war inzwischen aufgegangen. Ein Blick genügte, um zu erkennen, dass hier niemand wohnte. Der Palas hatte kein Dach mehr, keine Zwischenwände und keine Decken, durch leere Fensterhöhlen strahlte der Himmel. Wo einst Stall- und Wirtschaftsgebäude gewesen sein mochten, wuchsen Brennnesseln und Dornengestrüpp über verkohlten Balken. Nur der Bergfried mit seinen schmalen Schießscharten erhob sich mächtig und unerschütterlich wie eh und je, und auf dem Rand des Ziehbrunnens stand seit alters her ein schadhafter Wassereimer mit einer rostigen Kette. Hier würde ihr niemand helfen.

Plötzlich konnte sie nicht mehr weiter, nicht einen Schritt. Sie krümmte sich zusammen, kauerte sich auf den Boden.

Könnte sie alles rückgängig machen! Könnte sie noch einmal zurück zu dem gestrigen Abend! Einfach das Fenster schließen, sobald die Stimme aus dem Wald sie rief. Ein Buch nehmen und lesen oder besser noch zur Laute singen und nicht auf diese Stimme hören. Und sich ins Bett legen, wie es sich gehörte, und nicht das Zimmer verlassen, bevor der Vater es ihr erlaubte, und nicht allein in den Wald laufen … Und nicht wissen, dass es da etwas gab, was ihr fehlte. Und schon gar nicht, dass es etwas mit einem Mädchen zu tun hatte, einem Mädchen, das vielleicht besaß, was ihr fehlte, oder das wusste, was es war oder wo sie es finden konnte, einem fremden, verirrten Mädchen, das ohne sie verloren war und sie ohne es. Verloren …

Sie starrte vor sich hin. Irgendwann fielen ihr die Augen zu. Sie ließ sich auf die Erde gleiten. Vor Erschöpfung schlief sie ein.

Sie erwachte von einem heftigen Windstoß und von Donnergrollen. Fröstelnd setzte sie sich auf, brauchte einen Augenblick, bis sie begriff, wo sie sich befand, was geschehen war und was geschah: Ein Unwetter zog auf. Wie nah mochte es schon sein? Sie blickte zum Himmel – und es verschlug ihr den Atem. Ein gleißender Blitz zuckte herab, der Donner krachte so laut, so nah, dass Aimee vor Schreck aufschrie, und da, eine gelblich schwarze Wolke schob sich über die Burgmauer. Aimee sprang hoch, rannte die Stufen zum Wehrgang hinauf, ein Wind von ungeheurer Heftigkeit fiel sie an, zerrte in ihren Haaren, verschlug ihr den Atem. Über die Mauer schaute sie ins Tal: Der Sturm wütete über dem Wald, die Bäume bogen sich und wurden niedergeschlagen von einer Wand aus Eis.

Hagel! Hagelkörner, beinahe so groß wie Vogeleier mussten es sein, Hagelkörner, die sogar einem erwachsenen Mann gefährlich werden konnten!

Entsetzt blickte Aimee sich um. Wo konnte sie Schutz finden? Sie entdeckte eine schmale Tür, die vom Wehrgang in den Bergfried führte. Schnell lief sie auf diese Tür zu, eine Windbö riss an ihrem Kleid, fegte sie beinahe von der Mauer, wieder flammte genau über ihr ein Blitz, dröhnte der Donner, Aimee erreichte die Tür, stemmte sich dagegen –

Die Tür schwang auf. Aimee trat hindurch und warf sie hinter sich wieder zu. Sie befand sich in einem holzgetäfelten Raum. Ein helles Feuer loderte in einem Kamin. Davor saß am Spinnrad eine kleine fellige Gestalt. Die Gestalt wandte den Kopf zu Aimee. Es war eine alte, verhutzelte Frau, die sich in einen zerfledderten Pelzmantel gehüllt hatte.

Aimee atmete tief auf. Vor Erleichterung begann sie zu zittern. Sie war nicht allein in der Burgruine! Sie würde Hilfe finden.

Die Frau nickte. »Sieh mal einer an, die Prinzessin!«, sagte sie mit brüchiger Stimme.

»Du, du kennst mich?«, stammelte Aimee.

Die Alte kicherte. »Wer solch ein Kleid trägt, muss des Königs Töchterchen sein!«, erwiderte sie und verschlang die Perlen an Aimees Kleid mit gierigen Blicken.

Unruhig trat Aimee von einem Fuß auf den anderen. »Gestattest du, dass ich hier bei dir unterschlüpfe, solange das Unwetter tobt?«

Die Alte antwortete nicht auf die Bitte. »Was suchst du hier, Prinzessin?«

»Ich suche das, was mir fehlt! Und ich suche das Mädchen, das es hat oder das weiß, was es ist oder wo ich es finde. Es hat nach mir gerufen. Es hat sich verlaufen, glaube ich.«

»So, ein Mädchen, das sich verlaufen hat, glaubst du!« Die Alte kicherte wieder.

»Hast du auch die Stimme gehört heute Nacht?«, fragte Aimee. »Die Mondfee sagt, du kannst mir helfen!«

»Schon möglich, dass ich dir helfen kann!«, erwiderte die Alte. »Ich weiß etwas, was du nicht weißt. Aber wenn ich es dir sagen soll, musst du mir dein Kleid dafür geben.«

»Mein Kleid?«, wiederholte Aimee überrascht und sah an sich hinunter. Die blaue Seide war zerknittert, an mehreren Stellen war der Saum eingerissen, Gras- und Schmutzflecken verunzierten den Rock. Aber auch wenn es gelitten hatte und nur ein Alltagsgewand war, dessen Perlen klein und unscheinbar waren gegen jene auf Aimees Festtagskleid, so war es doch sehr schön und die Eltern würden böse sein, wenn sie es verschenkte.

Die Eltern?! Ein scharfer Stich zuckte durch ihre Brust. Ach, die Eltern würden nie davon erfahren! Denn sie konnte ja nicht zu ihnen zurück. Nie. Umso mehr musste sie jenes fremde Mädchen finden, damit sie bekam, was ihr fehlte!

Aimee strich noch einmal über die glatte, kühle Seide ihres Kleides und seufzte. »Bitte, wenn es sein muss, gebe ich dir mein Kleid!«, erklärte sie. »Aber was soll ich dann anziehen?«

»Du bekommst meinen Fellmantel dafür!«, antwortete die Alte.

Diesen dreckigen, zerfetzten Pelz?! Schlimmer als eine Vogelscheuche würde sie darin aussehen! Das war ein hoher Preis. Aber wenn dadurch die brennende Wunde in ihrer Brust wegging, dann war er gering! Und außerdem – ihr Herz begann rascher zu schlagen –, vielleicht war jenes Mädchen ja sehr nett und war genauso allein wie sie, es hatte doch gesagt, es sei verloren ohne sie. Vielleicht könnte es ihre Freundin werden? Eine Freundin zu haben, nicht mehr ganz allein zu sein ... Mit einer Freundin gemeinsam würde sich ein Weg finden lassen. Mit einer Freundin gemeinsam könnte man es mit der ganzen Welt aufnehmen!

Aimee schlüpfte aus ihrem blauen Seidenkleid und dem dazugehörigen Unterkleid aus Batist und hielt beides der Alten hin. Diese streifte sich den Pelz von den Schultern und warf ihn Aimee über.

»Nun höre, was ich weiß: Wenn du finden willst, was dir fehlt, dann musst du die Sprache der Tiere erlernen!«, sagte die Frau und fügte unwirsch hinzu: »Und jetzt geh! Das Unwetter hat sich verzogen!«

»Aber«, begann Aimee, doch die Alte würdigte sie keines Blickes mehr, sondern begann die Perlen auf dem Seidenkleid zu befühlen, im Feuerschein zu betrachten und zu zählen. Da murmelte Aimee »Vielen Dank!« und öffnete die Tür. Gespenstisch lag der Burghof vor ihr: Eisklumpen bedeckten Wehrgang, Trümmerhaufen und Hof. Brennnesseln und Dornbüsche waren niedergeschlagen und zerstört. Aimee schluckte: Wenn sie nicht im Bergfried Schutz gefunden hätte!

Vorsichtig machte sie sich daran, vom Wehrgang hinabzuklettern und den Burgberg hinunterzugehen, stets darauf bedacht, unter all dem Eis festen Boden zu finden.

Endlich erreichte sie den Wald. Auch hier überall die Spuren des Unwetters: umgestürzte, entwurzelte oder zersplitterte Bäume und heruntergebrochene Äste. Das Eis begann unter den warmen Strahlen der hervorkommenden Sonne zu schmelzen.

Aimee setzte sich auf einen Baumstumpf. Erst allmählich sickerte die Erkenntnis in ihr Bewusstsein: Sie hatte ihr Kleid hingegeben für einen wertlosen Rat. Die Sprache der Tiere lernen? Wie sollte das möglich sein!

»Gib auf!«, flüsterte eine kleinmütige Stimme in ihr. »Du schaffst das nie! Versuche nach Hause zu finden! Wenn du immer die Straße entlanggehst, wirst du irgendwann auf Menschen treffen, die dir den Weg zum Schloss zeigen können.«

»Aber mein Vater ...«, wandte Aimee im Stillen ein.

»Ja, er wird furchtbar zornig auf dich sein«, bestätigte die Einflüsterung. »Er wird dich bestrafen, hart bestrafen. Aber das wird dich nicht umbringen. Immerhin ist er dein Vater!«

»Und das, was mir fehlt?«

»Vergiss es!«

»Das kann ich nicht!«, rief Aimee laut und sprang auf. »Ich kann die Wunde in meiner Brust nicht vergessen! Ich kann nicht vergessen, dass mir etwas fehlt! Ich kann nicht mehr so leben wie bisher! Und ich kann nicht vergessen, dass dieses fremde Mädchen vielleicht meine Freundin werden könnte! Und außerdem, jetzt habe ich schon so viel dafür gewagt und eingesetzt, soll das alles umsonst gewesen sein? Nie und nimmer!« Damit schlug sie sich mit der Faust in die flache Hand. »Ich werde es schaffen!«

Auf dem Baum über ihr zwitscherte ein Vogel. Sie versuchte das Tirili nachzuahmen. »Lehr mich deine Sprache, lieber Vogel!«, rief sie ihm zu. Er flog davon.

Eine Maus raschelte durch das Laub. »Sprich mit mir, liebe Maus!«, bat Aimee. Die Maus verschwand in einem Loch.

Eine Eidechse sonnte sich auf dem Stein. »Wie kann ich deine Sprache lernen?«, fragte Aimee. Die Eidechse huschte ins Gebüsch.

Den ganzen Tag mühte Aimee sich, mit Tieren zu sprechen, mit Käfern und Bienen, mit Vögeln und Rehen und sogar mit den Fischen im Bach. Doch kein Tier antwortete ihr, keines Tieres Stimme konnte sie verstehen.

Aimee hatte Hunger. Die wenigen Beeren, die sie gefunden hatte, sättigten nicht. Und schon wurde es Nacht. Wieder eine Nacht allein im Wald. Hätte Aimee weinen können, sie hätte geweint.

Sie wickelte sich in den Fellmantel – er stank und wimmelte von Läusen, aber er wärmte –, suchte Schutz unter einem dichten Busch und versuchte zu schlafen. Der Wald hatte tausend Geräusche und keine Stimme. Und nicht einmal den Schrei der Eule konnte Aimee verstehen, er war nichts als ein »Uhuu, Uhuu«.

Auch daheim hatte sie nachts manchmal die Eule aus dem Schlosspark gehört, wenn sie in ihrem Himmelbett gelegen hatte, in den weichen, seidenbezogenen Kissen, nachdem die Mutter ihr Gute Nacht gesagt und ihr ein

Lied gesungen hatte. In Zukunft musste sie leben ohne Himmelbett und ohne Seidenkissen, ohne Gutenachtgruß und ohne Lied. Und ohne Mutter …

Unruhig wälzte sie sich hin und her. Setzte sich schließlich auf und begann auf einem kleinen Zweig herumzukauen. Legte sich wieder hin. Schließlich konnte sie doch noch einschlafen. Sie träumte, die Mondfee käme zu ihr, neige sich über sie und berühre ihre Ohren. »Mondfee«, bat Aimee schlaftrunken, »kannst du mir helfen die Sprache der Tiere zu lernen?« Sie öffnete die Augen. Da war niemand, kein Mensch, keine Fee. Nur der Mondschein drang durch die Äste.

Im Morgengrauen erhob sie sich frierend und mit schmerzenden Gliedern. Sie reckte sich und begann sich durch den Wald zu schlagen, die Augen auf der Suche nach etwas Essbarem auf den Boden geheftet. Ihr war schlecht vor Hunger.

Plötzlich vernahm sie einen kläglichen Laut. Unwillkürlich folgte sie ihm. Sie kam an eine vom Sturm entwurzelte Kiefer, und dann sah sie, was diese jämmerliche Klage ausstieß: Ein kleines, wuscheliges Bärenjunges lag eingeklemmt unter einem Ast des umgestürzten Baumes und versuchte vergebens sich zu befreien. Aimee lief zu ihm, kniete nieder und stemmte mit aller Kraft den schweren Ast hoch. Behutsam griff sie nach dem Bärchen, nahm es auf, seine Pfote blutete, tröstend wiegte sie es im Arm. Warm fühlte es sich an und kuschelig und weich. So gut war es, nicht mehr allein zu sein, so gut …

Da hörte Aimee hinter sich ein gefährliches Brummen. Sie fuhr herum und sah eine riesige Bärin zwischen den

Bäumen, hoch auf die Hintertatzen aufgerichtet, die Vordertatzen mit den gewaltigen Krallen drohend gestreckt, die Reißzähne gebleckt.

Wie angewurzelt stand Aimee da, drückte das Bärenjunge an sich. War verloren.

Tief im Inneren wusste sie: Es gibt nichts Gefährlicheres als eine Raubtiermutter, die ihr Junges verteidigt, bereit, sich selbst zu opfern für ihr Kind. – Sich selbst zu opfern? Aus Liebe zum Jungen. Da verstand Aimee: Die Bärin glaubte, sie, Aimee, würde ihrem Jungen etwas zuleide tun wollen! Nur deshalb drohte sie ihr!

Die Bärin kam näher, unaufhaltsam, das furchtbare Gebiss gefletscht.

Langsam, bittend streckte Aimee der Bärin ihr Junges entgegen, sagte leise: »Hier ist dein Kind. Ich wollte ihm nichts tun. Ich wollte es doch retten. Es war unter dem Baum eingeklemmt, es hat so geschrien. Da habe ich es befreit.«

Die Bärin ließ sich wieder auf alle vier Tatzen nieder, schloss ihr Maul und brummte erneut, doch ganz anders diesmal, ruhig und freundlich. »Mein Junges retten? Du rührst mich an, Menschenkind. Von Menschen war ich nur Schlimmes gewohnt. Ich danke dir. Hab keine Angst vor mir! Jetzt gib mir mein Junges, damit ich seine Wunde lecken kann!«

Langsam kniete Aimee nieder und legte das Bärenjunge auf den Boden. Und da erst begriff sie, was geschehen war: Die Bärin hatte sie verstanden und sie hatte die Bärin verstanden! Sie konnte mit den Tieren sprechen!

Sie hatte erfüllt, was die Alte als Bedingung dafür genannt hatte, dass sie das fremde Mädchen finden konnte. Nun würde sie erfahren, wer nach ihr gerufen hatte, was ihr so sehr fehlte, dass sie ohne es nicht mehr leben konnte. Und wie sie es bekommen konnte. Nun würde sie den Schmerz in ihrer Brust, diese schreckliche Wunde nicht mehr lange aushalten müssen. Und nun würde sie feststellen, ob das Mädchen nett war und ob es ihre Freundin werden wollte …

Die Bärin leckte ausgiebig die Pfote des Kleinen, dann drehte sie sich auf den Rücken. Sofort suchte sich das Bärchen eine Zitze und begann gierig zu trinken. Da hatte Aimee ein Gefühl, für das sie kein Wort wusste. Ein Gefühl, das sie für den Augenblick die schmerzende Wunde vergessen ließ.

Die Bärin erhob sich und sah Aimee an. »Behütest du mein Junges, bis ich wieder zurück bin? Es kann mir mit seiner verletzten Pfote nicht folgen.«

»Gerne!«, erwiderte Aimee, nahm das Bärenbaby wieder in den Arm und streichelte es. Es kuschelte sich fest an sie.

Wenig später kam die Bärin zurück – mit einer Honigwabe im Maul, die sie Aimee vor die Füße legte.

Hätte sie lachen können, so hätte Aimee vor Freude gelacht. Doch so nahm sie nur mit einem »Vielen Dank!« die Wabe und aß sie ganz und gar auf. Wie gut das schmeckte! Das Bärchen schleckte ihr die Finger ab.

»Ich danke dir«, sagte Aimee noch einmal. »Jetzt sag mir doch bitte, hast du hier im Wald ein Mädchen gesehen, das nach mir gerufen hat?«

Die Bärin brummte ein Nein und erklärte Aimee, sie solle den Eichelhäher fragen, der wisse alles, was im Wald vor sich gehe.

Aimee fragte den Eichelhäher, doch der wusste keinen Rat. Sie fragte auch den Fuchs und die Hirschkuh, die Eule und die Forelle, die Blindschleiche und die Bienen. Mit jedem der Tiere konnte sie sprechen, aber nicht ein einziges hatte ein verirrtes Mädchen im Wald gesehen. Nur der Dachs erklärte, die Stimme gehört zu haben, und meinte, sie sei aus der Richtung der Burgruine gekommen.

Da beschloss Aimee zur Ruine zurückzukehren und die Alte noch einmal um Hilfe zu bitten.

3

Drei Raben zeigten Aimee den Weg. Wieder stieg sie den Burgberg hinauf, wieder kletterte sie auf den Wehrgang der Ruine und öffnete die Tür zum Turm, einen Gruß schon auf den Lippen. Doch in dem holzgetäfelten Raum brannte kein Feuer und keine verhutzelte alte Frau saß am Spinnrad. Es war niemand da.

Ratlos blieb Aimee stehen, da bemerkte sie die Treppe, die tiefer in den Turm hinabführte. Zögernd stieg sie hinunter. Unheimlich wurde ihr in der Stille, der dumpfen Kühle, dem Dämmerlicht. Nur ein schwacher Lichtschein drang durch eine Schießscharte herein und ließ Aimee die Stufen mehr ahnen als sehen. Am Fuße der Treppe fand sie eine Tür.

Warum nur fürchtete sie sich zu klopfen?

Sie überwand sich. Keine Antwort. Fast war sie erleichtert. Aber unverrichteter Dinge umkehren? Was sollte sie denn dann tun, wohin sich wenden? Aimee holte tief Luft und versuchte die Tür zu öffnen, doch sie klemmte. Endlich gelang es ihr, die Tür aufzudrücken. Drei Kerzen erhellten notdürftig einen kahlen Raum. Nur ein Tisch und ein Stuhl standen darin, und auf dem Stuhl saß eine massige alte Frau und sah unter ihrem tief in die Stirn gezogenen Kopftuch hervor Aimee abweisend entgegen. »Was hast du hier zu suchen!«, sagte sie schroff.

Aimee wich einen Schritt zurück. Dann reckte sie sich. Wer einer Bärin standgehalten hatte, ließ sich von einer alten Frau nicht verschrecken! »Ich suche das Mädchen, das nach mir gerufen hat!«, erklärte sie. »Weil es mir helfen kann, etwas zu bekommen, was mir fehlt und ohne was ich nicht leben kann.«

»Und?«, fuhr die Alte sie an. »Was habe ich damit zu schaffen?«

»Ich dachte, du könntest mir vielleicht helfen?«

»So, helfen! Wie käme ich dazu?«

Langsam wurde Aimee ärgerlich. Solch eine Unhöflichkeit und Unfreundlichkeit war sie nicht gewohnt. Aber so einfach ließ sie sich nicht abweisen, jetzt erst recht nicht!

»Ich täte alles dafür«, sagte Aimee. »Sag mir, was du dafür willst!«

Da lachte die alte Frau voller Hohn. »Alles tätest du? Nur zu! Gib mir deine glänzenden goldenen Haare! Dann sage ich dir, was du nicht weißt und was du wissen musst, um das Mädchen zu finden. Um zu finden, ohne was du nicht mehr leben kannst!«

»Meine Haare?« Unwillkürlich fasste Aimee sich an

den Kopf. Ihre Haare – das war ein Teil von ihr. Und irgendwie auch ein Teil von ihrer Mutter, denn sie sahen genauso aus wie die Haare der Königin. Sie konnte sich gar nicht vorstellen, wie sie aussehen würde ohne diese langen blonden Locken …

»Deine Haare! Was sonst!«

Aimee schluckte. Würde sie überhaupt noch die Gleiche sein mit kurz abgeschnittenen Haaren? Sie rang mit sich. Immerhin wuchsen Haare nach …

Endlich nickte sie. »Hast du eine Schere?«, fragte sie höflich. »Ich schneide meine Haare ab und gebe sie dir.«

Die Alte lachte böse. »Was nützen mir abgeschnittene Haare? Ich will, dass deine Haare auf meinem Kopf wachsen und meine auf deinem!« Die Alte riss sich das Kopftuch herunter. Stumpfe, brüchige Haare von der Farbe verwelkten Grases kamen darunter zum Vorschein. Wie vertrocknetes Schilf fielen sie in borstigen Strähnen auf die Schultern der Frau.

Entsetzt fuhr Aimee zurück. Wie unglaublich hässlich! Solche Haare sollte sie bekommen anstelle ihrer seidigen Locken? Nie und nimmer!

»Komm her und lass mich deinen Scheitel berühren, dann wird es geschehen!«, befahl die Frau und lachte noch einmal ihr kaltes Lachen.

Aimee schnürte es die Kehle zu. Nein!, wollte sie schreien. Sie wollte sich umdrehen und weglaufen. Da hörte sie die flehende Stimme, viel näher diesmal und verlorener denn je: »Aimee, hilf mir und dir! Vergiss mich nicht! Vergiss nicht, dass dir fehlt, ohne was du nicht mehr leben kannst!« Und es war, als würde sich ein

Schwert in ihrer Brust umdrehen und die Wunde immer tiefer reißen.

Da wusste sie, dass sie nicht gehen konnte, um nichts in der Welt.

Es war nicht möglich, weiterzuleben mit diesem Schmerz, es ging nicht. So groß war er, so grausam. Es war nicht möglich, zu vergessen, dass ihr etwas fehlte. Es ließ sich nicht verleugnen. Es brannte in ihr und ließ sich nicht mehr zum Schweigen bringen.

Und so schön musste es sein, eine Freundin zu haben! Jetzt, wo sie keine Eltern mehr hatte und keine Lehrerin und keine Kinderfrau und wo sie ganz allein war, so allein, wie es alleiner nicht ging ... Eine, der man alles sagen konnte, ohne sich zu schämen. Eine, die alles verstand. Eine, die man liebte und die einen liebte, die das Alleinsein nahm und die Einsamkeit ...

Aimee presste die Hand vor den Mund. Wenn sie ein Kopftuch umband, würde niemand ihre Haare sehen ... Sie schloss die Augen. Machte einen Schritt auf die Frau zu. Noch einen. Und noch einen. Sie spürte deren Hand auf ihrem Scheitel. Spürte ein Jucken und Brennen auf der Kopfhaut, hörte ein Knistern. Voller Angst machte sie die Augen auf und sah die Alte – mit goldglänzenden blonden Locken, die ihr den Rücken hinabwallten. Zögernd, zitternd fasste Aimee sich an ihren Kopf. Und fühlte etwas wie Stroh.

»Nun höre, was ich weiß!«, sagte die alte Frau. »Wenn du finden willst, was dir fehlt, musst du die Sprache der Pflanzen erlernen! Und jetzt verschwinde, ich will dich hier nicht länger sehen! Mach, dass du wegkommst!«

Aimee stürzte aus dem Raum, die Treppe hinauf, rannte aus der Burg, den Berg hinunter, rannte bis zum Waldrand.

Die Sprache der Pflanzen lernen? Aber Pflanzen sprachen doch gar nicht, gaben nicht den geringsten Laut von sich!

Sie warf sich ins Gras. Und für einen so wertlosen Rat hatte sie sich verunstalten lassen! Hatte die schönen Haare verloren, die sie ihrer Mutter so ähnlich machten. War so hässlich geworden, dass keiner, der ihr Haar erblickte, sie mehr lieben konnte! Hätte sie weinen können, sie hätte bitter geweint.

Schließlich richtete sie sich wieder auf. Sie hatte schon so viel geopfert, sollte sie jetzt etwa aufgeben? Nein! Die Sprache der Tiere zu lernen hatte sie zunächst auch für unmöglich gehalten! Warum sollte es nicht eine Sprache der Pflanzen geben, auch wenn sie diese noch nie gehört hatte? Und wenn es sie gab, dann konnte man sie auch lernen!

Aimee begann mit dem Gras zu sprechen, mit jeder einzelnen Blume, mit den Weißdornsträuchern und den Haselnussbüschen, mit den Eichen, Buchen und Tannen. »Rede mit mir!«, bat sie jede Pflanze, lauschte auf eine Antwort. Nichts.

Wieder wurde es Nacht. Aimee verkroch sich im Gebüsch. Lange lag sie wach, warf sich frierend von einer Seite auf die andere, dachte an ihr Zimmer und an ihr Bett, in das sie nie mehr zurückkehren konnte, bis endlich ein gnädiger Schlaf sie erlöste. Da träumte sie, die Mondfee neige sich über sie und berühre ihre Augen.

Doch als sie sich aufsetzte und um sich blickte, sah sie nur den abnehmenden Mond am Himmel zwischen den Bäumen.

Der nächste Tag verlief genauso erfolglos wie der vorherige. Bald gab es weit und breit keine Pflanze mehr, zu der Aimee nicht bereits gesprochen hatte, ohne je eine Antwort zu vernehmen. Vor Mutlosigkeit und Hunger wurde ihr so schwach, dass sie sich schließlich ins Gras setzte und nur noch stumm vor sich hin starrte. Schon neigte sich auch dieser Tag. Rote Strahlen sandte die Sonne über die Erde, färbte Wiesen und Wald. Die Heckenröschen begannen zu glühen. Ihre zarten, weißen Blüten erstrahlten in überirdisch goldrotem Glanz.

So schön war das! Aimee ging ganz nah an die Rosenhecke heran, schaute und schaute. Wie vollkommen eine solche Blüte war, wie unglaublich schön! Ein tiefes Glück erfüllte sie vor so viel Herrlichkeit. Ein Glück, über dem sie alles andere vergaß.

Und da plötzlich sah sie es: Die Blüte leuchtete. Nicht nur die Blütenblätter selbst, nein, wie ein Strahlenkranz leuchtete ein helles Licht um die Blüte herum, um jede einzelne Blüte der Hecke. Ein Licht wie ein Heiligenschein.

»Was für ein Wunder!«, flüsterte Aimee.

»Danke, dass du das siehst. Danke, dass du das sagst!«, hörte sie eine sanfte, liebevolle Stimme. »Wir haben lange auf einen Menschen gewartet, der unser Licht erkennt! Für dich wird es von nun an immer leuchten. So hell du es willst!«

Da kam ein großes Staunen über Aimee. Die Pflanzen

sprachen ja doch! Und sie konnte mit ihnen reden, verstand, was sie sagten!

»Ihr seid wunderbar!«, flüsterte sie. »Wisst ihr, ich sollte eure Sprache lernen, damit ich das Mädchen finden kann, das nach mir gerufen hat. Weil es ohne mich verloren ist und ich ohne es. Weil es mir helfen kann, etwas zu bekommen, ohne was ich nicht leben kann. Und weil es vielleicht meine Freundin wird. Könnt ihr mir sagen, was ich jetzt tun muss?«

»Geh zurück in den Turm!«, wisperten die Röschen.

»Zurück zu dieser schrecklichen Frau?«, rief Aimee erschrocken.

Die Röschen schwiegen.

Die Sonne war untergegangen. Dämmerung lag über dem Tal. Nur die Blüten verströmten ein sanftes Licht.

»Meint ihr wirklich?«, fragte Aimee.

»Wirklich!«, bestätigten die leuchtenden Heckenröschen.

Da seufzte Aimee tief und wanderte in der einbrechenden Dunkelheit den Burgberg wieder hinauf.

Aimee stieg die Stufen zum Wehrgang empor und ging in den Turm hinein. Zunächst erschien es ihr finster. Dann hatten sich ihre Augen so weit an das Dunkel gewöhnt, dass sie die Treppe ahnen konnte. Sie tastete sich hinunter, öffnete die zweite Tür – und stand in einem leeren Raum. Die Frau mit den goldenen Haaren befand sich nicht mehr hier. Mit Mühe konnte Aimee eine enge Wendeltreppe erkennen, die in einem Winkel des Raumes nach unten führte.

Aimee zögerte, näherte sich langsam der Treppe. Angst

kroch ihr entgegen und schlang sich um ihr Herz. »Umkehren!«, warnte die Angst. Aber Aimee ging weiter.

Unendlich vorsichtig tastete sie sich die dunkle Stiege hinunter, jeder Schritt eine Überwindung. Mit jeder Stufe drückte es ihr mehr die Luft ab. Etwas Schlimmes musste sie dort erwarten, sie spürte es. Aber sie würde ihm entgegentreten. Nun, da sie schon so viel gewagt hatte, würde sie auch das hier wagen.

Unten stieß sie auf eine weitere Tür, die sich jedoch nicht öffnen ließ. Aimee stemmte sich dagegen, doch vergebens. Schließlich warf sie sich gegen die Tür. Mit widerwilligem Knirschen gab diese nach. Aimee fand sich in einer engen Kammer, in der eine einzige Kerze brannte – einer Riesin gegenüber. Furcht erregend sah diese aus mit ihrem massigen Körper und Armen, die Aimee hätten zerquetschen können. Das Gesicht der Riesin konnte Aimee nicht erkennen, es lag im tiefen Schatten.

»Wie kannst du es wagen, hier einzudringen!«, brüllte die Riesin mit Donnerstimme.

Aimee stotterte: »Ver-, verzeiht bi-, bitte. Ich, ich, ich wusste nicht, dass, dass Ihr hier ...«

»Was willst du?«, fuhr die Riesin sie an.

»Ich suche das Mädchen, das nach mir gerufen hat. Weil es weiß, was mir mehr fehlt als alles auf der Welt!«, brachte Aimee zitternd hervor. »Könnt Ihr mir bitte helfen es zu finden?«

»Das kann ich!« Die Riesin lachte ein schreckliches Lachen, das Aimee durch Mark und Bein fuhr. »Ich weiß etwas, was du nicht weißt! Aber es wird dich teuer zu stehen kommen! Sehr teuer! Damit ich es dir sage, musst du mir deine zarte Haut geben und meine dafür nehmen!« Damit beleuchtete die Riesin mit der Kerze ihr Gesicht, ihren Hals und ihre mächtigen Arme.

Entsetzt schrie Aimee auf. Diese Haut? Grau, rau und voller Schrunden und Narben. Als sei sie aus Stein. Aus grob gebrochenem Granit.

»Nein! Niemals!«, keuchte Aimee.

»Dann verschwinde und lass dich hier nie wieder blicken!«, donnerte die Riesin.

Aimee taumelte rückwärts zur Tür. Da hörte sie wieder diese traurige Stimme, ganz, ganz nah. »Aimee, geh nicht fort! Tu, was du tun musst!«, flehte die Stimme.

Aimee wimmerte. Solch eine Haut konnte sie unter keinem Kopftuch verbergen. Mit solch einer Haut konnte sie sich nie wieder ans Licht, nie wieder unter Menschen wagen!

»Du kannst doch nicht weiterleben wie bisher!«, wisperte das unsichtbare Mädchen. »Was ist das für ein Leben ohne Weinen und ohne Lachen? Und wenn du mich nicht findest, wenn du nicht findest, was dir fehlt, wird es immer schlimmer werden! Toter wirst du sein als tot!«

Ohne Weinen und ohne Lachen – woher wusste das Mädchen das? Ja, lachen zu können, das wünschte sie sich sehr, und weinen zu können auch, weinen, bis man nicht mehr das Gefühl hätte, dass etwas tot sei in einem …

Toter wirst du sein als tot! Nein, das wollte sie nicht, sie wollte lachen und weinen und das Leben spüren, wollte wissen, wie sich das anfühlte! Wenn dieses Mädchen ihr dabei helfen konnte, das war mehr wert als alles, mehr wert sogar als eine zarte Haut …

All ihre Kraft nahm Aimee zusammen. Sie ballte die Fäuste, bis sie gefühllos wurden, wappnete ihr Herz. Fast tonlos, mit heiserer Stimme flüsterte sie: »Einverstanden. Nehmt meine Haut und gebt mir die Eure!«

»Komm her zu mir!« Die Riesin streckte die Hand aus. Und Aimee ging zu ihr hin, Schritt für Schritt.

Die Riesin berührte ihr Gesicht. Wie ein Flammenstrahl durchzuckte es Aimee. Ihr ganzer Körper brannte. Dann war es vorbei.

Die Riesin hatte zarte, glatte Haut. Aimees Körper aber war bedeckt von einer rauen, grauen, zernarbten Schicht wie aus Stein.

»Wenn du finden willst, was dir fehlt«, erklärte die Riesin, »so musst du die Sprache der Steine erlernen! Und jetzt verschwinde oder ich stoße dich durch diese Falltür in die Tiefe des Kerkers, damit du dort vermoderst!« Drohend wies die Riesin auf eine Luke im steinernen Boden der Kammer.

Aimee schlich aus dem Raum, aus dem Turm, aus der Burg. Als sie über den Trümmerhaufen im Torbogen geklettert war, brach sie zusammen. Sie schlang ihre Arme um den Fels, der neben dem Weg aufragte. So tot wie der Stein fühlte sie sich, im Innersten so kalt und starr wie er. Sie presste ihre raue Wange an den rauen Stein. Gleich auf gleich.

»Ach, lieber Stein, wüsstest du, wie unglücklich und verloren ich bin! Ausgestoßen werde ich sein, kein Mensch wird mehr etwas mit mir zu tun haben wollen!

Selbst meiner Mutter würde es vor mir grausen, wenn sie mich so sähe. Und das Mädchen, das mir helfen kann zu bekommen, was mir fehlt, werde ich niemals finden. Wäre nur endlich alles vorbei! Wäre ich tot wie du!«

Da strömte eine große Wärme in sie. Eine tiefe Ruhe. Und ein Raunen war an ihrem Ohr, nein, nicht an ihrem Ohr, in ihrem Herzen: »Du meinst, mein Kind, ich sei tot? Nur weil ich nicht herumlaufe, nicht wachse und kein albernes Zeug von mir gebe? Ich habe schon so viel gesehen, dass ich nichts Neues mehr sehen kann. Auf mir haben Ritter ihr Blut vergossen und Edelfräulein ihre bitteren Tränen. Du, mein liebes Kind, rührst mich besonders. Tapferer bist du als so mancher Ritter, der seinen Fuß auf mich setzte, um sich auf sein Streitross zu schwingen und in die Schlacht zu reiten. Geh in den Turm zurück, dort wirst du finden, was du suchst!«

»Aber die Riesin wird mich in den Kerker stoßen!«, keuchte Aimee und begriff erst in diesem Augenblick, dass sie die Sprache des Steines verstand.

»Dort, in diesem Kerker, wirst du finden, was du suchst. Was nach dir ruft. Ohne was du nicht leben kannst. Und was ohne dich nicht leben kann!«

War das wahr, war das wirklich wahr? Das Mädchen, das nach ihr gerufen hatte, das Mädchen, das vielleicht ihre Freundin und Vertraute sein würde, die Schwester, die sie nie gehabt hatte – dieses Mädchen war in dem Turm eingeschlossen, in dem sie selbst schon dreimal gewesen war! Im Kerker.

Wie dumm von ihr, warum war sie darauf nicht schon

selbst gekommen! Im Turm hatte sie die Stimme doch so deutlich gehört wie sonst nirgends ...

Aber mehr noch – der Stein hatte noch viel mehr gesagt! Auch das, was ihr fehlte, auch das, was diese Wunde in ihr verursachte, das selbst war in dem Kerker! Sie musste nicht mehr weitersuchen: Das Mädchen besaß, was ihr fehlte! Sie war am Ende ihrer Suche, am Ziel!

Aimee stand auf und ging in die Burgruine zurück, in den Turm. Eine seltsame Ruhe war in ihr, die Ruhe des Steines. Kein Zaudern mehr, kein Zögern. Kein Überlegen und kein Abwägen. Sie hatte die Sprache der Tiere gelernt und die Sprache der Pflanzen. Die Sprache der Steine aber war von selbst zu ihr gekommen. Nun würde sie das Mädchen finden, das sie suchte. Es aus dem Kerker befreien, aus dem es selbst nicht herauskommen konnte. Und nun würde sie das erhalten, ohne was sie nicht mehr leben konnte, ohne was sie toter sein würde als tot.

Entschlossen stieg sie in den Raum hinab, in dem sie der Riesin begegnet war. Öffnete die Tür. Es war finster, doch sie wusste sofort: Sie war allein. Die Riesin war verschwunden.

Tief atmete Aimee auf. Sie kniete nieder und tastete den Boden ab. Endlich fanden ihre suchenden Finger die hölzerne Luke. Sie ertastete einen eisernen Ring. Da, als sie diesen berührte, erfasste sie eine grauenhafte Angst. Eine Angst, die ihre Gedanken sprengte. Mit jeder Faser spürte sie die Bedrohung, das abgrundtiefe Entsetzen – gellend schrie sie auf.

Später wusste sie nicht mehr, wie sie aus dem Raum gekommen war, aus dem Turm, aus der Burgruine, den Berg hinunter in den Wald, zu ihrer Rosenhecke. Erst hier, als sie das sanfte Licht sah, das die Rosen ihr entgegenströmten, überwand sie langsam das Grauen.

»Ach, Rosen!«, jammerte sie. »Ich kann es nicht! Dort im Turm, unter der Luke, im Kerker lauert etwas. Ich ertrage es nicht. In diese Finsternis kann ich nicht hinabsteigen! Ich kann es nicht!«

»Du musst nicht in die Finsternis gehen!«, raunte eine der Rosenblüten. »Ich werde dir leuchten. Brich mich ab und trage mich wie eine Lampe, ich werde dir so hell leuchten, wie du es willst. So hell wie der reinste Sonnenschein!«

»Ich soll dich abbrechen? Aber dann verwelkst du doch!«

»Ich tue es gerne für dich! Aus Liebe. Weil es mein Schicksal ist. Ich bin geboren, um zu leuchten und zu welken in deiner Hand.«

»Dann danke ich dir!« Aimee pflückte die Rosenblüte, und sofort fing diese zu leuchten an wie eine Lampe. Mit diesem Licht in der Hand begann Aimee wieder den Berg hinaufzusteigen, doch schon bald blieb sie stehen. Es war ja nicht nur die Finsternis. Da war dieses Gefühl, dass irgendetwas Schreckliches unter jener Falltür lauerte.

Sie presste die eiskalten Fäuste an die Wangen. Wie hatte sie nur so bedenkenlos in den Turm gehen können! Wenn das Mädchen dort gefangen war, wurde es doch wahrscheinlich bewacht! Vielleicht von einem finsteren Räuber. Oder einem waffenstarrenden Soldaten. Oder von einem Ungeheuer von Frau, die noch Furcht erregender war als die Riesin! Was für ein Irrsinn, sich einfach solch unbekannter Gefahr auszusetzen, ohne Schutz!

Ohne Schutz? Da gab es jemanden, der sie schützen könnte wie kein Mensch.

Aimee wandte sich bergab und rannte in den Wald zurück. »Bärin! Bärin, ich brauche dich! Bitte hilf mir!«

Da brachen Äste hinter ihr, ein Brummen ertönte und die Bärin war da. »Du hast mich gerufen? Da bin ich! Sei getrost, ich werde dich schützen mit Bärenarmen, mit Bärenkrallen und mit Bärenzähnen. Meine Bärenkräfte stehen dir zur Verfügung!«

Aimee nickte. »Dann fürchte ich nichts und niemanden mehr. Dann kann mir nichts geschehen!«

4

Die strahlende Heckenrose in ihrer Hand, die Bärin in ihrem Rücken, so machte Aimee sich wieder auf den Weg in den Turm. Im hellen Licht der Blume war der Turm einfach ein Turm, weiter nichts. Doch dann, als Aimee im untersten Turmzimmer die Falltür öffnete, war sie wieder da, die Angst. Dieses Gefühl lebensgefährlicher Bedrohung. In jeder Faser ihres Körpers schrie es: Lauf weg!

Wenn sie jetzt wegliefe, würde sie nie wieder den Mut haben zurückzukehren. Nie eine Freundin finden. Und nie erringen, was ihr so fehlte, dass sie ohne es nicht mehr leben konnte.

Die Rose in ihrer Hand zitterte, als Aimee in die Tiefe leuchtete. Eine Leiter führte hinunter in ein kaltes Loch. Der Lichtschein drang nicht bis zur Sohle vor.

»Lass mich! Hier braucht es einen Bärenmut!«,

brummte die Bärin und ließ sich gewandt die Leiter hinunter.

Aimee wartete, jederzeit darauf gefasst, irgendetwas Entsetzliches zu hören. Doch dann drang nur die Stimme der Bärin aus der Tiefe: »Komm herunter, Menschenkind! Hier ist nichts als ein Stein.«

Nichts als ein Stein? Das konnte nicht sein. Die Bärin musste sich täuschen.

Aimee hielt die Luft an und begann hinabzusteigen. Sprosse für Sprosse. Die Angst erreichte ihren grauenvollen Höhepunkt. Und erschöpfte sich. Verschwand. Eine Müdigkeit überkam Aimee, als würde sie nie wieder einen Muskel rühren können. Doch sie zwang sich weiterzuklettern.

Dann war sie unten.

Das Loch war nicht viel größer als ein Grab. Und es enthielt einen Stein, der beinahe so groß war wie sie selbst, sonst nichts. Keinen finsteren Räuber und keinen waffenstarrenden Soldaten, keine Riesin und kein Ungeheuer, keine sichtbare Gefahr. Und kein fremdes Mädchen, das ihre Freundin sein würde. Niemand, den sie fragen konnte, was ihr fehlte und schon immer gefehlt hatte. Nichts, was die Wunde in ihrer Brust heilen konnte.

Aimee schloss die Augen. Es war, als falle sie in einen tiefen, schwarzen Brunnen. Falle und falle und falle und komme nie auf ...

»Und was weiter?«, brummte die Bärin.

Aimee hörte es nicht. Reglos starrte sie auf den großen Stein zu ihren Füßen und sah ihn nicht. Umsonst. Alles umsonst. Keine Mutter mehr und keinen Vater und kein

Zuhause. Keinen Reichtum und keine Zukunft. Keine Rettung und keinen Schutz. Und ein Aussehen wie ein Scheusal. Für nichts. Für nichts, nichts, nichts.

»Na, na!«, machte die Bärin und stupste sie sanft mit der Schnauze.

Aimee rührte sich nicht.

Da gab ihr die Bärin einen kräftigen Schubs, sodass sie das Gleichgewicht verlor und auf die Knie fiel, unmittelbar neben den Stein. Sie warf sich über ihn, drückte ihr Gesicht gegen seine kühle Härte. Kalt und tot spürte sie es in sich werden, kalt und tot wie der Stein ...

Da fühlte sie etwas. Einen großen, gewaltigen Schmerz, der aus dem Stein in sie eindrang, wie flüssiges Blei durch ihre Adern floss bis in ihr Herz, es mit bleierner Schwere füllte und füllte und füllte ...

Ihr war, als müsse ihr Herz zerbersten, als müsse sie zerbersten, als müsse der Stein zerbersten vor diesem Schmerz. Die Wunde aber in ihrer Brust begann zu pochen, zu brennen, zu glühen. Und plötzlich hörte Aimee wieder die Stimme, so nah wie es näher nicht ging: »Aimee! Aimee! Dank dir, dass du gekommen bist!«

So war sie hier doch am richtigen Ort, am Ziel?

»Befrei mich aus dem Stein!«, bat die Stimme.

Aus dem Stein? Aimee fuhr hoch, starrte den Stein an. Harter, grauer Granit, undurchdringlich. Nichts Lebendes konnte in ihm eingeschlossen sein, schon gar nicht ein Mädchen. Unmöglich.

»Bitte!«, flehte es aus dem Stein.

Aimee rang nach Luft, schluckte. Was immer es war, was da aus dem Stein nach ihr rief, es war da, es hatte eine lebendige Menschenstimme, die Stimme eines Mädchens, und sie musste es befreien!

Doch wie sollte sie das tun, ohne Werkzeug, mit den bloßen Händen?

Sie gab der Bärin die Rose zu halten, dann legte sie beide Hände auf den Stein. Jetzt musste sie einen Herzschlag fühlen, ein Atmen, irgendetwas.

Nichts geschah. Hatte sie zu lange gebraucht hierher zu finden, war nun tot, was sie so sehr gesucht hatte, soeben gestorben, erstickt in diesem schweren Stein?

»Stein«, flüsterte Aimee, ihre Stimme war nur ein heiserer Hauch, »bitte, lieber Stein, hilf mir! Gib frei, was in dir eingeschlossen ist!«

Da – spürte sie nicht ein ganz schwaches Beben? Hörte sie nicht ein ganz leises Knirschen? Sie strengte all ihre Kraft an, die Kraft ihrer Hände, ihres Geistes und ihres Herzens, und beschwor unablässig den Stein sich zu öffnen.

Das Beben wurde stärker, das Knirschen lauter. Dann zeigte sich ein feiner Riss, fein wie ein Haar. Er wurde breiter, weitete sich zu einem Messerschnitt, wuchs zu einem Spalt –

»Öffne dich, Stein, öffne dich!«, flüsterte Aimee. Ein ohrenbetäubender Knall ertönte, Aimee zuckte zusammen, das Echo hallte im Turm wider, brach sich wie ein Schrei, der sich in der Ferne verlor. Dann barst der Stein auseinander wie eine Form.

Aimee schrie auf. Schlug die Hand vor den Mund. Sah auf das, was im Herzen dieser Form, in der Mitte des Steines, verborgen gelegen hatte.

Es war ein schneeweißes Baby.

Seitlich zusammengerollt lag es da, als ob es schliefe. So lieb sah es aus mit seinem zarten Gesicht, seinen kleinen Händen mit den winzigen Fingern und seinen zierlichen Füßen. Aber es regte sich nicht.

Aimee berührte es mit den Fingerspitzen und zuckte entsetzt zurück. Dieses Baby würde sich niemals regen. Aus Stein war es, aus weißem Marmor!

Eine unendliche Verzweiflung kam über Aimee. Ihr war, als würde sie in zähem, klebrigem Matsch versinken und sich nie wieder befreien können. Hatte sie alle Mühen und Gefahren nur deshalb auf sich genommen, um ein steinernes Baby zu finden? Hatte sie ihr Kleid, ihre goldblonden Haare und ihre reine Haut nur deshalb verloren, um hier vor der Statue eines Babys zu knien?

»Aimee«, flüsterte die Stimme, direkt aus dem steinernen Baby schien sie zu kommen, »hilf mir! Hilf dir!«

Das Baby sprach, sprach ohne die Lippen zu bewegen, ohne zu atmen, ohne zu leben! Wie war das möglich, was für ein wundersames Wunder?

Und was für ein Wunder geschah mit ihr selbst, dass all ihre Liebe diesem steinernen Baby zufloss, eine Liebe, die wuchs und wuchs und ihr Herz sprengte?

Auf einmal konnte sie nicht anders, als das steinerne Baby zu umarmen. Sie musste es einfach tun. Gerne hätte sie es hochgehoben, im Arm gewiegt, aber das ging nicht, es ließ sich nicht heben, fest war es mit dem grauen Stein verwachsen, der es umschlossen hatte.

Nur toter Marmor. Und doch war da etwas, was Aimee

sich nicht erklären konnte. Etwas, was ihr den Hals zuschnürte. Etwas, was ihr die Tränen in die Augen trieb, sodass sie über ihre Wangen rannen.

Tränen?!

Sie hatte ihr Lebtag noch keine Träne vergossen, hatte nie gewusst, wie sie es fertig bringen sollte, dass ihre Augen auch nur feucht wurden! Nun kniete sie hier und weinte, die Tränen stürzten aus den Augen, sie heulte und schluchzte und konnte gar nicht mehr aufhören.

Alle Anstrengung und alle Entbehrung, alle Angst und alle Furcht, alle Verzweiflung und alle Hoffnungslosigkeit, aller, aller Schmerz verwandelte sich in diese Tränen und strömte aus ihr heraus.

Weh tat es, so traurig war es wie noch nie etwas – und doch eine Befreiung. Denn endlich, endlich hatte sie das Weinen gelernt und Weinen war noch viel besser, als sie es sich vorgestellt hatte. Ganz weich machte es sie innerlich und gelöst und lebendig. Die Wunde in ihrer Brust aber war auf einmal kein glühender Brand mehr, sondern nur noch ein mahnendes Ziehen.

»Aimee, ich danke dir!«, wisperte die Stimme, jene Stimme, die sie hierher gerufen hatte. »Ich danke dir, dass du gekommen bist. Ich bin es, die dir fehlt. Ich bin es, ohne die du nicht leben kannst, ohne die du bist, als wärst du tot, innerlich versteinert wie ich äußerlich.«

»Du bist es?!«, flüsterte Aimee unter Tränen. »Du? Wirklich du?« Dann hatte sie es ja gefunden! Und doch – irgendwie konnte das nicht alles sein ... »Aber wer bist du?«, fragte sie. »Wie kannst du zu mir reden, wenn du aus Stein bist? Wie kannst du überhaupt schon sprechen, wenn du ein Baby bist? Oder bist du nicht das steinerne Baby?«

»Ich bin es und ich bin es nicht. Mein Körper ist getrennt von meiner Seele, gefangen im Stein, versteinert vor langer, langer Zeit. Du musst ihn wieder zum Leben erwecken und mir zurückgeben, Aimee! Du musst mich erlösen, damit ich leben kann. Du musst es tun, denn ohne mich kannst auch du nicht wahrhaft leben. Ohne mich wird deine Seele versteinern wie mein Körper und als leere, gefühllose Hülle wirst du dein Leben fristen. Was du für mich tust, tust du für dich. Erlöse mich – und du erlöst dich. Heile mich – und du wirst heil. Du und ich, ich und du. Mittendurch gerissen, zwei Hälften, die nichts sind ohne die andere. Zusammen das Ganze. Eins in zwei. Alles eins. Alles wir.«

Aimee wischte sich die Tränen aus dem Gesicht. Sie verstand es nicht. Aber etwas geschah mit ihr, etwas, was ihr sagte, dass die Worte wahr waren, die diese Stimme sprach. »Was muss ich tun?«, fragte sie leise. »Wie kann ich dich erlösen?«

»Funkelnde Steine erweichen den Stein!«, wisperte die Stimme. »Licht ist Leben. Leben ist Licht. Klares, leuchtendes Licht. Die Farben des Regenbogens. Suche den Fuß des Regenbogens!«

»Ich will es tun!«, erklärte Aimee und schon wieder flossen die Tränen über ihre Wangen. »Aber ich verstehe nicht ...«

»Eines Tages wirst du verstehen. Erwecke den Stein zum Leben durch die Kraft der Farben, des Lichts! Und nun sei gesegnet und mache dich auf die Suche. Ein weiter Weg. Ein schwerer Weg. Ein wahrer Weg. Der deine.« Die Stimme verstummte.

Da beugte sich Aimee noch einmal über das steinerne Baby und küsste es auf die Stirn. Einen Augenblick meinte sie, es müsse die Augen aufmachen und den Mund zu einem Lächeln verziehen, es müsse mit seinen Händchen nach ihr greifen. Doch es lag stumm und kalt.

»Ich komme wieder!«, versprach Aimee. »Und was immer ich tun muss, um dich zu erlösen, ich werde es tun! Und dann trennen wir uns nie wieder, nie, nie wieder, das schwöre ich dir!« Damit erhob sie sich, nahm die leuchtende Blume aus der Pranke der Bärin und kletterte entschlossen die Leiter empor.

»Und jetzt?«, brummte die Bärin, als sie hinter Aimee den Burghof erreichte. »Wo ist die Gefahr, der ich trotzen kann? Wo dein Feind, den ich mit meinen Bärenkräften vernichten soll? Wozu hast du mich hierher gerufen?«

»Ach, Bärin, sei nicht böse!«, bat Aimee. »Ohne dich hätte ich mich nie in dieses Loch gewagt. Ohne dich hätte ich nie das steinerne Baby gefunden!«

»Steinernes Baby! Spielzeug, Menschenkram!«, erwiderte die Bärin, doch ihre Stimme tönte versöhnlich. »Wenn du mich wirklich brauchst, dann rufe mich wieder! Jetzt ruft mich mein Junges.« Damit trottete sie eilig davon.

Aimee setzte sich auf den Brunnenrand. Merkwürdig fern fühlte sie sich. Unwirklich.

Und auf einmal war sie wieder da, die Enttäuschung. Tiefer und schwärzer als der tiefste, schwärzeste Brunnen.

Sie hatte geglaubt am Ziel zu sein, am Ende ihrer Suche. Sie hatte geglaubt im Kerker zu erfahren und zu finden, was ihr fehlte. Es geschafft zu haben, ein für alle Mal.

Und sie hatte geglaubt eine Freundin zu bekommen, eine Vertraute. Eine, die ihr die Einsamkeit und Verlorenheit nahm. Eine, die zu ihr gehören würde, mit der sie sich gemeinsam durchs Leben schlagen könnte, mit der das Leben schön wäre. Und nun war da nichts als ein versteinertes Baby, und was das mit dem zu tun hatte, was ihr fehlte, verstand sie nicht. Und selbst wenn es ihr gelänge, das Mamorbaby wieder zum Leben zu erwecken, so wäre es doch immer noch ein Baby und keine Freundin.

Sie weinte. Und weinte. Und weinte. Je länger sie aber weinte, desto mehr füllte und lichtete sich dieser tiefe, schwarze Brunnen der Enttäuschung in ihr. Und zum Schluss wurde sie ganz still.

Ja, sie hatte sich getäuscht. Nun war die Täuschung vorbei. Sie war nicht am Ziel ihrer Suche, sie war erst am Anfang. Aber aufgeben würde sie nicht. Und hatte sie nicht schon etwas gewonnen, was sie sich immer gewünscht hatte? Sie hatte weinen gelernt!

Sie würde weitermachen. Ihr Versprechen halten. Das Baby erlösen und sich selbst. Das Baby heilen und selber heil werden. So lange es auch dauern mochte. So schwer es auch werden würde. Jetzt erst recht.

Den Fuß des Regenbogens sollte sie suchen ... Nachdenklich blickte sie auf die Blume in ihrer Hand. »Kannst du mir sagen, wie ich den Fuß des Regenbogens finden kann?«, fragte sie. »Ich habe schon oft einen Regenbogen gesehen, aber noch nie seinen Fuß erreicht. Wohin muss ich gehen?«

Die Rose schwieg. Ihr Licht war schwächer geworden. Matt ließ sie den Kopf hängen.

»Ach, du Arme!«, rief Aimee. »Wie kann ich nur so dumm sein! Du leidest Durst!« Eilig ließ sie den Eimer in den Brunnen hinab, zog ihn wieder hoch, das Wasser quoll zwischen seinen morschen Dauben hervor, rasch riss sie einen Fellstreifen von ihrem Pelz ab, hielt diesen in den Wasserstrahl und schlang ihn um den Stiel der Rose. Sofort begann diese wieder ein helleres Licht zu verströmen. »Dank für den Trank!«, wisperte sie. »Nun folge meinem Schein!«

In der Tat strahlte das Blütenlicht nun nicht mehr rundum, sondern nur noch nach der Seite, auf der das Burgtor lag. Ohne Zögern machte Aimee sich auf den Weg, den das Heckenröschen ihr wies.

Die ganze Nacht ging Aimee, den ganzen folgenden Tag und noch weit in die nächste Nacht hinein, ohne je einem Menschen zu begegnen. Immer dem Leuchten der Rose nach wanderte Aimee bergab und bergauf, durch tiefe Täler und über hohe Berge, durch Wälder und Wiesen, übersprang Bäche und watete durch einen Fluss, rastete nie länger, als um Beeren oder Nüsse zu sammeln, Wasser zu trinken oder ihre schmerzenden Füße zu kühlen. Doch den Fuß des Regenbogens fand Aimee nicht.

Dann, in der Mitte der zweiten Nacht, in einer weiten Heidelandschaft, erlosch der Schein der Blume. »Rose, bitte, liebe Rose!«, bat Aimee. »Lass mich nicht im Stich!«

Die zarte Blüte gab keine Antwort, lag welk in Aimees

Hand. Da begriff diese, dass die Rose ihr Leben für sie gelassen hatte. Traurig kniete Aimee nieder und begrub die treue Blume im Heideboden. Was sollte nun werden, wie sollte sie den Weg finden ohne ihre Führerin?

Als Aimee wieder aufstehen wollte, versagten ihre Beine den Dienst. Am Ende ihrer Kräfte sank sie zurück und schlief auf der Stelle ein.

Sie erwachte von der sachten Berührung des Regens auf ihrem Gesicht, doch sie war noch so tief im Schlaf der Erschöpfung, dass sie sich weigerte die Augen zu öffnen. Sie wollte weiterschlafen, schlafen und nicht denken müssen und sich nicht entscheiden.

Ihre Gedanken glitten ins Zwischenreich. Da träumte sie, das Heckenröschen richte sich wieder auf, schwebe vor ihr her über den Heideboden und wende sich immer wieder ungeduldig wartend nach ihr um …

Benommen setzte sie sich auf. Es war Tag geworden. Der Regen hatte nachgelassen. Eben brach die Sonne durch dunkle Wolken. Aimee blickte zum Himmel. Und sah den Regenbogen.

5

Als gewaltiges Halbrund zog sich der Regenbogen über das Himmelsgewölbe, glänzte und leuchtete in allen Farben, von Rot über Orange, Gelb und Grün bis hin zu hellem und dunklem Blau und zu Violett. Sein rechter Fuß verlor sich hinter einem Berg, sein linker aber lag in der Ferne, wo die Heide endete und der Wald wieder begann.

Die Sonne hinter sich, den langsam weiterziehenden Regen vor sich, so nahm Aimee ihren Weg wieder auf. Am Himmel prangte der strahlende Bogen. Jenen Punkt, an dem er sich zur Erde senkte, fest vor Augen, ging Aimee weiter und weiter. Unerreichbar erschien ihr Ziel, als entferne es sich immer mehr, je näher sie ihm kam. »*Was du für mich tust, tust du für dich*«, sagte Aimee vor sich hin. »*Ein weiter Weg. Ein schwerer Weg.* Und wenn es ewig dauert, ich muss ihn gehen.«

Die Sonne hinter ihr neigte sich. Aimee lief immer

schneller. Der Himmel begann sich zu röten. Aimee rannte. Sie musste rennen, denn wie sollte sie im Finstern den Fuß des Regenbogens finden?

Als die Sonne schon den Horizont berührte, erreichte Aimee endlich kurz vor dem Waldrand den Regenbogen. Genau vor ihr, genau über ihr funkelte und glitzerte er wie eine schillernde Brücke, die den Himmel mit der Erde vereinte und die Enden der Erde verband. Geblendet schloss Aimee die Augen. Dann trat sie ein, ging noch einen Schritt weiter und noch einen. Tauchte ein in die erste Farbe, in das leuchtende Rot. Es umfloss sie. Ließ ihre hässliche graue Haut ebenso rötlich schimmern wie den Heideboden und erfüllte ihren ganzen Körper mit Lebenskraft und wohltuender Wärme.

So schön war es am Anfang und Ende des Regenbogens, dass Aimee für den Augenblick fast vergaß, warum sie hierher gekommen war. Nur dastand und schaute. Ein staunendes Glück erfüllte sie. Sie war angekommen.

Da, plötzlich –

Der Boden unter ihren Füßen gab nach, ein unsichtbarer Schlund öffnete sich, ihre Beine versanken bis zu den Knien, den Oberschenkeln, den Hüften. Aimee schrie. Ruderte mit den Armen. Suchte nach Halt. Da war nichts, woran sie sich klammern konnte. Nichts, was sie rettete.

Fließender Sand umschloss sie, zog sie in eine bodenlose Tiefe. Nun war sie schon bis zu den Achseln versunken. Und dann bis zum Kinn. Gleich würde der Sand in ihren Mund eindringen und in ihre Nase. Sie musste ersticken.

Der Sog nach unten wurde immer stärker. Fest presste Aimee die Lippen zusammen und versuchte auch die Nasenflügel zu schließen. Kniff die Augen zusammen. »Mutter!«, flehte sie stumm. »Mutter!«

Raue Sandkörner in ihrem Gesicht, auf der Haut und in den Ohren. Dann schloss sich der Sand über Aimee, schlug über ihrem Scheitel zusammen. Wie ein Panzer lastete er von allen Seiten auf ihr und drückte ihr den letzten Atem aus der Lunge. Und noch immer war da dieser Sog.

Auf einmal spürte Aimee, wie nicht mehr Sand um sie war, sondern feuchtes, kühles Erdreich. Dann stießen ihre Füße auf etwas Festes, drangen hindurch, fester, glitschiger Lehm war es, eine unsichtbare Kraft zog sie hindurch – und ein Hohlraum tat sich unter ihr auf.

Aimee glitt aus der Umklammerung und fiel ins Bodenlose. Fiel und kam auf. Die Füße bohrten sich in nachgiebigen Grund. Eine Welle der Erschütterung durchlief ihren Körper und verebbte. Bis zu den Knöcheln in Erde eingerammt stand Aimee da und wagte es kaum zu glauben: Sie lebte.

Lange rührte sie sich nicht. Schließlich zog sie vorsichtig den einen Fuß aus seinem eingegrabenen Loch, dann den anderen. Betastete die Füße, betastete ihren ganzen Körper, bewegte sich, erst behutsam, dann immer mutiger. Nein, gebrochen hatte sie sich nichts.

Sie blickte sich um. Dunkelheit um sie. Dann nahm Aimee langsam einen tiefen roten Schein wahr. Endlich begannen sich rotbraune Wände um sie herum abzuzeichnen und über ihr ein ebensolches Gewölbe und sie begriff, dass sie sich in einer Lehmhöhle befand. Sie blickte an die Decke. War es möglich, das Loch zu erreichen, durch das sie herabgestürzt war?

Aber sosehr Aimee auch mit den Augen das Dämmerlicht durchforschte: Von einer Öffnung war nichts zu sehen. Die Erde hatte sie verschlungen und sich hinter ihr wieder geschlossen. Der Weg zurück war ihr genommen.

Lange blieb Aimee reglos stehen. Dann löste sich ein Schrei aus ihrer Kehle und riss sie aus ihrer Betäubung. Sie schrie, schrie. Endlich, als das Schreien sich erschöpft hatte, lauschte sie. Doch sie hörte keine Antwort, nur das Schlagen ihres eigenen Herzens.

Ein schwerer Weg. Doch so schwer …

Zögernd machte Aimee ein paar Schritte. Vor ihr verengte sich die Höhle zu einem Gang. Sie folgte seiner Biegung und zuckte zusammen. Etwas hatte ihr Gesicht berührt, über ihren Kopf gestrichen. Kaum wagte sie in die Höhe zu blicken. Sie schauderte. Ein Gewirr von fremden, nie gesehenen Dingen wie hellen Armen streckte sich ihr entgegen, als wollten diese nach ihr greifen, dick und stark die einen, sich in zahllosen, immer feineren Ausläufern bis zu einem zarten Gespinst verästelnd die anderen. Vorsichtig zwängte sie sich hindurch, suchte sich ihren Weg wie durch einen Wald, wie durch Bäume aus rötlich beschienenem hellem Geäst, wie durch Dickicht aus spinnwebfeinen Büscheln. Doch dann wurde es so dicht, dass sie an ein Weitergehen nicht denken mochte.

Aimee lehnte ihre Stirn an einen weißen Stamm, glatt und kühl fühlte er sich an, sie schlang ihre Arme darum, ließ sich daran zu Boden gleiten, kauerte da und versuchte einen klaren Gedanken zu fassen.

Mit einem Mal war ihr, als höre sie ein leises Raunen. Sie horchte. Vertraut klang es und beruhigend. Als würden Blätter rascheln. Als würden sich Bäume wiegen im Wind.

Kein Zweifel: Es war ein Wald, was sie hörte. Doch nicht die Luft übertrug dieses Raunen, es drang wie aus einer Schallleitung aus diesem blassen Geäst. Und plötzlich verstand sie: Der Wald wuchs über ihr, sie selbst aber befand sich unter ihm in der Erde, zwischen dem Wurzelwerk großer Bäume. Sie strich über den Wurzelstamm. »Wär ich doch oben unter deinen Ästen im Wald«, seufzte sie, »und nicht hier unten zwischen deinen Wurzeln in der furchtbaren Erde!«

»Warum ›furchtbare‹ Erde?«, erwiderte der Baum. »Fürchte dich nicht vor der Erde! Sie nährt mich und dich! Verspürst du nicht Hunger und Durst?«

Auf einmal wurde Aimee bewusst, wie groß ihr Hunger war, so groß, dass sie in alles Essbare beißen würde, einfach in alles. Sogar ungesüßten Haferschleim, der immer das Scheußlichste gewesen war, was sie sich hatte vorstellen können, würde sie jetzt mit dem größten Heißhunger essen. Das Wasser lief ihr im Mund zusammen bei dem bloßen Gedanken. Wie viel Zeit war vergangen, seit sie die Honigwabe der Bärin gegessen hatte? Endlose Tage waren es, die ihr das Äußerste abverlangt hatten und ihre Kraft ausgelaugt. Und Durst hatte sie auch, ihre Kehle war trocken und rau, ihr Mund ausgedörrt.

»Oh doch«, erwiderte Aimee, »ich sterbe vor Hunger und vor Durst!«

»Nun, von Sterben soll nicht die Rede sein, ganz im Gegenteil!«, antwortete der Baum mit liebevoller Strenge. »Ritze meinen Wurzelstamm an und trinke den Saft, der austritt!«

Aimee tat, wie ihr geheißen. Der Saft war dickflüssig und ein wenig klebrig, auf eine herbe und würzige Art süß. Aimee trank und schleckte, erst so gierig, dass sie den Geschmack kaum wahrnahm, schließlich mit Andacht. Niemals hatte sie etwas zu sich genommen, das so gut war und so vollkommen Hunger und Durst zugleich stillte. Erst als sie so satt war, dass sie keinen einzigen Schluck mehr trinken konnte, versiegte der stete Quell des Saftes. Mit einem wohligen Seufzen glitt Aimee zu Boden. Müdigkeit überwältigte sie. Das Erdreich war weich und schmiegte sich um sie; kaum lag Aimee, erwärmte es sich und hüllte sie so wohlig ein wie seidenbezogene Daunendecken.

»Schlaf nur, mein liebes Mädchen, ich schütze dich!«, murmelte es aus dem Wurzelstamm. Doch das hörte Aimee schon nicht mehr.

Als sie wieder aufwachte, fühlte sie sich so ausgeruht, gestärkt und erholt wie niemals in ihrem Himmelbett.

Ein herzlicher Dank an den Baum, dann machte Aimee sich auf, drängte durch das Wurzelwerk, drang immer weiter in den unterirdischen Wald ein. Völlige Stille. Das tiefrote dunkle Licht um sie, der immer stärker werdende Geruch nach Erdreich, nach feuchter Kühle, nach Herbst und Humus und fruchtbarem Moder, sonst nichts. Dann, als sie sich durch einen dichten Vorhang feiner Wurzeln gezwängt hatte, fand sie sich in einer kleinen kreisrunden Höhle, und ihr gegenüber –

Aimee stockte der Atem. Sie blickte in die kalten, unbewegten Augen einer riesigen Schlange. Ein gewaltiger Python war es, der seinen mächtigen Körper wie eine mannshohe Spirale aufgerollt hatte und seinen Kopf Aimee entgegenstreckte. Aimee stand reglos. Wenn die Schlange ihren starken Leib um sie wand, dann würde nichts und niemand sie mehr retten können.

Sie musste mit dem Python reden. Aimee fand kaum ihre Stimme. »Bitte«, krächzte sie heiser, »bitte verzeiht, verehrte Schlange, wenn ich Euch hier störe, ich bin in der Erde versunken, und dann auf einmal ...« Sie wusste nicht weiter.

Der Python öffnete seinen Rachen wie ein gähnendes Tor. Entsetzt sah Aimee in den tiefen Schlund. Der Python legte seinen Kopf auf die oberste Windung seines getigerten Körpers. »Sieh an«, erwiderte er, »ein Menschenkind, ein selten hässliches! Tritt näher!«

Renn weg!, riet die Angst. Flieh!

Doch was war, wenn der Python so blitzschnell zustoßen konnte, wie ein Mensch nicht zu laufen vermochte?

»Danke!«, flüsterte Aimee tonlos. »Aber wenn Ihr gestattet, da ist ein Baby aus Stein, das ich erlösen muss, ich sollte den Fuß des Regenbogens ... Und deswegen, wenn Ihr erlaubt ...« Ihre Stimme versiegte.

Die Schlange starrte sie aus durchdringenden Augen an. Da zwang eine unwiderstehliche Kraft Aimee auf die Schlange zuzugehen. Sie konnte ihre Augen nicht von den schmalen Sehschlitzen des Tieres wenden. Sie konnte nicht einmal mehr denken. Da war der Wille der Schlange, sonst nichts. Schritt für Schritt näherte sich Aimee der Gefahr. Sie konnte nicht anders.

»Das versteinerte Kind, ich weiß«, vernahm sie den Python in einem beschwörenden Singsang. »Das Dunkel birgt alles, ihm ist nichts verborgen. Die meisten deinesgleichen halten sich für klug und sind nichts als töricht, achten die Stimme aus der Tiefe nicht. Verstehen nicht. Doch du hast hören gelernt. So höre: Funkelnde Steine erwecken den Stein. Der erste ist ein blutrot leuchtender Rubin. Tag und Nacht ruht er auf starker, mächtiger Hand. In ihm ist die Kraft, die Leben schafft. Finde ihn, so hast du die erste Stufe erreicht. Doch erst sieben Juwelen ergeben die Krone des Lebens. Steige hinab in die Tiefe, so werden Flügel dich in die Höhe tragen!«

»Danke«, brachte Aimee heiser hervor. »Habt vielmals Dank. Aber wenn ich noch um einen weiteren Rat bitten dürfte: Wo finde ich diesen Rubin?«

»Suche bei den Wurzeln! Und nun geh und kehre nicht wieder!«

Aimee atmete tief auf, machte einen Knicks wie vor ihrem Vater, dem König, und drückte sich entlang der Höhlenwand an der Schlange vorbei. Dann rannte sie, bis sie diese weit hinter sich gelassen hatte.

Sieben Juwelen ergeben die Krone des Lebens. Steige hinab in die Tiefe, so werden Flügel dich in die Höhe tragen. Das waren Rätsel, die sie nicht verstand. Doch unter den Wurzeln nach dem Rubin suchen, das konnte sie.

Einfacher freilich war es, die Bäume zu fragen, ob sich unter ihren Wurzeln ein Rubin befand.

Aimee fragte alle Bäume, unter deren Wurzeln sie hindurchging, nach dem Rubin. Aber nicht einer wusste etwas von einem Edelstein.

Stundenlang zwängte Aimee sich durch ein Gewirr von Verästelungen, suchte und tastete unter dem Wurzelwerk nach dem Rubin. Aber es war alles vergeblich.

Dann trat sie plötzlich aus der Enge ins Weite. Riss die Augen auf. Wie hatte sie die Erdhöhle hinter sich gelassen, ohne es zu merken? Wie war sie ans Tageslicht gelangt? Wie war sie hierher geraten, ausgerechnet hierher, zur uralten, längst verlassenen Stammburg der Königsfamilie? Und wie war möglich, dass diese Burg sich besten Zustandes erfreute, obwohl Aimee doch wusste, dass sie in Wirklichkeit eine verwahrloste, verfallene Ruine war, nichts als halb im Sumpf versunkene Trümmer, von Schlingpflanzen und Röhricht überwuchert?

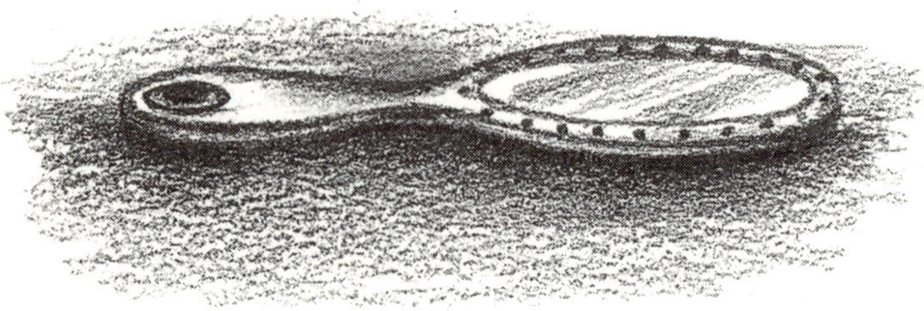

6

Vor Aimee lag ein Weiher voller rosa und gelb blühender Seerosen und mitten darin die trutzige Wasserburg, so wie Aimee sie von alten Gemälden im Königsschloss her kannte. Uneinnehmbar und unvergänglich schien sie mit ihren vier wuchtigen Rundtürmen und ihrer mächtigen Wehrmauer. Eine steinerne Brücke führte über das dunkle Wasser zum offen stehenden Portal. Zögernd ging Aimee auf die Burg zu, überquerte die Brücke und trat unter dem vergoldeten Königswappen in den Burghof ein. Drei Stockwerke säulengeschmückter und prachtvoll bemalter Arkaden umgaben ihn. Zwei Damen und ein Herr in golddurchwirkten altertümlichen Gewändern ergingen sich mit merkwürdig gespreizten Schritten in den Bogengängen des Erdgeschosses. Nun wandten sie sich zu ihr um.

Aimee war sicher, diesen Herrschaften noch nie begegnet zu sein, und doch kamen sie ihr merkwürdig bekannt vor. Zweifellos waren sie von höchstem Rang. Aimee machte einen Knicks und begann höflich: »Ich bitte um Entschuldigung, wenn ich hier eindringe!«

Die jüngere Dame hob ihr mit Brillanten besetztes Lorgnon vor die Augen und betrachtete Aimee missbilligend durch die Gläser der gestielten Brille. Unter diesem Blick wurden Aimee ihre zerrupften Strohhaare, ihre schrundige Haut und ihr verlotterter Fellmantel bewusst.

»Unerhört!«, sagte die Dame entrüstet. »Dieser Schmutz! Diese Hässlichkeit! Diese Ungepflegtheit! Widerwärtig! Das will eine Prinzessin sein? Eine Schande für das Königshaus!«

Scham trieb Aimee die Hitze in die Wangen.

Nun warf auch der Herr Aimee einen vernichtenden Blick zu. »Du bist heimlich weggelaufen! Nun, dein Vater wird dich zu strafen wissen!«, erklärte er und kehrte ihr den Rücken. »Kommt, meine Teure!« Damit reichte er der jungen Dame den Arm und beide schritten geziert davon.

Aimee starrte ihnen nach. Wieso hatte diese Dame sie als Prinzessin erkannt, obwohl sie doch so erbärmlich aussah? Und woher wusste der Herr, dass sie sich von zu Hause weggestohlen hatte? Er wusste noch mehr: *Dein Vater wird dich zu strafen wissen!*

Wie kalt seine Stimme gewesen war und wie scharf, so wie die Stimme des Vaters, wenn man ihm ungehorsam gewesen war …

Weg!, dachte Aimee. Nichts wie weg! Doch die ältere Dame, die als Einzige geblieben war, nickte ihr freundlich zu. »Komm nur, mein Kind«, sagte sie, »lassen wir uns nieder!« Sie wies auf eine Bank, bückte sich und hob ein kleines Schoßhündchen hoch, das sich unter ihrem Reifrock versteckt hatte. Da, als sie dieses weiße Hündchen mit der roten Schleife im Haar erblickte, wusste Aimee, wo sie diese Dame und auch die beiden anderen Herrschaften schon gesehen hatte. Ihre Bilder hingen in der Ahnengalerie im Königsschloss und diese Dame hielt auf ihrem Gemälde das Hündchen auf dem Schoß und einen goldenen kleinen Spiegel in der Hand.

»Aber Ihr«, stammelte Aimee, »Ihr seid doch die, die ...« Sie versuchte sich an den Namen und das Wappen zu erinnern, das unter dem Gemälde angebracht war, und als ihr das gelungen war, vergegenwärtigte sie sich den Stammbaum ihrer Familie, in dem die Namen aller Familienmitglieder eingetragen waren, von König Sigbert dem Ersten bis zu König Sigbert dem Sechzehnten, ihrem Vater. Sie sah das vergilbte Pergament geradezu vor sich, die eine Stelle, an der neben Sigbert dem Vierzehnten ein heller Fleck war, als habe jemand mit einem scharfen Messer das Pergament abgekratzt und einen Bruder oder eine Schwester des Urgroßvaters aus dem Stammbaum getilgt. Nur den Anfangsbuchstaben konnte man ganz schwach noch ahnen, ein T. In der Ebene darüber, als Gattin Sigberts des Dreizehnten, aber waren Name und Wappen dieser Dame eingetragen, das Datum ihrer Geburt, ihrer Heirat, ihres Todes.

»Ihr seid doch meine Ururgroßmutter! Ihr seid doch schon vor über hundert Jahren ...« Verwirrt brach Aimee ab.

»Verstorben!«, ergänzte die Dame heiter und setzte sich. »Doch das ist nicht von Belang. Weißt du, dass auch ich im Alter von zwölf Jahren von zu Hause weggelaufen bin? Aus Furcht vor meinem Vater. Aber nein, dergleichen wird in der Familienchronik totgeschwiegen wie so vieles und weit Schlimmeres. Eine erfolglose Flucht im Übrigen. Die Häscher meines Vaters fanden mich und er setzte mich in einem Turm fest. Dort lebte ich wie eine Gefangene, bis ich sechzehn war, der junge König mich am Fenster sah, sich in mich verliebte und um mich freite.« Die Urahnin blickte Aimee in die Augen: »Was meinst du, was dich von deinem Vater erwartet?«

Aimee flüsterte: »Ich weiß nicht.« Damit ließ sie sich auf die Bank fallen und vergrub ihr Gesicht in den Händen. An zu Hause hatte sie schon lange nicht mehr gedacht, doch nun auf einmal war die Sehnsucht da, die Sehnsucht nach dem Schloss und dem Park und ihrem Zimmer, aber mehr noch die Sehnsucht nach der Mutter und nach Nene und nach der Lehrerin. Und sogar nach dem Vater. Ja, auch nach dem Vater. Aber es gab keinen Weg zurück.

»Ich kann nicht mehr nach Hause. Nie. Ich bin ja heimlich weggelaufen, obwohl ich nicht einmal mein Zimmer verlassen durfte, und ich bin schon so lange von daheim weg, ohne dass meine Eltern eine Nachricht von mir haben, und noch viel länger muss ich bleiben. Ich muss das steinerne Baby erlösen, und dafür muss ich einen Rubin suchen. Mit jedem Tag, den ich fernbleibe, wird mein Vater zorniger werden. Ich könnte ihm das alles niemals erklären, er würde mich gar nicht aussprechen lassen. Und dann auch noch alles andere, mein Kleid, meine Haare, meine Haut ... Mein Vater ist«, sie stockte, »er ist sehr streng, wisst Ihr. Aber wenn er zornig ist, dann ist er furchtbar, ganz furchtbar!«

»Das ist sein Erbe!«, erklärte die Urahnin und ihre Stimme war auf einmal unendlich traurig. »Seine Vorväter waren noch schlimmer im Zorn, das darfst du mir glauben. Wenn ich an das Schicksal meiner armen unseligen Tochter denke ... Doch was ist mit dem steinernen Baby? Willst du mir nicht erzählen, was es damit auf sich hat?«

Aimee hob den Kopf. »Oh ja, das will ich gerne. Es war nämlich so: Ich habe eine Stimme gehört ...« Sie erzählte der Urahnin ihre Geschichte. Als sie von dem versteinerten Baby sprach, stöhnte diese und begann lautlos zu weinen, doch hörte sie immer weiter zu. »Und dann hat die Schlange gesagt: ›Sieben Juwelen ergeben die Krone des Lebens. Steige hinab in die Tiefe, so werden dich Flügel in die Höhe tragen.‹ Wisst Ihr, was das bedeutet?«, schloss Aimee.

»Ich weiß nicht alles, aber einiges«, erwiderte die Urahnin. »Mein Gott, Kind!« Sie zog Aimee an sich und drückte sich deren Kopf an die Schulter. »Was für eine Aufgabe erwartet dich da! Seit ich hier weile, bete ich darum, dass einmal eine komme, die den Fluch von meiner Tochter nimmt und dem Unheil ein Ende macht! Doch damit will ich dich jetzt nicht belasten. Wenn du dazu berufen bist, so wird es sich dir offenbaren, darauf vertraue ich fest. Jetzt nur so viel: Es scheint mir sicher, dass du sieben Edelsteine finden musst, um das versteinerte Kind zum Leben zu erwecken und um seine Seele zu erlösen. Die Seele, die zu dir gesprochen hat. Woher weißt du, dass der erste Stein ein Rubin ist?«

»Das hat die Schlange gesagt, ein blutroter Rubin. Tag und Nacht ruht er auf starker, mächtiger Hand, und ich soll ihn bei den Wurzeln suchen!«, erwiderte Aimee.

Die Urahnin blickte Aimee nachdenklich an. »Sieh an!«, murmelte sie. »Bei den Wurzeln! Dann hat wohl die Schlange dafür gesorgt, dass du hier gelandet bist!«

»Aber leider kann ich den Rubin unter den Wurzeln nicht finden!«, erklärte Aimee.

Statt einer Antwort griff die Urahnin in eine Falte ihres Reifrockes und holte einen goldenen Handspiegel hervor. Dreimal strich sie mit der Hand darüber. »Denk an deine Eltern! Dann sieh hinein!«

Widerstrebend nahm Aimee den Spiegel. Sie wollte sich nicht anschauen, wollte nicht mit eigenen Augen wahrnehmen müssen, wie hässlich und abstoßend sie war. Mit Mühe zwang sie sich, einen flüchtigen Blick hineinzuwerfen, und wappnete sich innerlich gegen das Entsetzen, richtete ihre Gedanken auf die Eltern. Doch sie sah kein Ungeheuer mit Haaren wie Stroh und einer schrundigen Haut wie Stein – sie sah in das königliche Schlafgemach.

Erst konnte sie im Dämmerlicht einer einzigen Kerze nur vage das Himmelbett im königlichen Schlafgemach erkennen, doch dann drang ihr Blick weiter vor. Sie sah ihre Mutter sich unruhig von einer Seite auf die andere wälzen, sah den großen Schmerz und die Tränen im Gesicht der Mutter und Aimees Herz zog sich vor Mitgefühl zusammen.

»Warum werde ich so furchtbar gestraft!«, stöhnte die Mutter. »Muss nun auch Aimee leiden wie Elee? Tremoire, du grausame Rächerin, nimm doch mich! Nimm mich!«

Weinend wandte Aimee sich an die Urahnin. »Wovon spricht meine Mutter?«, fragte sie leise. »Ich will nicht, dass sie so leidet!«

»Still!«, erwiderte diese. »Siehst du deinen Vater?«

Wieder blickte Aimee in den Spiegel. Der Vater schlief tief atmend neben der unglücklichen Mutter. Im Schlaf wirkte sein Gesicht nicht mehr so streng, nicht mehr so fern. Sehr ruhig lag der Vater da, die kräftigen Hände auf der Bettdecke gefaltet. Und da –

Aimee stieß einen unterdrückten Schrei aus. Schaute auf den Krönungsring ihres Vaters, den Ring, den er wie stets an der rechten Hand trug, den Ring, den er niemals ablegte. Den Ring mit dem blutroten Rubin.

»*Tag und Nacht ruht er auf starker, mächtiger Hand*«, flüsterte Aimee. »Der Rubin! Der erste Stein!«

»So ist es!«, bestätigte die Urahnin. »Der Stein, den du suchst.«

Kein Stein hätte unerreichbarer sein können als dieser. Dumpf, in schweren, schnellen Schlägen dröhnte Aimees Herz. Sie durfte sich dem Vater nicht mehr unter die Augen wagen. Sie konnte den Stein nicht holen. Alle Opfer, die sie bisher erbracht hatte, waren vergebens.

Da durchfuhr sie der Schmerz in der Brust wie ein flammendes Schwert. Und das Bild war vor ihr: das Baby aus Marmor, das so aussah, als ob es schliefe, und das doch kalt und starr war. Und die Stimme war in ihrem

Ohr: *Mittendurch gerissen, zwei Hälften, die nichts sind ohne die andere. Zusammen das Ganze ...*

Aber selbst wenn sie zu ihrem Vater ginge und ihn um den Rubin bäte, nie würde er ihr seinen Krönungsring geben! Bestrafen würde er sie, bevor sie auch nur ein einziges Wort sagen konnte. Einsperren.

Und den Ring dem Vater unbemerkt entwenden? Ach, das war unmöglich, undenkbar. Der König war keiner, der sich seinen Ring stehlen ließ.

Was du für mich tust, tust du für dich. Ohne mich wird deine Seele versteinern wie mein Körper und als leere, gefühllose Hülle wirst du dein Leben fristen.

Aimee stöhnte. Lange rang sie mit sich: Wenn mein Vater mich einsperrt, wie soll ich dann noch das Baby erlösen? Aber ohne den Ring geht es nicht. Ich muss ...

Sie straffte sich, reckte das Kinn. »Ich werde zu meinem Vater gehen und ihn um den Rubin bitten! Wie finde ich nach Hause?«

»Du bist ein tapferes Mädchen!«, erwiderte die Urahnin und lächelte Aimee liebevoll zu. »Es gibt nur einen Weg, einen einzigen.«

Aimee stand auf und sah die alte Dame erwartungsvoll an. Doch diese schüttelte den Kopf. »Nein, mein Kind, deine Füße tragen dich nicht nach Hause. Den Weg von hier nach dort kann man nicht laufen. Auch nicht fahren, reiten oder schwimmen. Und selbst wenn die Menschen fliegen könnten wie Vögel – nicht einmal mit Flügeln gäbe es eine Möglichkeit, aus dieser Welt in jene zu gelangen! Wäre es nicht so, dann wäre ich meiner unglückseligen Tochter zu Hilfe geeilt, ich wäre meinem Gemahl in die

Arme gefallen, als er das Schwert hob ... Nein, von hier nach dort führt kein Weg. Wer in dieser Welt ist, kann in jene nur gelangen, wenn es dort jemanden gibt, der im tiefen Traum nach ihm ruft. Und nur diesen Träumenden kann er besuchen.«

»Dann komme ich nie zu meinem Vater!«, erklärte Aimee. Heimlich spürte sie Erleichterung: Die Begegnung mit dem Vater wenigstens blieb ihr erspart. Aber wie sollte sie dann an den Rubin gelangen? »Der König würde doch nicht im Traum daran denken, nach mir zu rufen!«

»Wer weiß!«, meinte die Urahnin. »Wer weiß!« Sie drehte dreimal am Handgriff des Spiegels, dann neigte sie sich darüber und hauchte auf die Scheibe. »Denk an deinen Vater und sieh! Dies ist der Traum, den dein Vater in diesem Augenblick träumt!«

Und Aimee rief sich das Bild des Vaters vor ihr geistiges Auge und blickte in den Spiegel.

Erst sah sie nur Nebel, dann zeichneten sich undeutlich und schemenhaft die Umrisse eines Zimmers durch den grauen Dunst ab. Schließlich wurde das Bild scharf und ließ das Arbeitszimmer ihres Vaters erkennen, das Zimmer, in das sie gewöhnlich befohlen wurde, wenn sie sein Missfallen erregt hatte. Und dann sah sie ihren Vater.

Der König saß an seinem goldverzierten Schreibtisch und hatte den Kopf in die Hände gestützt. Er stöhnte. Dann hob er den Kopf und sah zu dem Offizier hinüber, der in respektvoller Entfernung an der anderen Seite des Raumes stand. »Hat Er die Prinzessin gefunden?«, fragte der König.

Der Offizier verneigte sich. »Ich bin untröstlich, Majestät. Alle Städte und Dörfer im ganzen Königreich sind durchsucht, jedes Haus und jeder Stall. Alle Wälder sind durchforscht und alle Felder und Wiesen. Jede Brücke und jede Straße, jeder Pfad und jeder Platz. Jeder Mann, jede Frau und jedes Kind befragt. Von der Prinzessin fehlt jede Spur.«

Der König schlug mit der Faust auf die Tischplatte, dass der ganze Schreibtisch dröhnte. »Das ist nicht möglich!«, schrie er. »Schaffe Er sie herbei, sofort!«

»Wie Majestät befehlen!«, erwiderte der Offizier und lachte höhnisch. »Wie Majestät belieben!« Er bückte sich und hob auf, was zu seinen Füßen lag. Mit teuflischem Grinsen streckte er es auf seinen Armen dem König entgegen. Es war Aimee selbst.

Aimee, den Spiegel in der Hand, verschlug es den Atem. Sie stand hier in ihrem Fellmantel und mit den schrecklichen Haaren und der noch schrecklicheren Haut, aber zugleich sah sie sich dort auf den Armen des Offiziers in einem bestickten weißen Kleid, mit ihren goldblonden Locken und ihrer zarten Haut. Sehr blass war dieses Ebenbild ihrer alten Erscheinung, so weiß wie das Kleid. Und so seltsam starr lag es da, der linke Arm hing steif herab, der Kopf war nach hinten gebogen. Der Offizier ging auf den König zu und legte diese fremde reglose Aimee auf die Schreibtischplatte zwischen Urkunden und Schreibgerät. »Geruhen Majestät zu sehen, was Majestät angerichtet haben!«, höhnte er. Ein Tintenfass fiel um. Der Inhalt ergoss sich über das Kleid des Ebenbildes. Rote Tinte strömte über den weißen Stoff, färbte ihn am Rücken, an der Brust, am Rock. Tinte, rot wie Blut. Nur das Gesicht des Ebenbildes und seine Lippen blieben weiß wie Schnee.

Da erkannte Aimee, dass es eine Puppe war, die so aussah wie sie, eine lebensgroße Puppe aus Wachs. Doch der Vater erkannte das nicht.

»Sie ist tot!«, schrie er auf. Er kniete neben dem Schreibtisch nieder und ergriff die kalten Hände seiner vermeintlichen Tochter. »Aimee, warum hast du das getan! Warum bist du weggelaufen! Hattest du solche Furcht vor mir? Hast du nicht begriffen, dass ich nur aus Liebe so streng war? Dass meine Härte dich stählen sollte, vorbereiten auf dein Amt als meine Nachfolgerin? Dass ich deine Freiheit so einschränken musste, um dich vor Tremoires Hass zu schützen? Was gäbe ich darum … Komm zurück, Aimee!«

Er weinte.

»Vater!«, flüsterte Aimee und einen kurzen Moment wurde ihr schwarz vor Augen. Als ihr Blick wieder fasste, war sie dort im Arbeitszimmer des Königs, stand hinter ihrem knienden Vater und legte ihm die Hand auf die Schulter. »Weint doch nicht, Herr Vater! Ich bin ja hier!«

Er wandte den Kopf, sah sie an und sprang auf. »Wer bist du, dass du die Stimme meiner Tochter hast und ihre Augen?«

»Aber ich bin es doch! Ich bin Aimee! Erkennt Ihr mich nicht?«

»Aimee ist tot«, erwiderte der König mit brüchiger Stimme, »und ich trage die Schuld daran.«

»Ich bin nicht tot! Seht Ihr nicht, dass da nur eine Puppe liegt?«, fragte Aimee.

Der König schaute zum Schreibtisch. Dort lag eine Puppe aus Wachs. Still stand er da. Dann wandte er sich um, zog schweigend Aimee in seine Arme und drückte sie an sich.

Noch nie hatte der Vater sie umarmt. Noch nie hatte sie so dicht bei ihm gestanden. Noch nie war sie ihm so nah gewesen. Wärme zog Aimee in die Brust, dann ein Gedanke, zaghaft erst, doch bald immer sicherer: Der Vater liebte sie. Im Traum verstellte man sich doch nicht. Oder?

Lange standen sie so ganz ruhig. Nur das Herz des Vaters hörte Aimee dicht an ihrem Ohr, ruhig und fest, und ihr war, als gebe es keinen sichereren und besseren Ort auf der ganzen Welt. Nie mehr wollte sie von hier weg.

Doch da war das Baby aus Stein und ihr Versprechen und das Wissen, dass sie tun musste, was sie versprochen hatte.

»Bitte verzeiht! Ich muss noch einmal fortgehen, Herr Vater«, erklärte sie nah an seinem Herzen. »Ich muss jemanden erlösen. Wenn ich das geschafft habe, dann komme ich nach Hause zurück und laufe nie wieder weg, das schwöre ich. Aber ich muss Euch um Eure Hilfe bitten.«

»Meine Hilfe?«, fragte der Vater, ohne sie loszulassen.

»Ja. Ich muss sieben Edelsteine gewinnen. Ich brauche sie, um die Seele zu befreien, deren Körper vor langer Zeit versteinert ist. Ich brauche sie, damit meine eigene Seele nicht versteinert. Bitte versteht, Herr Vater: Der erste Edelstein, den ich brauche, ist der Rubin in Eurem Krönungsring. Dürfte ich Euch bitten mir diesen zu geben?«

Der Vater fasste sie an den Schultern und schob sie von sich. »Meinen Krönungsring? Den Inbegriff meiner Macht? Und darum wagst du mich zu bitten?«

»Ja, Herr Vater. Weil ich es muss.« Sie holte tief Luft. »Und weil ich jetzt weiß, dass Ihr mich liebt.«

»So! Weißt du das!« Er nickte langsam. »Nun dann, du sollst meinen Ring haben! Er wird dich schützen bei dem, was du tun musst. Er wird dir Mut machen, wenn du in Not bist.« Damit zog er sich den Ring mit dem funkelnden Rubin vom kleinen Finger und steckte ihn Aimee auf den Daumen.

Wie ein Blitz aus Wärme und Kraft fuhr es ihr durch den Körper. Und dann plötzlich stand sie wieder neben der Urahnin und hielt den Spiegel in der Hand, in jener Hand, an welcher der Rubin ihres Vaters schimmerte.

»Aber«, stammelte sie, »wie ist das möglich ...«

Die Urahnin legte ihr sacht den Finger auf den Mund und schüttelte leicht den Kopf. »Gib mir den Spiegel!« Erneut strich die Urahnin dreimal über das Glas und warf einen Blick darauf. »Deine Mutter ist eingeschlafen und träumt! Hier, dreh dreimal am Griff und hauche auf die Spiegelfläche, dann siehst du ihren Traum!«

Aimee richtete ihre Gedanken auf die Mutter und tat, wie ihr geheißen. Wieder sah sie zunächst nur Nebel, dann, als dieser sich lichtete, einen Garten von unglaublicher Schönheit. Wie leuchtende Wasserfälle hingen Millionen von Blütendolden von Zweigen und Mauerresten herab, wie ein vielfarbig wogendes Meer wuchsen hohe und niedrige Blumenstauden am Boden, rote Rosen blühten an Spalieren, mächtige Bäume breiteten ihre gewaltigen Kronen aus, kleine Bäche plätscherten über weiße Steine und dunkles Moos, und dort, inmitten eines Blumenrondells im hellsten Sonnenschein, stieg ein Wasserstrahl aus einem Springbrunnen auf, der mit einem wunderbaren bunten Mosaik ausgekleidet war. Am Rand dieses Springbrunnens aber kniete die Königin im rotgoldenen Seidenkleid, ließ träumerisch die Hand ins Wasser gleiten und sah die schillernden kleinen Fische an, die darin schwammen.

Da plötzlich legte sich ein finsterer Schatten auf die strahlende Wasserfläche und eine Eiseskälte wehte die Königin an. Bebend drehte sie sich um und sah hinter sich eine riesige schwarze Gestalt als Schattenriss gegen den Sonnenhimmel, eine Gestalt mit wehendem schleierartigem Mantel und flatternden langen Haarzotteln – oder waren es züngelnde Schlangen, die sich um ihren Kopf wanden? Ein Lachen stieß diese Gestalt aus, ein Lachen so kalt und böse und triumphierend, dass man sich nichts Furchtbareres vorstellen konnte.

Die Königin schrie in rasendem Entsetzen.

Der Spiegel in Aimees Hand zitterte. »Mutter«, flüsterte sie, »Mutter, es ist doch nur ein Traum. Ein Albtraum!« Doch die Mutter hörte sie nicht.

Dann war da auf einmal ein Zimmer im Schloss, die Sonne flutete zu den weit geöffneten Fenstern herein, eine Wiege stand mitten im Raum, sacht wehten die zarten Vorhänge im Windhauch, breit war die Wiege, viel zu breit für ein Kind allein, und zwei Kissen lagen darin, doch nur auf einem von beiden lag ein Baby und weinte bitterlich. Die Königin stürzte in das Zimmer, stürzte mit vorgestreckten Armen auf die Wiege zu. Doch sie nahm das weinende Baby nicht auf. Sie starrte auf das leere Kissen. »Elee!«, schrie sie wie von Sinnen. »Elee!«

Dann war da wieder dieses entsetzliche Lachen und dieser furchtbare schwarze Schatten, der auf die Wiege fiel, und das Baby hörte auf zu weinen, als habe ihm jemand den Atem geraubt.

Die Mutter krümmte sich am Boden, vergrub ihr Gesicht in den Händen. »Aimee!«, wimmerte sie. »Nicht auch noch du! Hörst du mich, Aimee? Hüte dich vor Tremoire, hörst du, hüte dich!«

»Ja, Mutter!«, flüsterte Aimee und spürte, wie etwas sie zur Mutter hinzog, doch wie sie zugleich kleiner dabei wurde und kleiner und kleiner – und dann lag sie in der Wiege neben dem leeren Kissen. Nass und beißend spürte sie die verschmutzte Windel zwischen den Beinen, verlassen fühlte sie sich, etwas fehlte, was immer da gewesen war, was zu ihr gehörte, und sie hatte Hunger und Durst, keinen Augenblick länger würde sie es ertragen können, sie wollte es der Mutter mitteilen, aber nur ein klägliches Wimmern drang über ihre Lippen.

Da beugte sich jemand über ihre Wiege, sie erkannte das liebe Gesicht ihrer Mutter, doch traurig war es, unendlich traurig. »Aimee, mein Liebchen«, sagte die Mutter leise und nahm sie hoch, entfernte die beißende Windel, hüllte das Baby Aimee in eine weiche Decke und nahm es an die Brust. Warme, süße Milch strömte der kleinen Aimee in den Mund, sie saugte und schluckte, alles in ihr wurde ruhig und weich und still, tief sog sie den Duft ein, welcher die Mutter umgab, dieser vertraute Geruch nach Wärme und Milch und Blumen und Liebe. Die Mutter wiegte sie sacht in den Armen und summte ein Lied, Aimee fielen die Augen zu und alles war gut, so unendlich gut.

Dann war es vorbei. Aimee war wieder so groß, wie sie zuvor gewesen war, war wieder bei der Urahnin und blickte in den Spiegel. Doch sie sah nichts als Nebel und blinde Flecken. In Aimees Augen brannte es. Dieses Gefühl am Busen ihrer Mutter – sie hatte nicht mehr gewusst, dass es etwas so Gutes gab …

Nur schwer fand sie aus dem Traum zurück. Dann seufzte sie: »Jetzt habe ich meiner Mutter gar nicht sagen können, dass es mir gut geht! Ich will nicht, dass sie Angst um mich hat und unglücklich ist. Wie kann ich nur helfen?«

»Es gibt nur eines, womit du deiner Mutter helfen kannst«, erwiderte die Urahnin. »Gehe deinen Weg! Den Weg, den du gehen musst. Erlöse das steinerne Baby! Erlöse dich selbst!«

»Nichts anderes?«, fragte Aimee leise.

»Nein, nichts anderes. Nun zögere nicht länger! Siehst du diese Rosette auf der Rückseite des Spiegels? Sie lässt sich mit dem Finger nach unten drücken. Das tue dreimal, dann reibe den Spiegel blank und bitte ihn, dir zu sagen, nach welchem Edelstein du als Nächstes suchen musst und wo!«

Aimee tat es. Doch ganz blank bekam sie den Spiegel

nicht. Ein Fleck, der anfangs nicht da gewesen war, wollte sich nicht wegwischen lassen und verdeckte einige Buchstaben des Schriftzuges, der wie von Geisterhand auf der Spiegelfläche erschien: »Der Bernstein im Schlo.... des Wassermannes.«

»Der Bernstein im Schloss des Wassermannes!«, las Aimee und blickte zögernd zu der alten Dame. »Das Schloss des Wassermannes? Wie finde ich das?«

Diese hob die Schultern. »Nun, ich vermute einmal: im Wasser! Wenn du diese Burg über die Brücke verlassen hast, dann wähle den linken Weg! Er führt dich steil in die Tiefe hinab zu einem See. Dort versuche dein Glück. Und nimm den Spiegel mit, mein Kind! Denke daran: Wenn du ihn dreimal reibst, zeigt er dir eine Person, an die du mit aller Kraft denkst. Wenn du seinen Griff dreimal drehst und ihn anhauchst, dann zeigt er dir den Traum, den diese Person eben träumt – vorausgesetzt, sie träumt gerade. Wenn du seine Rosette dreimal drückst und den Spiegel um Antwort bittest, dann buchstabiert er dir, wo du deine Suche fortsetzen musst. Und nun geh, und Gott sei mit dir!« Damit küsste sie Aimee auf die Stirn und war plötzlich verschwunden.

Suchend blickte Aimee sich um. Steinerne Spitzbogen, Säulen, in deren Kapitelle Rankenmuster und Fratzen gemeißelt waren, der Burghof – und kein Mensch. Als sei niemals jemand da gewesen.

Einen Augenblick wartete sie noch, dann steckte sie den Spiegel der Urahnin in eine Tasche des Fellmantels, verließ die Wasserburg und begann den Weg zu gehen, den jene ihr gezeigt hatte.

7

Nach einiger Zeit kam Aimee an eine steile Böschung. Weit unten sah sie einen großen See. Rechts des Sees wuchs Wald, links dehnte sich ein dichter Schilfgürtel. Das jenseitige Ufer war von hohen Felsen umschlossen, die einen schmalen Durchbruch offen ließen. Von einem Schloss im oder am See aber war nichts zu erkennen.

Aimee rannte, sprang und rutschte den Hang hinunter. Endlich erreichte sie die Talsohle und spähte über das Wasser. Wenn hier irgendwo das Schloss des Wassermannes war, so konnte es nur hinter dem Felsdurchbruch liegen. Und die einzige Möglichkeit, dorthin zu gelangen, bestand in dem kleinen Boot, das wenige Schritte von ihr entfernt an einem schmalen Steg vertäut im Wasser dümpelte.

Aimee löste die Schnur vom Pflock, stieg in das Boot

und ruderte los. Hin und wieder warf sie einen Blick über die Schulter zu dem Felsentor am Horizont. Schon begannen ihre Arme zu erlahmen, doch nur unendlich langsam entfernte sie sich vom Ufer. Noch immer war jeder Baum zu erkennen und jeder Busch. Und dann eine dunkle Gestalt mit wehendem Mantel und flatterndem Haar – oder waren es Schlangen, die sich um ihren Kopf wanden?

Aimee stieß einen erschreckten Schrei aus: Die Gestalt aus dem Traum ihrer Mutter! Sie war gar nicht nur die schreckliche Ausgeburt eines Albtraumes, sie war Wirklichkeit!

Die Gestalt reckte ihren Arm und zeigte über das Wasser, genau zu Aimee. »Hört ihr mich, ihr finsteren Wesen der Tiefen und der Untiefen!«, schallte ihre Stimme weit über den See. »Ich bin es, Tremoire die Rächerin, die euch ruft kraft der Macht des schwarzen Schlangenringes! Fangt die Prinzessin! In den Sumpf ohne Wiederkehr mit ihr!« Und dann drohend wie ein Fluch: »Du wirst mir nicht entkommen, Aimee, und nie wirst du dein Ziel erreichen! Niemand nimmt mir, was mir gehört, so wahr ich Tremoire die Rächerin bin!«

Tremoire! Das war die unheimliche Person, vor der die Mutter sie im Traum gewarnt hatte, von der auch der Vater in seinem Traum gesagt hatte, er habe Aimee vor ihr schützen wollen. Und genau diese Tremoire verfolgte sie nun!

Die Angst verlieh Aimee nie da gewesene Kräfte. Mit aller Macht legte sie sich in die Ruder. Nun waren die Bäume am Ufer schon klein und die furchtbare Tremoire kaum mehr auszumachen. Sie würde ihr entkommen. Sie musste!

Da auf einmal spürte Aimee, wie ihr Boot von einer ungeahnten Kraft erfasst wurde. Es schoss über den See, doch nicht in die Richtung, die sie verzweifelt ansteuerte, sondern weit hinüber zu Aimees rechter Seite, wo sich die Wasserfläche zwischen Röhricht und Schilf verlor. Und sosehr Aimee auch ruderte und lenkte – sie konnte nichts dagegen tun. Die Schnur aber am Bug des Bootes, die sie achtlos hatte hängen lassen, war straff gespannt. Fassungslos starrte Aimee ins Wasser. Eine bleiche Hand hielt die Schnur umklammert und zog an ihr den Kahn mit sich. Nur diese Hand konnte Aimee von jener unbekannten Macht erkennen und grüne Haare – oder waren es Algen? Sie schlug mit dem Ruder danach. Da fuhr eine weitere Hand in die Höhe und riss es ihr weg, und kurz danach auf der anderen Bootseite auch noch das zweite Ruder.

Aimee schrie. Ein höhnisches Lachen hallte vom Ufer herüber in wildem Triumph.

Dunkel war es geworden. Finstere Wolken verdeckten die Sonne und verhüllten den Himmel, schwarz wurde das Wasser. In trägen, schweren Wellen teilte es sich vor dem Kahn wie schmutziges Öl. Verwesung hing in der Luft, ein widerlicher Geschmack von verfaulten Eiern und verdorbenem Fisch erfüllte Aimees Mund. Ekel würgte sie und vereinte sich mit dem Entsetzen. Hilflos saß sie im Boot und wurde immer tiefer ins Grausen gezogen. Dichte, stinkende Dünste waberten um sie. Schilf tauchte aus dem Nebel auf und strich um sie, totes Holz trieb im Wasser, abgestorbene Bäume krallten Leichenfinger in den verdunkelten Himmel.

Aimee rang nach Luft, griff sich an die Kehle. Dann hörte sie hinter sich einen unheimlichen schmatzenden Laut. Sie fuhr herum und erstarrte.

Ein Ungeheuer erhob sich aus dem Sumpf. Baumhoch reckte es den Hals, der glatt und glitschig schillerte gleich einem gigantischen Wurm. Der Kopf aber –

Außer sich vor Grauen schlug Aimee die Hände vors Gesicht. Nicht sehen!

Wieder ein Schmatzen.

Aimee blinzelte zwischen den Fingern hindurch. Ein zweites Ungeheuer, größer als das erste! Grünlicher Schleim troff aus seinem zu höhnischem Grinsen verzerrten Maul, Eiter quoll aus lauernden Augen, Pestbeulen schwärten auf dem schlüpfrigen Schädel, stinkender Atem entfuhr der scheußlichen Brust.

Fest kniff Aimee die Augen zu und presste die Hände davor.

Noch ein Schmatzen und noch eines: noch ein Ungeheuer und noch eines. Aimee sah sie nicht an, um nichts in der Welt würde sie noch einmal die Augen öffnen, aber sie spürte die Gegenwart der Scheusale mit jeder Faser ihres Körpers, spürte die Bedrohung und zugleich einen grenzenlosen Abscheu vor so viel unbeschreiblicher Widerwärtigkeit.

Hätte sie weglaufen können, sie wäre bis ans Ende der Welt gerannt. Aber es gab keine Flucht, keine auch noch so geringe Möglichkeit. Also kauerte sie reglos im Boot mit tobendem Herzen und gelähmtem Verstand und wünschte nur, der Tod käme schnell, da er unausweichlich kommen würde …

Irgendwann drang etwas in ihr Bewusstsein: ein pochender Schmerz im Gesicht. Der Rubin des Krönungsringes, den der Vater ihr auf den Daumen gesteckt hatte, drückte gegen ihren Wangenknochen. Und obwohl es schmerzte, war es gut, diesen Ring zu spüren und diesen Stein. Es war, als entströme ihm Kraft. Mut. Und der Wille zu leben. *Der Ring wird dich schützen bei dem, was du tun musst …*

Noch immer mit geschlossenen Lidern schob sie die geballte Faust zum Mund und presste die Lippen auf den Rubin. Herr Vater, dachte sie inständig, Herr Vater, seid bei mir! Gebt mir Euren Mut! Gebt mir den Mut, der Not tut! Endlich öffnete sie die Augen und sah in ihren Schoß. Gegen allen Widerstand zwang sie sich, langsam, langsam den Blick zu heben: der Rand des Bootes, das dunkle Wasser, in dem Schlingpflanzen und trübe Schlieren dümpelten, der modernde Baumstrunk. Dann – ihr Atem setzte aus – die aufragende Brust eines der Ungeheuer, der lange Hals, der entsetzliche Kopf. Tief holte Aimee Luft und schaute dem Scheusal in die Augen. Verschlagen stierte es zurück und verzog sein Gesicht zu einer drohenden Grimasse. Doch Aimee wandte nicht den Blick ab, heftete ihn nur noch fester in die blutunterlaufenen Augen des Ungetüms. Da irrten diese zur Seite. Schlossen sich. Und das Monster begann zu schrumpfen wie eine Blase, in die mit der Nadel gestochen worden war. Unaufhörlich sackte es in sich zusammen, ließ sich in den Sumpf zurückgleiten und versank.

Der Rubin glühte.

Eine strahlende Freude und Gewissheit stiegen in Aimee auf. Nun wusste sie, wie diese Ungeheuer zu besiegen waren. Einem nach dem anderen schaute sie furchtlos in die Augen und eines nach dem anderen verschwand in der Tiefe.

Nun blieb nur noch das letzte, das größte, das schrecklichste von ihnen. All ihren Mut nahm Aimee zusammen und blickte ihm in die Pupille. Da bewegte sich etwas in der schwarzen Spiegelfläche dieses trügerischen Auges, undeutlich, verschwommen erst, doch schon wurde es klarer: ein Wolf, die Lefzen gebleckt, die Reißzähne drohend. Der Wolf duckte sich, streckte sich, setzte zum Sprung an, zum Sprung aus dem Auge des Scheusals –

Ein Schrei riss sich Aimee aus der Brust. Da bäumte sich das Ungeheuer auf, sein gewaltiger Schweif schoss aus dem Sumpf und peitschte die Wasseroberfläche, peitschte gegen das Boot, klein und zerbrechlich wie eine Nussschale war es gegen diese Gewalt, unter einem einzigen Schlag brach es auseinander.

Aimee fuhr mit den Armen in die Luft. Vergebens suchte sie nach Halt. Sie stürzte ins Nass. Sie ging unter, schrie, Wasser drang in ihren Mund, nein, das war kein Wasser, das war ekeliger, glitschiger Schleim, sie würgte, spuckte, hustete, etwas strich über ihren Rücken, wand sich um ihre Knöchel.

Wild schlug sie um sich und griff nach diesen Fesseln. Schlingpflanzen waren es, die sie umfangen hielten, die sie halten würden, bis das Ungeheuer sie –

In rasender Panik blickte sie sich um. Der Himmel

hatte sich verfinstert. Sie sah nichts als grauen, wogenden Dunst. Wo war das Ungeheuer? Aus welcher Richtung würde sein grausiges Maul auf sie herniederstoßen oder sein tödlicher Schlag sie treffen?

Ihre Füße traten in matschigen Grund und sanken ein, versanken bis zu den Waden. Zäh und klebrig umfing sie der Schlick.

Da hörte sie auf zu kämpfen. Merkwürdig ruhig war sie auf einmal.

Als sie klein gewesen war, hatte die Mutter ihr Geschichten erzählt. Wenn Nene sie zum Schlafen fertig gemacht hatte, war die Königin in ihrem wunderschönen Abendkleid und strahlenden Schmuck in Aimees Zimmer gekommen und hatte sich zu ihr auf die Bettkante gesetzt. Hatte ihre Hand genommen und sanft darüber gestreichelt. Und hatte mit ihrer weichen, immer ein wenig traurigen Stimme zu erzählen begonnen. Am meisten hatte Aimee die Geschichten von dem Engel geliebt, der ein kleines Mädchen beschützte. Es mit seinen Flügeln auffing, wenn es vom Baum fiel. Es an der Hand nahm, wenn es im Moor vom Weg abgekommen war. Den Hund am Halsband festhielt, der es beißen wollte, dem Räuber in den Arm fiel, der es in seinen Sack stecken wollte. »Habe ich auch einen Schutzengel?«, hatte sie dann jedes Mal ihre Mutter gefragt, um jedes Mal die Antwort zu hören: »Sicher hast du den, Aimee. Du schon!«

»Ich habe einen Schutzengel!«, flüsterte Aimee. »Ich schon!«

Da auf einmal fühlte sie sich aus dem Sumpf gehoben, die Schlingpflanzen rissen und gaben sie widerwillig frei, und noch ehe Aimee etwas sah, wusste sie: Das war nicht das Ungeheuer, nicht das Verderben, das war die Rettung.

Ohne etwas dazuzutun, glitt sie über die Oberfläche des Sumpfes zwischen Röhricht, totem Holz und Schlinggewächsen hinaus auf die freie Wasserfläche des Sees. Ein glatter, kraftvoller Leib unter ihr war es, der sie trug. Sie sah und konnte nicht fassen, was sie sah: Sie saß auf dem Rücken eines in allen Regenbogenfarben schillernden großen Fisches! Ihr war, als träume sie. »Bist du mein Schutzengel?«, flüsterte sie.

»Habe ich Flügel?« Er lachte ein liebevolles Lachen.

Hell war es wieder geworden. Die finsteren Wolken waren verschwunden. Aimee drehte sich um und blickte zum Sumpf zurück, aus dem der Fisch sie gerettet hatte.

Da war kein Sumpf. Da war kein Schilf und kein Schlingzeug, keine Schlieren und kein Schleim. Und da war kein Ungeheuer, nicht ein einziges. Lächelnd und im Sonnenschein glitzernd lag der See hinter ihr, seine offene blaue Wasserfläche streckte sich bis ans Ufer, sacht rollten seine Wellen an weißen Kiesstrand. Nur die schwarzen Äste eines einzelnen abgestorbenen Baumes ragten nahe dem Strand aus dem Wasser wie eine ferne Mahnung an vergangenes Grauen.

»Siehst du«, sagte der Fisch und ließ seine Farben schillern, »du hast die Ungeheuer besiegt und mit ihnen den Morast.«

»Aber das letzte Ungeheuer«, fragte Aimee, »das, vor dem du mich gerettet hast, was ist mit dem?«

»Wer soll das wissen!«, erklärte der Fisch. »Meiner

Fahrt folgen kann es jedenfalls nicht. Jetzt teile mir mit, wohin ich dich bringen darf!«

»Ich suche das Schloss des Wassermannes«, erklärte Aimee. »Weißt du, wo es ist?«

Statt einer Antwort tauchte der Fisch ein Stück unter. Eine Welle schlug Aimee ins Gesicht, sie prustete und schwankte, schnell suchte sie Halt an seiner Flosse. Auf seinem Rücken reitend streckte sie Brust und Kopf aus dem Wasser, der Wind pfiff ihr um die Ohren. Der Fisch schoss mit ihr durch den See, der untergehenden Sonne entgegen. Langsam färbte sich der Himmel zu prächtigem Orange. Die Sonne sank in den Spalt zwischen den beiden Felswänden, die das jenseitige Ufer des Sees bildeten. Ein rotgoldenes Tor war es, auf das Aimee da zuflog, nicht ahnend, was sich dahinter auftun würde.

Je mehr sie sich diesem Tor näherten, desto lauter wurde ein donnerndes Tosen, das sich mit dem Brausen des Fahrtwindes vereinte, es mehr und mehr übertönte. Nur noch eine ganz kurze Strecke bis zum Ende. Da plötzlich –

Der Fisch tauchte unter Aimee weg, warf sie dabei mit einer schlingernden Bewegung von seinem Rücken. Sie versank und kam wieder hoch, eine rasende Strömung hatte sie erfasst und riss sie auf das Felsentor zu, so schnell ging es, dass sie nichts mehr sehen konnte außer schwarz drohenden Wänden und rotgoldenem Licht. Das Tosen steigerte sich zum Brüllen. Warum hatte sie keine Furcht, keine Angst?

Sie schoss über den Rand des Sees hinaus, stürzte in die Tiefe, wurde herumgewirbelt, Wasser trommelte auf ihren Körper, katapultierte sie an die Oberfläche. In einem dichten Dunst zerstiebenden Wassers fiel Aimee und fiel, wusste, es war ein Wasserfall, der sie mit sich riss. Und obwohl ihrem Verstand klar war, dass ein Wasserfall höchste Lebensgefahr bedeutete, fühlte sie sich auf eine merkwürdige Art ruhig. Als geschähe nicht wirklich, was geschah.

Die Zeit blieb stehen. Eine Ewigkeit, Fingerbreit um Fingerbreit, leicht wie eine Feder, schwebte Aimee nach unten und fürchtete sich nicht. Dann prallte sie auf die Wasserfläche und wurde von einer unglaublichen Kraft unter Wasser gezerrt. Dreimal wie von einer Walze kopfüber zu einem rasenden Überschlag gedreht. Weitergezogen. Und freigegeben.

Ganz still war auf einmal das Wasser, kühl und sanft. Mühelos schwamm Aimee an die Oberfläche und tauchte auf. Geblendet schloss sie die Augen. Glühendes Orange. Und eine unwirkliche Stille. Vorsichtig öffnete sie wieder die Augen und blickte sich um. So viel überirdische Pracht! Erst glaubte sie sich in einem ganz und gar mit Rotgold überzogenen Schloss zu befinden, in einem Saal mit funkelnden Wänden, deren eine ungeheures Licht ausströmte. Dann begriff sie, dass dieses Licht nichts anderes war als die untergehende Sonne, die durch den gewaltigen Schleier herabstürzender Wassermassen schien.

Sie befand sich hinter dem Wasserfall! Und was ihr wie ein Festsaal vorgekommen war, erwies sich als ein schimmerndes Höhlenportal über stillem Wasser.

Benommen schwamm Aimee zum Rand des Gewölbes,

zog sich auf eine flache Steinstufe und schwang sich hinauf. Dann saß sie auf diesem Podest und kam sich so unwirklich vor, dass sie ihre Füße und ihr Gesicht berührte, um sich ihrer selbst zu vergewissern.

Erst allmählich, nach und nach, kam das Entsetzen: Sie war soeben dem Tode entronnen! Nach dem Entsetzen über die Gefahr kam die Dankbarkeit für die Errettung. Lang kauerte sie auf der Steinstufe, blickte in den leuchtenden Wasserfall und dankte ohne Worte, aus tiefstem Herzen.

»Eins, zwei, eins, zwei, eins, zwei!«, hörte sie auf einmal hinter sich ein Kommando, begleitet von merkwürdig platschenden Geräuschen. »Uuund rechtsum! Stillgestanden! Den Dreizack in Position!«

Sie drehte sich um und erbleichte. Sieben Soldaten hatten hinter ihr Stellung bezogen und richteten ihre dreizinkigen Lanzen gegen sie. Doch was Aimee fast ebenso erschreckte wie der Anblick dieser fürchterlichen Waffen waren die Froschfüße dieser Männer – oder wie sonst sollte man nennen, worauf sie sich bewegten? Nur zu deutlich war zu erkennen, dass dies kein absonderliches Schuhwerk war, sondern natürliche Gliedmaßen, denn die Soldaten hatten nackte Beine, trugen nichts als kurze grüne Hosen.

Da plötzlich begriff Aimee, wo sie sich befand: im Reich des Wassermannes. Sie schluckte. Zwar war dies das Ziel ihrer Reise gewesen, doch nun …

»Mitkommen!«, befahl der Anführer der Soldaten und machte eine unmissverständliche Bewegung mit seinem Dreizack. Die anderen sechs wiederholten diese stumme

Drohung mit grimmigen Gesichtern. Hinter dem Anführer, vor den Soldaten her, ging Aimee den Weg, der ihr aufgezwungen wurde. Durch ein breites Felsenportal führte man sie in einen Gang längs eines tiefen Wassergrabens. Immer weiter. Breite Flure, an deren Wänden zarte Schleier von Wasser herabrieselten und das Perlmutt schimmern ließen, mit dem jene überzogen waren. Säle, in denen Springbrunnen sprudelten, Kaskaden von Wasser über unzählige Stufen stürzten und muschelförmige Becken mit klarem Wasser überströmten, eines in das andere. Atemberaubend schön – und doch war es nicht die Schönheit, die ihr den Atem raubte, es war die Furcht vor dem, was sie erwarten würde.

Dann der Thronsaal, gewaltiger noch als der im Schloss ihres Vaters. Sieben kreisförmig angeordnete Wasserfontänen stiegen an der Stirnseite des Saales in die Höhe. Zwischen ihnen führten rotgoldene Stufen zu einem rotgoldenen Podest. Darauf der rotgoldene Thron. Und auf dem Thron –

Ein Lanzenschaft wurde ihr in den Rücken gestoßen. Sie fiel auf die Knie und die Lanze zwang sie, sich nach vorne zu neigen, bis ihre Stirn den Boden berührte.

Aimee blinzelte in die Höhe zu dem Mann auf dem Thron. Die gleiche stolze Haltung wie ihr Vater, der gleiche strenge Zug um den Mund, die gleiche herrische Handbewegung. Der Wassermann!

»Was gibt es?«, fragte er harsch.

»Dieses Menschenwesen ist unerlaubt in Eurer Majestät Schloss eingedrungen!«, erwiderte der Anführer der Soldaten.

»Ich verurteile es zu fünf Jahren Luftkerker!«, erklärte der Wassermann. »Abführen!«

Es war, als könne sie nie wieder einen Muskel rühren, nie wieder einen Gedanken fassen. Sie lag am Boden und konnte nicht begreifen, was ihr geschah. Etwas in ihr weigerte sich es zur Kenntnis zu nehmen.

Aimee wurde auf die Beine gezerrt. Die Arme wurden ihr auf den Rücken gedreht, die Hände übereinander gelegt, ein Algenstrick über die Handgelenke gestreift. Willenlos ließ sie es geschehen. Der Strick wurde festgezurrt, schnitt in die Haut. Es war nicht wahr. Ein Traum, nur ein Traum ...

Ein froschfüßiger Soldat packte sie an den gefesselten Händen. Hart drückte der Rubin des Krönungsringes in ihren Handballen. Da plötzlich kam Leben in Aimee. Sie wand sich aus dem rohen Griff. »Ich bin überhaupt nicht eingedrungen, ich bin den Wasserfall hinuntergestürzt und in die Höhle geschleudert worden!«, rief sie. »Ich bitte um Verzeihung dafür, Majestät, aber da war niemand, den ich um Erlaubnis fragen konnte, ob ich mich vor dem Ertrinken auf eine Felsstufe retten durfte, die Eurer Majestät gehört! Mein Vater würde jedenfalls niemanden verurteilen, ohne ihn anzuhören!«

»So, dein Vater! Wer ist er?«, fragte der Wassermann und betrachtete sie mit erwachendem Interesse.

»Mein Vater ist der König!«, antwortete sie stolz.

Der Wassermann lachte. »Wohl der König der Bettler und Vagabunden!« Dann wurde er scharf. »Für diese Lüge verurteile ich dich zu einem weiteren Jahr!«

Hitze flammte in Aimee hoch, ihr Herz jagte. Wie sollte sie beweisen, dass sie nicht gelogen hatte? Sie ballte die eiskalte Linke um die Rechte mit dem Rubin. Der Ring! »Es ist keine Lüge, Majestät! Und ich kann es Eurer Majestät beweisen, denn mein Vater hat mir seinen Ring gegeben!«

»Herzeigen!«, befahl der Wassermann.

Der Anführer der Soldaten rupfte Aimee den Ring vom Finger und reichte ihn dem Wassermann. »Sieh an!«, sagte dieser. »Tatsächlich, des Königs Krönungsring! Dann muss ich dir wohl glauben, denn diesen Ring zu stehlen dürfte schwerlich einem Wesen der Oberwelt gelingen. Erstaunlich! Der König muss seine Tochter sehr lieben und ihr sehr vertrauen, wenn er ihr seinen Ring überlässt!« Er gab den Soldaten ein Zeichen und schon war Aimee wieder von den Fesseln befreit. Sie merkte es kaum. Ihre Gedanken waren bei dem, was der Wassermann da eben gesagt hatte. *Sehr lieben und ihr sehr vertrauen* ... Schön war das, so sehr schön ...

Der Wassermann gab ihr den Ring zurück und betrachtete sie mit unverhohlener Neugier. »Wie kommt die Königstochter dazu, in solch abscheulicher Aufmachung einen Wasserfall der Unterwelt hinunterzustürzen?«, fragte er.

Aimee machte einen tiefen Knicks. »Das ist eine lange Geschichte, Majestät«, erwiderte sie leise.

»Ich liebe lange Geschichten. Kurze Geschichten sind mir zu kurz«, erklärte der Wassermann mit spöttischem Lächeln. »Aber ich hoffe, sie ist unterhaltsam – und wahr, sonst wirst du sieben Jahre Zeit haben dir im Luftkerker eine bessere auszudenken!«

Da erzählte Aimee zum zweiten Mal an diesem Tag alles, was ihr geschehen war, seit sie am Fenster die Stimme vernommen hatte. Der Wassermann hörte aufmerksam zu. Sogar als Aimee davon sprach, dass der Spiegel ihr mitgeteilt habe, das zweite Juwel sei der Bernstein im Schloss des Wassermannes, runzelte er nur kurz die Stirn.

»Hat Tremoire also einmal mehr zugeschlagen!«, sagte er dann und nickte vor sich hin. »Das verwundert mich nicht. Die Unerbittlichkeit, mit der sie der Königsfamilie nachstellt, wird nur noch übertroffen von dem Hass, mit dem sie jedes einzelne Mitglied deiner Familie verfolgt. Ich weiß das seit langem – die Nixen tragen mir zur Unterhaltung das eine oder andere aus der Menschenwelt zu. Aber ich kann mich nicht erinnern, wie das alles seinen Anfang nahm, zu viel Wasser ist seither den großen Fall herabgestürzt und die Irrungen und Wirrungen der Menschen ähneln einander mehr als ein Tropfen dem anderen. Du forderst Tremoire also heraus und willst ihr nehmen, was sie sich geholt hat. Keine leichte Aufgabe. Nun, mein Wohlwollen hast du, denn der Anblick von Tremoires hassverzerrtem Angesicht hat die Nymphen verschreckt und vertrieben, die mich mit ihrem Tanz stets erfreut haben. Sei gewarnt: Tremoire ist eine furchtbare Gegnerin und ihre gefährlichste Waffe ist ihr eigenes Angesicht. Blicke nie hinein! Die Nymphen verschreckt es – die Menschen verhext es. Besonders die Menschen von königlichem Blut. Wenn du es erblickst, bist du ihr verfallen für alle Zeiten, dann lässt sie dich nie wieder aus ihren Fängen. Und nun will ich deine Bitte erfüllen. Du sollst meinen Bernstein erhalten!« Damit gab er einem Diener einen Befehl und kurze Zeit später brachte dieser auf einem silbernen Teller einen warm schimmernden Bernstein in der Form eines kleinen Herzens, in dessen Mitte ein winziger Samen eingeschlossen war.

Mit einem tiefen Knicks nahm Aimee den Stein entgegen und wollte sich wortreich bedanken, doch der Wassermann winkte ab. »Spar deine Worte! Wie solltest du dich bedanken können für etwas, dessen Wert du gar nicht zu ermessen weißt. Mag sein, der Tag kommt, an dem du begreifst – dann danke mir in deinem Sinn! Jetzt blicke in deinen Spiegel! Ich wünsche zu erfahren, wo du deine Suche fortsetzen wirst.«

Aimee zog den Spiegel aus der Tasche und drückte dreimal auf die Rosette. War das Spiegelglas schon immer so angelaufen gewesen? Sie rieb, hauchte und polierte, doch drei Flecken konnte sie nicht entfernen. Entsprechend verstümmelt war der Schriftzug, der auf ihre Frage hin im Spiegel erschien: »Der Top.. .. des .. euer.. .. .. .. manders.« Laut las sie vor und blickte den Wassermann bittend an. »Könnt Ihr mir helfen, das zu verstehen?«

»Top?«, fragte dieser. »Dabei kann es sich nur um einen Topas handeln. Das Weitere wirst du selbst herausfinden. Meine Soldaten werden dir den Weg zeigen. Und nun erweise dich des unermesslichen Geschenkes würdig, das ich dem Menschenwesen gemacht habe, welches Tremoire die Stirn zu bieten wagt!«

Etwas wie Achtung war in seiner Stimme, als er sie entließ. Und plötzlich war die Freude da, eine tiefe, strahlende Freude. Sie hatte es geschafft, sie hatte den Bernstein des Wassermannes gewonnen! Das zweite der sieben Juwelen! Und sie hatte sogar die Anerkennung des Wassermannes erhalten und er war immerhin ein König, ein König wie der Vater. Und was er über den Vater gesagt hatte, das zeigte ihr erst so richtig, was es bedeutete, dass der Vater ihr seinen Krönungsring gegeben hatte …

Jetzt, nachdem sie alles Bisherige bewältigt hatte, den Vater in seinem Traum überzeugt, die entsetzlichen Ungeheuer besiegt und den Wassermann auf ihre Seite gebracht: Jetzt würde sie auch noch alles Weitere bewältigen. Komme, was da wolle.

Diesen Topas finden, den dritten Stein …

Doch erst einmal musste sie den Spruch des Spiegels verstehen! »-euer?«, murmelte sie vor sich hin, als sie den beiden Soldaten durch endlose Gänge folgte. »Heuer? Teuer? Feuer! Ja, das musste es sein! Feuermander? Feuer-hmhmhmhm-mander …«

Gedankenverloren lauschte sie dem fernen Klappern einer Wassermühle. Dann plötzlich rief sie aus: »Feuersalamander! Der Topas des Feuersalamanders!« Ihr war, als müsse die Suche nun ganz einfach sein, da sie doch wusste, wonach sie suchte.

Erst als die Soldaten ihr eine abwärts führende Wendeltreppe gezeigt und sie dann verlassen hatten, fiel ihr ein, dass sie nicht die geringste Vorstellung davon besaß, wo ein Feuersalamander leben mochte.

8

Aimee stieg die Treppe hinab. Drehung um Drehung wand diese sich in die Tiefe. Hatte diese Spirale nie ein Ende? Schließlich landete Aimee in einem winzigen dämmrigen Flur, von dem zwei Türen abgingen. Und niemand hatte ihr gesagt, welche die richtige sei, durch welche sie gehen solle. Sie legte die Hand auf die Klinke der rechten Tür. Was, wenn Tremoire hinter dieser Tür auf sie lauerte? Sie wandte sich zur linken und legte das Ohr an das Türblatt. Kein Laut war zu hören, nicht der geringste. Sie drückte dagegen, erst vorsichtig, dann mit Kraft. Widerwillig ließ die Pforte sich ein schmales Stück öffnen. Grabeskälte schlug ihr entgegen. Und eine Luft –

Schaudernd spähte Aimee durch den Spalt. Erst sah sie nichts, nur Finsternis. Dann machte sie äußerst steile in den Fels gehauene Stufen aus, die geradewegs in den Mittelpunkt der Erde zu führen schienen. Wer dort stolperte und in die Tiefe stürzte! Wer in dieser Finsternis Tremoire begegnete oder jenen Ungeheuern, die dort hausen mochten!

Voller Grausen zog Aimee die Tür wieder zu und wandte sich zur rechten. Kaum hatte sie deren Klinke niedergedrückt, schwang die Tür auf. Helles, strahlendes Sonnenlicht flutete ihr entgegen, Wärme und der Geruch nach Sommer und Sonne. Aufatmend trat Aimee ins Freie und fand sich auf einem Absatz im unteren Teil eines felsigen Hanges. Eine verlockend schöne Landschaft lag zu ihren Füßen. Ein Stück entfernt toste in mehreren Stufen der Wasserfall den Berg hinab und ergoss sich in einen Strom, der glitzernd das sonnige Tal durchfloss. Blühende Wiesen waren zu sehen, auf denen hier und dort alte Bäume Schatten spendeten, fruchtbare Äcker, die durchzogen waren von grünenden Hecken, ein heller Wald und dort ein freundlich wirkendes Dorf. Eben hielt eine Postkutsche vor einem behäbigen Gasthof, Gäste stiegen aus, der Postillion schirrte die Pferde aus, der Wirt trat aus dem Haus.

Ein Gasthof – ein warmes Bad im Zuber, eine Mahlzeit mit Suppe und Fleisch und Fisch und Gemüse und Brot und Kuchen und Beerengrütze mit Sahne und endlich wieder einmal ein richtiges Bett mit weichen Kissen … Ja, das hatte sie sich verdient nach aller Anspannung und Anstrengung und Gefahr. Morgen würde sie die Suche fortsetzen, doch heute wollte sie sich ausruhen und sich freuen und stolz sein auf das Erreichte.

Rasch machte Aimee sich auf den Weg ins Dorf. Dann

stockte sie. In einem Gasthof konnte es Diebe geben. Es war besser, den Ring ihres Vaters nicht sehen zu lassen. Sie nahm ihn vom Daumen und knotete ihn in der Innentasche des Mantels in den Fellzotteln fest, wie sie es auch mit dem Bernstein des Wassermannes getan hatte. Nun war sie gerüstet.

Ein Pfad führte in Windungen den Fuß des Berges hinunter und auf das Dorf zu. Die Sonne brannte herab, doch durchfroren von ihrer nassen Kleidung und der Kühle im Schloss des Wassermannes war Aimee dankbar für jeden Sonnenstrahl.

Am Dorfrand spielten Kinder. Ein kleines Mädchen war das erste, das Aimee erblickte. Sprachlos stand es da, gaffte sie reglos an, den Finger in der Nase.

Aimee lächelte: Eine Prinzessin bekam die Kleine wohl nicht alle Tage zu Gesicht! Eben wollte Aimee das Mädchen ansprechen, da verzog dieses sein Gesicht zu einem Weinen und rannte schreiend davon. Die anderen Kinder kamen herbei, sahen Aimee an, glotzten mit aufgerissenen Mündern. Dann brach ein älterer Junge in Johlen aus: »Vogelscheuche, Wasserleiche!«, grölte er.

»Vogelscheuche, Wasserleiche!«, skandierten die anderen Kinder im Chor.

Von Hitze überflutet wie von siedendem Pech stand Aimee angewurzelt. In den Blicken der anderen sah sie ihre Hässlichkeit, spürte diese durch jede Pore ihrer zernarbten grauen Haut. Ihre strohigen Haare sträubten sich. Und mit jedem Augenblick fühlte sie sich noch hässlicher und abstoßender. Wie ein räudiger Hund. Wie eine eklige Ratte. Wie eine widerliche Kellerassel.

Ein Albdruck legte sich ihr auf die Brust. Vergeblich rang sie nach Worten. »Ich«, begann sie endlich zu stottern, »ich, so sehe ich nicht wirklich ...«

»Hexe!«, kreischte ein Mädchen, zog sich mit den Fingern die Mundwinkel auseinander und streckte die Zunge heraus.

»Hexe!«, kreischten alle, tanzten um Aimee herum und schnitten ihr Grimassen.

Da machte Aimee kehrt und rannte davon, hetzte zwischen Häusern, Ställen und Gärten hindurch, die Kinder kamen schreiend, lachend und quietschend hinter ihr her, ein Junge erwischte sie am Ärmel ihres Fellmantels, sie riss sich los, der Pelz zerfetzte, sie stürmte weiter, in eine Scheune hinein, durch die Tenne, die Kinder dicht nach ihr, sie sah den blanken Himmel durch die Hintertür, da war kein Boden und keine Treppe, die Kinder hatten sie eingeholt, blindlings sprang sie, fiel – und landete auf allen vieren weich in einem Misthaufen.

Warmer, stinkender Dunst und Schwärme von Schmeißfliegen stiegen um sie herum auf. Brennend vor Scham rappelte sie sich auf. Die Kinder oben in der Scheune drängten sich in der Tür und grölten.

Ohne den Kopf zu heben kletterte Aimee vom Misthaufen, schüttelte Stroh und Kuhfladen aus ihrem Pelz und machte sich davon.

Dicht an die Zäune und Hecken gedrückt schlich Aimee aus dem Dorf, versteckte sich im Gebüsch, sobald sie jemanden kommen hörte, und suchte querfeldein den Weg zum Fluss.

Dort wusch sie sich und ihren Mantel. Die Sonne trocknete das Wasser von ihrer Haut, aus ihren Haaren und dem Pelz. Doch Aimees Tränen konnte die Sonne nicht trocknen.

Sie war abscheulich. Abstoßend. Und feige. Sie hätte sich nicht einschüchtern lassen dürfen und schon gar nicht weglaufen. Sie, die Prinzessin, lief vor einer Meute von Dorfkindern davon!

Sobald keiner wusste, wer sie war, und nicht Macht und Ansehen ihres Vaters hinter ihr standen, was blieb dann von ihr? Nichts. Rein gar nichts.

»Einen wunderschönen guten Abend, Prinzessin!«, sagte eine Stimme in ihrem Rücken. Aimee zuckte zusammen. Ein junger Edelmann im eleganten Rock, mit glänzenden braunen Haaren und einem kleinen Schnurrbart stand da und machte eine leichte Verbeugung. »Tränen?«, fragte er mitfühlend. »Wenn ich irgendwie behilflich sein kann …«

Aimee schüttelte den Kopf und wünschte, dass er sie in Ruhe lassen würde.

Doch der Edelmann ließ sich neben ihr im Gras nieder. »Ein unwirtlicher Ort, dieses Dorf!«, meinte er mit angedeutetem Schaudern. »Dumpfe Bauern, die keine Ahnung haben von gesitteter Lebensart.«

Sie streifte ihn mit einem kurzen Blick. Hatte er beobachtet, was im Dorf vorgefallen war? Schon der bloße Gedanke trieb ihr die Röte in die Wangen.

»Ich weiß eine gastlichere Bleibe für diese Nacht«, erklärte er leichthin.

Nach einer weiteren Begegnung mit Menschen oder gar mit Kindern war ihr nicht zumute. Doch vielleicht konnte er ihr anderweitig helfen? Rasch fragte sie: »Wisst Ihr, wo es hier einen Feuersalamander gibt?«

Verständnislos sah er sie an. »Warum interessiert Euch derlei Getier?«

Sie antwortete nicht.

»Darf ich erfahren, wohin Euer«, begann er neu, stockte kurz und fuhr fort: »wohin dein Weg dich führt?«

»Ich suche den Feuersalamander, der im Besitz eines Topas ist«, erwiderte Aimee.

Sein Gesicht nahm einen Ausdruck von Überraschung, ja Bestürzung an, der beinahe einfältig wirkte. »Feuersalamander?«, wiederholte er. »Topas?« Dann fasste er sich und plötzlich leuchtete sein Gesicht auf. »Aber ja! Wie dumm von mir! Ich hätte gleich darauf kommen können, dass du von Freiherr Sa la Mander sprichst! Der besitzt Edelsteine, wie es Sand am Meer gibt, und ein Topas wird wohl auch darunter sein.«

»Ich weiß nicht«, murmelte Aimee zögerlich. »Es hieß nicht Freiherr. Es hieß Feuer!«

Er lachte. »Aber ja doch! Jedermann im Volk nennt den Freiherrn so. Seines feuerroten Bartes und seiner feuerroten Haare wegen. Was für ein glücklicher Zufall! Ich bin gerade auf dem Weg zur Burg des Freiherrn. Er ist mein Oheim. Und berühmt nicht nur für seine Juwelensammlung, sondern auch für seine Gastfreundschaft. Wenn ich dir also mein Geleit antragen darf – beziehungsweise einen Platz auf meinem Rappen? In weniger als einer Stunde können wir in der Burg des Freiherrn sein.«

Einen Augenblick war ihr, als wehe ein kalter Lufthauch sie an. Sie schauderte zusammen. Als wäre da etwas, was sie zurückhalten wollte. Zu einem fremden Edelmann aufs Pferd steigen, mit ihm in eine fremde Burg gehen ...

»Worauf wartest du noch?«, fragte der junge Mann.

Da nickte sie, stieg hinter ihm auf sein Pferd und hielt sich an seinem Gürtel fest. Dieser Herr war ein wirklicher Edelmann, bei ihm war sie so sicher wie bei den Rittern ihres Vaters.

Die Sonne ging unter und Nebel stiegen von den Flussauen auf, als sie die Burg erreichten. Dunkel ragte diese auf einem Felsen in die Höhe, von unzähligen Zinnen gekrönt, mit drei Türmen bewehrt. Das Tor war geschlossen, bemalt mit dem Wappen des Freiherrn: übereinander angeordnet drei schwarze Wölfe auf der linken Seite, ein zum Stehen aufgerichteter silberner Wolf auf der rechten. Der Edelmann sprang vom Pferd und betätigte den Türklopfer. Sofort öffnete sich ein kleines Fensterchen neben dem Tor und ein zahnloser Alter grinste heraus. »Ah, Junker Edelwin! Habt Ihr die Prinzessin also gefunden! Da wird ... «

»Willst du wohl öffnen, du Ausgeburt der Hölle!«, brüllte der Edelmann dem Alten mitten ins Wort und donnerte den löwenköpfigen Klopfer ans Tor, dass es in der ganzen Burg widerhallte. Aimee zuckte zusammen. Sie hatte den jungen Herrn für freundlich gehalten – und nun zeigte er sich von solch unerfreulicher Seite! Doch schon hatte er sich wieder gefasst, half ihr im Burghof liebenswürdig lächelnd vom Pferd und erklärte: »Ich werde dich gleich in den Rittersaal führen. Dort kannst du auf die

Freifrau und den Freiherrn warten. Ich werde ihnen mitteilen, dass ich Besuch mitgebracht habe, und sie darauf vorbereiten, dass ein gewisser Topas in der Unterhaltung eine wesentliche Rolle spielen wird!« Er lachte.

Aimee bedankte sich und atmete tief auf. Wie leicht auf einmal alles ging, wie von selbst. Ob es der Bernstein war, der ihr ein solches Glück brachte?

Zum Rittersaal ging es vom Burghof eine breite Treppe nach unten. Junker Edelwin öffnete ein schweres Tor und ließ Aimee den Vortritt. Ein in den Felsen gehauener Saal ohne jegliches Fenster lag vor ihr. Neben der Tür ein großer Kamin, in dem ein Feuer brannte und den Raum mit Wärme und flackerndem Licht füllte, ein schwerer Tisch mit sechs Stühlen an jeder Längsseite und einem an der oberen Schmalseite, an den Wänden ausgestopfte Tiere, sonst nichts.

Junker Edelwin ließ sie allein. Wartend ging Aimee im Saal auf und ab und legte sich Worte zurecht, mit denen sie die Freifrau und den Freiherrn für sich gewinnen und um den Topas bitten könnte.

Sollte sie sich offenbaren und sagen, wer sie war? Den Ring des Vaters vorweisen?

Sie fühlte in der Tasche nach dem Ring, doch plötzlich stockte sie. Täuschte sie sich oder hatte Junker Edelwin sie nicht bei der Begrüßung mit »Prinzessin« angesprochen? Und mit »Ihr« und sich dann wieder verbessert? Und hatte nicht der Alte am Tor sie ebenfalls erkannt?

Aber ja, natürlich: Man wusste hier längst, wer sie war! Nur so war die Freundlichkeit des Edelmannes zu verstehen.

Aber wie konnte er sie erkannt haben? Kein Mensch konnte ihr die Prinzessin ansehen!

Also habt Ihr die Prinzessin gefunden! So hatte der Alte es ausgedrückt. Aimee wurde der Hals trocken. Für diese Bemerkung des Alten gab es nur eine Erklärung: Der Edelmann hatte sie nicht zufällig getroffen – er hatte sie gesucht! Und irgendwie hatte er sich sehr seltsam benommen, als sie von dem Feuersalamander erzählt hatte ... Hatte er geplant sie in diese Burg zu bringen?

Verwirrt unterbrach Aimee ihr Auf- und Abgehen, stierte vor sich hin. Das Feuer hinter ihr flackerte. In seinem unruhigen Licht schienen die ausgestopften Tiere zum Leben zu erwachen. Fuchs und Iltis, Eule und Specht, Hase und Dachs, Reh und Wildsau. Aimee schauderte. Ein abgründiges Grauen stieg in ihr auf. Es war, als würden die toten Augen der Tiere sie verfolgen. Und auf all ihren Gesichtern war der gleiche Ausdruck. Der gefrorene Ausdruck namenlosen Entsetzens. Als sei das Letzte, was sie in ihrem kurzen Tierleben gesehen hatten, weit Furcht erregender gewesen als der Tod.

Unfähig, einen klaren Gedanken zu fassen, starrte Aimee auf die toten Tiere. Einem Adler waren die Schwingen ausgebreitet wie im Flug, ein Habicht hockte auf einem Ast, ein Eichhörnchen hielt eine Nuss in den steifen Pfötchen. Und jedes von ihnen schrie ihr stumm zu: »Flieh, Aimee! Flieh, ehe es zu spät ist!«

Da fiel ein Schatten auf die Wand. Der Schatten einer Gestalt im weiten Mantel und mit wirren Haarzotteln. Nein, das waren keine Haare, das regte sich, wand und kringelte sich um den Kopf ...

Der Schrei erstarb Aimee im Hals, ehe er ihre Lippen erreichte.

»Zu spät!«, gellte das Entsetzen der stummen Tiere. »Jetzt kann dich nichts mehr retten!«

Tremoire.

Kein Fenster, durch das Aimee hätte fliehen können, und keine andere Tür als die, vor der die furchtbare Gestalt stand …

»Nun, mein Mädchen, sei mir gegrüßt!«, sagte die Stimme, freundlich stellte sie sich, honigsüß, und war doch die Stimme aus dem Traum der Mutter, die Stimme vom See. »Willst du mir noch länger den Rücken zukehren?«

Wenn du Tremoires Angesicht erblickst, bist du ihr verfallen für alle Zeiten, dann lässt sie dich nie wieder aus ihren Fängen …

Aimee keuchte. Dass doch die Erde sich auftun würde und sie verschlingen! Dass doch die Felsen sich spalten würden und sie hindurchlassen!

»Dich hindurchlassen?«, knirschte der Fels. »Wenn du es wirklich wagst – an mir soll es nicht liegen!«

»Du, du würdest mich …«, stammelte Aimee tonlos.

»Ich werde meinen Teil dazutun!«, raunte der Fels. »Doch du musst den deinen erfüllen. Es gibt ein Zauberwort. ›Ich kann es!‹, heißt es. Das sprich und dann dringe mit aller Kraft durch mich hindurch. Entfache das Feuer deines Geistes, die Flamme deiner Entschlusskraft, dann kannst du das Unmögliche. Aber ich warne dich: Ein winziger Augenblick des Zweifels, ein Sekundenbruchteil von Unsicherheit oder Schwäche – und du bist verloren, bleibst für alle Zeit stecken in meinen steinharten Kristallen und nichts und niemand kann dich befreien, auch ich nicht. Wagst du es?«

Aimees Hals war ausgedörrt. Die Zunge klebte ihr am Gaumen. Kein Muskel ließ sich regen.

»Dreh dich um und sieh mich an!«, sagte Tremoire und ein Ton war in ihrer Stimme, ein Ton …

Krampfhaft umklammerte Aimee den Rubinring des Vaters in ihrer Manteltasche. Da schossen Kraft und Stärke in ihr auf wie ein Flammenstrahl und sie schrie: »Ich kann es!« Sie lief mit der Schulter gegen den Fels. Glaubte. Wusste. Und zweifelte nicht. Es war, als würde sie gegen einen festen Strohballen prallen, der widerwillig auseinander brach. Die Gestalt hinter Aimee kreischte wütend auf.

»Ich kann es! Ich kann es!«, rief Aimee wieder und wieder und drang immer tiefer in den Fels ein. Es knirschte, knisterte, knackte. Der Stein schloss sich um sie, ließ Tremoires Zornesgeheul nicht mehr an Aimees Ohr. Fußbreit für Fußbreit schob Aimee sich vorwärts, eine Kraftanstrengung sondergleichen war es, in ihrem Kopf, hinter ihrer Stirn, pochte der Wille, brannte der Mut, glühte der Glaube, ballten sich zusammen zu einer unbezwingbaren Macht. Und sie durchdrang den meterdicken Fels.

Dann war sie im Freien.

Schwach fühlte sie sich und matt wie nach monatelanger Krankheit. Als würde sie schweben. Und träumen.

Ein Stück wankte sie zwischen Sträuchern und Büschen den Burgberg hinunter, dann lehnte sie sich an den Stamm einer uralten Linde und atmete tief.

Sie hatte es geschafft! Sie hatte die festeste Materie überwunden, härtesten Fels durchdrungen – mit nichts als ihrer Willenskraft. Sie war nicht nur die Tochter des Königs. Sie war Aimee. Jetzt würde nichts und niemand sie mehr aufhalten können.

Da hörte sie eiserne Torangeln quietschen, Pferdehufe über Holzbohlen donnern, Hunde bellen, Männer Befehle brüllen und eine wütende Stimme gellen: »Haltet sie! Sie muss noch am Berg sein, ganz in der Nähe! Ich will sie haben – tot oder lebendig!«

Aimee fuhr zusammen, begann zu zittern, konnte nichts tun gegen das Beben in ihrem Körper. Wie hatte sie glauben können, sie sei gerettet!

Schon kam das Gebell näher, brachen Zweige, klirrten Waffen. Aimee hörte das heiße Hecheln der Bluthunde, die schweren Männerschritte im raschen Lauf. Nicht die geringste Aussicht zu entkommen, auch nicht die allerkleinste Möglichkeit zur Flucht. Wo immer sie sich verstecken mochte, die Hunde würden sie wittern. Wohin immer sie rennen mochte, die Männer würden schneller sein.

Schutz suchend presste sie sich an den Baum, umschlang ihn mit ihren Armen. »Hilf mir!«, flehte sie. »Lieber Baum, hilf mir doch!«

»Gerne, Liebes!«, erwiderte er sanft. »Für wen Felsen kein Hindernis darstellen, der kann auch einen Lindenstamm durchdringen. Ich berge eine Höhlung in meinem Inneren. Komm herein, ich werde dich schützen!«

»Danke!«, flüsterte Aimee und holte tief Luft. »Ich kann es!« Zum zweiten Mal an diesem Abend bündelte sie ihren Geist und ihren Willen und trat in den Baumstamm ein. Die Linde ächzte und stöhnte, öffnete sich für Aimee und schloss sich wieder hinter ihr. Und Aimee fand sich in einem engen Hohlraum, in dem sie gerade eben zu stehen vermochte und in den von oben herab durch einen schmalen Spalt ein schwacher Strahl des Abendlichtes fiel.

Jetzt hatten die Hunde die Linde erreicht, sprangen an dem Baum hoch, kratzten am Stamm, bellten sich die Kehlen heiser. Aimee verstand ihr Gebell, verstand jeden einzelnen Laut: »Hier ist sie! Riecht ihr sie? Ich höre ihr Atmen! Ich wittere ihren Angstschweiß! Ich den Gestank ihres Pelzes! Wir haben sie! Haben sie! Haben sie!«

Dann die Stimme Junker Edelwins: »Die Hunde haben eine Spur! Hierher! Sie sind ja wie verrückt, nicht von der Linde wegzubekommen! Wahrscheinlich hat die Prinzessin sich in der Krone versteckt! Zwei Mann hochklettern, los!«

Dann knirschende und dröhnende Geräusche, ein leises Ächzen des Baumes. Und plötzlich ein Männerschuh, der auf den Spalt trat. Für einen Augenblick war es finster. Dann wurde der Fuß wieder von dem Loch weggenommen und Aimee konnte undeutlich ein Stück Hosenbein erkennen. »Hier oben ist sie nicht!«, rief vom Baumwipfel eine Männerstimme.

»Das kann nicht sein!«, brüllte Junker Edelwin. »Seht doch, wie die Hunde sich aufführen!«

»Hirnlose Köter!«, rief eine zweite Männerstimme aus der Höhe. »Hier ist kein Mensch, nicht einmal ein Eichhörnchen! Ihr könnt Euch ja selbst überzeugen, Junker!«

Der Junker fluchte. Die beiden Männer kletterten und sprangen vom Baum. Ein Hund winselte schmerzvoll auf, dann ein zweiter: »Erst glaubt der Herr uns nicht und dann tritt er uns! Undank ist der Welt Lohn!«

Dann verzog sich der Lärm. Doch lange noch stand Aimee mit beinahe angehaltenem Atem. Endlich hörte sie ein Käuzchen, das sich zum Spalt hereinneigte: »Du kannst herauskommen, Mädchen. Die Männer und die Hunde sind in die Burg zurückgekehrt. Nutze den Schutz der Nacht und flieh!«

Da bedankte Aimee sich bei dem Käuzchen für den Rat und bei dem Baum für die Hilfe, nahm noch einmal allen Willen zusammen und trat durch den Stamm hindurch ins Freie.

So rasch es in der hereinbrechenden Dunkelheit möglich war, eilte sie den Burgberg hinunter und schlug sich durch den Wald. Sie war so erschöpft, dass sie torkelte. Als sie aus dem Wald trat, zuckte ein Blitz über den Himmel. Für den Bruchteil einer Sekunde sah sie das Dorf vor sich liegen, aus dem sie am Nachmittag geflohen war. Donner grollte. Dicke Tropfen begannen herabzuprasseln.

Mit letzter Kraft schleppte sie sich zum ersten Haus am Dorfrand und klopfte. Die Tür wurde geöffnet, Lichtschein fiel heraus. In der Tür stand ein Junge, der Junge, der als Erster »Vogelscheuche, Wasserleiche!« gegrölt hatte.

»Guten Abend!«, sagte Aimee und blickte ihm müde in die Augen. Mochte er ruhig lachen oder Grimassen schneiden, ihr war es gleich. »Sind deine Eltern da? Ich muss um ein Bett bitten für die Nacht.«

Er sah sie kurz an und gleich wieder weg, nickte stumm und ließ sie ein.

»Wo kommst du her, so spät am Abend?«, fragte der Bauer.

»Von der Burg des Freiherrn Sa la Mander«, erwiderte Aimee und bereute es gleich.

»Was redest du!«, sagte der Bauer unwirsch. »Hier gibt es keinen Freiherrn! Hier gibt es weit und breit nur eine einzige Burg und die gehört seit Menschengedenken der finsteren Herrin Tremoire.«

Wie Schuppen fiel es Aimee von den Augen. Sie hatte geglaubt, Tremoire habe ihre Spur aufgenommen und sie bis in die Burg verfolgt. Aber so war es nicht, denn die Burg gehörte Tremoire! Tremoire hatte auf sie gewartet wie eine Spinne im Netz. Tremoire hatte Junker Edelwin nach ihr ausgeschickt, sie zu fangen und zu ihr zu bringen …

»Für diese Nacht kannst du bleiben, aber morgen früh musst du wieder gehen!«, sagte der Bauer.

Die Bäuerin gab ihr mürrisch ein Stück Brot und einen Napf saure Milchsuppe. Es wurde kein Wort mehr gesprochen. Mit einer Kopfbewegung erlaubte ihr der Bauer sich auf einen Strohsack zu legen. Aimee schlief ein, kaum dass sie ihren Kopf auf den kratzigen Sack gebettet hatte.

9

Als Aimee aufwachte, schien ihr die Morgensonne genau ins Gesicht. Sie öffnete die Augen und schloss sie gleich wieder, geblendet von dem strahlend gelben Glanz. Die Bauernfamilie saß bereits um den Tisch, die Bäuerin schob Aimee eine Schale Brei hin. Aimee stärkte sich, bedankte sich und machte sich auf.

Die Tür, durch die sie aus dem Schloss des Wassermannes gegangen war, hatte sie geradewegs in Tremoires Reich geführt. Also war es die falsche Tür gewesen und sie musste weg von hier, so schnell wie möglich. Ehe Tremoire sie doch noch aufspürte.

Es blieb nur eine Möglichkeit: Sie musste zurück zum Schloss des Wassermannes und die andere Tür öffnen, so unheimlich es dahinter auch sein mochte.

Wäre sie nur nicht so furchtbar allein! Wenn sie jetzt eine Freundin hätte, so wie sie es sich vorgestellt hatte, wenn diese Stimme nicht zu einem versteinerten Baby gehört hätte, sondern zu einem Mädchen, das sie befreit hätte ... Mit einer Freundin gemeinsam wäre das alles längst nicht so schwer. Mit einer Freundin gemeinsam würde es ihr fast nichts ausmachen, diese entsetzliche Tür zu öffnen! So aber musste sie es allein tun, ganz allein.

Aus Furcht, von Junker Edelwin oder einem der anderen Männer aus der Burg gesehen zu werden oder gar Tremoire selbst zu begegnen, nahm Aimee nicht die Straße, sondern schlug sich durch die Wiesen zurück zu der Pforte am Berg, durch die sie das Schloss des Wassermannes verlassen hatte. Ihr graute bei dem Gedanken an die finstere Treppe. Hätte sie wenigstens eine Lampe! Sie musste an das Heckenröschen denken, das ihr im Turm geleuchtet und ihr den Weg gewiesen hatte. Vielleicht würde ihr auch eine andere Blume diesen Dienst erweisen?

Suchend sah sie sich um und ihr Blick fiel auf eine blühende Sonnenblume. Sie erzählte der Blume von ihrer Not, trug ihre Bitte vor und fragte vorsichtig, ob die Blume sich pflücken ließe. »Es wird mir eine Ehre sein, dir zu leuchten!«, erwiderte diese.

Mit der strahlenden Sonnenblume in der Hand kehrte Aimee zur Seitenpforte zurück, ging in den Berg hinein und öffnete die Tür, die in die Tiefe führte. Schaudernd blickte sie in den Schacht, der sich vor ihr auftat. Der gelbe Blumenglanz reichte nur wenige Schritte weit, danach war nichts als Schwärze. Dennoch zögerte Aimee nicht, stieg die erste Stufe hinunter, die zweite. Manche

Stufe war so schmal, dass der Fuß kaum Halt fand. Ohne den goldgelben Schein der Sonnenblume wäre sie verloren gewesen. Dann plötzlich war da nur noch eine glatte, steile Schräge. Zu spät bemerkte Aimee die Gefahr, kam ins Gleiten, konnte sich nicht mehr halten, verlor die Blume aus der Hand, rutschte in rasender Fahrt eine beinahe senkrechte Rampe hinunter, sie rutschte und rutschte, plötzlich war da Licht in der Tiefe, sie glitt dem hellgelben Licht entgegen ...

In einer kreisförmigen Höhle kam sie zum Halten. Sie blickte nach oben. Weit, weit über ihr hatte die Höhlendecke eine große runde Öffnung, durch welche die Sonne hereinschien. Benommen raffte Aimee sich auf. Warm war es hier, geradezu heiß. Die Hitze entströmte einem runden Loch in der Mitte dieser seltsamen Höhle. Langsam bewegte Aimee sich darauf zu. Hitzedunst flimmerte über ihm. Mit jedem Schritt wurde es heißer. Dann war Aimee nahe genug herangekommen, um einen Blick hineinwerfen zu können. Entsetzt sprang sie zurück. Tiefer ging es hinunter, als sie es sich je hätte vorstellen können, schier bis in den Mittelpunkt der Erde. Unten aber waberte, brodelte und blubberte glühende Lava.

Ein Vulkan!

Und sie war gefangen in seinem Krater, nie würde sie wieder herauskommen! Der Rückweg war ihr abgeschnitten, denn die Schräge, die sie heruntergerutscht war, war zu glatt und zu steil. Und einen Weg in die Höhe gab es erst recht nicht, nicht daran zu denken, kletternd die Öffnung zu erreichen ...

Sie biss sich den Finger blutig und merkte es nicht,

stand mit geschlossenen Augen da und versuchte das Toben in ihrer Brust zu beherrschen. Es musste einen Ausweg geben. Wenn es ihr gelingen würde nachzudenken, wenn sie wieder einen klaren Kopf hätte, einen kühlen Verstand …

»Welch seltenes Ereignis!«, hörte sie eine feine Stimme. »Besuch in meinem Feuerreich!«

Aimee riss die Augen auf. Da war niemand. Sie drehte sich nach allen Seiten. Nichts. Sie war allein. Aber sie hatte doch eine Stimme gehört! Hatten Angst und Hitze ihr bereits den Verstand geraubt?

»Es entspricht nicht den guten Sitten, so über mich hinwegzublicken!«, beschwerte sich das Stimmchen. Vom Boden kam es, ganz in der Nähe. Aimee blickte zu ihren Füßen – und da sah sie ihn.

»Der Feuersalamander!«, flüsterte sie andächtig.

»So ist es!«, erwiderte der kleine Lurch mit Würde und huschte vor ihr her auf einen sonnenbeschienenen Gesteinsbrocken, auf dem er seinen schwarz-gelb gemusterten Leib stolz reckte. »In der Tat bin ich es selbst, Agnimandra. Es behagt mir, dass du mich gleich richtig als *den* Feuersalamander erkanntest und nicht für irgendeinen beliebigen hieltest. Was verschafft mir die Ehre? Doch bitte, willst du nicht Platz nehmen, Pelztier?«

Aimee hockte sich auf den Boden. »Ich bin kein Pelztier. Ich bin Aimee.«

»In der Tat?«

»Ja, und, entschuldigt bitte, Herr Agnimandra, wenn ich so unangekündigt und überstürzt bei Euch eindringe, die Treppe, die Rampe …«

Der Salamander kicherte. »Ja, mein Eingangsbereich ist ein wenig steil für pelztierige Aimees. So habe ich es als Versehen zu betrachten, dass du hier gelandet bist – in des Wortes doppelter Bedeutung?«

»Nein. Doch, ja, wie man es nimmt. Ich meine, ich wollte nicht unbedingt in einen Vulkankrater rutschen, aber ich wollte Euch suchen. Ich muss Euch nämlich um etwas bitten.«

»In der Tat?«, wiederholte er.

Aimee nickt. »Es ist so, da gibt es ein Baby, dessen Körper vor langer Zeit versteinert ist und dessen Seele nach mir gerufen hat, weil sie irgendwie zu meiner gehört und mir fehlt, so sehr fehlt, dass es ganz furchtbar wehtut in mir drin. Nun muss ich das Baby erlösen, ich habe es versprochen und ich kann gar nicht anders, und dazu brauche ich sieben Juwelen und eines davon ist ein Topas. Genauer gesagt: Euer Topas. Der Spiegel meiner Urahnin hat es mir offenbart. Wenn Ihr so gütig wäret, mir den Topas zu überlassen?«

»Meinen Topas!« Agnimandra sprang mit allen vieren gleichzeitig in die Luft. »Wie käme ich dazu?!«

Aimee wusste nichts anderes zu erwidern als: »Bitte. Sonst kann das Baby nicht leben. Und der Schmerz in mir drin hört nicht auf. Und irgendwann wird meine Seele versteinern.«

Agnimandra betrachtete sie aus runden Äuglein. »Deine Seele wird versteinern? Was für eine Geschichte! Nun gut, ich will dir ein Rätsel stellen. Ich liebe Rätsel über alles, täglich ersinne ich welche. Aber ich habe so selten Gelegenheit, sie an jemandem zu erproben. Wenn du mein Rätsel löst, so sollst du meinen Topas erhalten und ich werde dafür sorgen, dass du diesen für pelztierige Aimees eher ungeeigneten Ort wieder verlassen kannst. Wenn du es nicht löst, wirst du hier bleiben müssen und Rätsel raten bis an dein Lebensende. Was so viel bedeutet wie: bis der Vulkan das nächste Mal Feuer speit.« Er hüstelte trocken.

Aimee verschlug es den Atem. Unmissverständlicher konnte Agnimandra sie auf die Gefahr kaum hinweisen, in der sie sich befand. Und kein anderer Weg als ausgerechnet Rätselraten? Das war kein Spiel. Das war eine Sache auf Leben und Tod.

Aber im Rätselraten war sie schon immer gut gewesen. Auf ihren Verstand konnte sie sich verlassen.

»Also – bist du bereit?«, fragte Agnimandra.

Aimee stieß die Luft aus und straffte sich. »Ja«, erwiderte sie, »ich bin bereit.«

Der Salamander hüstelte noch einmal. Dann sprach er feierlich: »Es macht Festestes flüssig und Flüssiges luftig und Sterbliches unsterblich. Was ist das?«

Einen endlosen Augenblick war nur Leere in ihrem Kopf. Doch dann begann es dort zu arbeiten. Und plötzlich war die Lösung da. »Es ist das Feuer!«, antwortete Aimee. »Das Feuer bringt Metall zum Schmelzen und sogar Gestein. Es bringt Wasser und andere Flüssigkeiten zum Sieden und zum Verdampfen. Und wenn man die sterblichen Überreste eines Toten verbrennt, so verbrennt doch dessen Seele nicht, sondern unsterblich steigt sie zum Himmel. Denn das Feuer ist das Element der Verwandlung.«

Agnimandra nickte andächtig. Ein verklärtes Lächeln lag auf seinem kleinen Gesicht. »Schön, nicht wahr?«, fragte er. »Besonders der Schluss ist mir trefflich gelungen: Sterbliches unsterblich!«

»Ja, sehr schön«, bestätigte Aimee, »so schön, dass es eine Gänsehaut macht.«

»Gänsehaut? Ich war der Meinung, dergleichen sei nur für Federvieh! Aber ich spüre, wie du es meinst, und das gefällt mir. ›Das Feuer ist das Element der Verwandlung‹ – wie du das formuliertest! Du bist ein ernsthaftes und kluges Wesen, Pelztierchen. Zu schade, dass ich auf deine Gesellschaft werde verzichten müssen. Aber Agnimandra hält, was er sagt. Wenn ich bitten darf!«

Er huschte zu einer Höhlung am Rande des Kraters. Aimee folgte ihm. Überrascht blieb sie stehen, als sie die Schatzkammer sah, die sich vor ihr auftat: Rubine, Saphire, Smaragde, Amethyste und da, mittendrin, ein goldgelb strahlender Topas. »Der Vulkan speit in der Tat hin und wieder recht hübsche Steinchen aus«, erklärte der Salamander und betrachtete seine Schätze mit dem bescheidenen Stolz des Sammlers. »Doch von dem Topas will ich mich gerne trennen für diesen einen Satz: ›Das Feuer ist das Element der Verwandlung.‹ Daraus ließe sich ein Rätsel bilden ...«

Aimee verknotete den Edelstein in ihrer Manteltasche in den Zotteln des Fells und bedankte sich. Agnimandra nickte geistesabwesend. »Element«, murmelte er vor sich hin. »Erde, Wasser, Feuer ...«

»Luft!«, ergänzte Aimee.

»In der Tat!« Er kicherte. »Luft! Komm, meine Teure,

tritt nahe an den Rand des Kraters! Noch näher! Noch ein wenig, einen winzigen Schritt!«

Aimee folgte der Anweisung und äugte dabei ängstlich in die Tiefe zu der brodelnden Glut. Die Hitze, die ihr entgegenschlug, war so gewaltig, dass sie fürchtete, ihre Haare könnten Feuer fangen. »Herr Agnimandra …«, begann sie, doch er fiel ihr ins Wort: »Silentium, wenn ich bitten darf! Äußerste Ruhe und äußerste Konzentration! Schließe die Augen! Hörst du das Feuer, hörst du sein Brodeln und Knistern und Fauchen? Spürst du seinen heißen Atem aufsteigen, spürst du die Hitze auf der Haut, seinen glühenden Odem unter deinem Mantel? Fühlst du, wie er dich mitnimmt, dich in die Höhe trägt, wie du schwebst wie eine Feder im warmen Aufwind, schwebst und schwebst und schwebst …«

Die Stimme des Feuersalamanders war immer leiser geworden und immer ferner. Nun hörte Aimee sie gar nicht mehr. Warm war ihr und leicht, so leicht, als würde sie wirklich schweben, als würde sie gewiegt vom Wind, würde höher und höher steigen. So schön war es, dass sie gar nicht mehr die Augen öffnen mochte. Sie wollte nicht die hoffnungslos hohen Wände des Kraters um sich herum sehen. Sie wollte träumen vom Fliegen. Träumen … Da hörte sie das melodische Rufen von Singschwänen. »Kommt herbei!«, tuteten sie. »So eilt doch, breitet das Netz aus!«

Wieso verirrten sich Singschwäne in einen Vulkankrater? Aimee öffnete die Augen und –

Sie flog! Flog weit oben in der Luft, hoch über dem Vulkan!

Aber sie konnte doch gar nicht fliegen! Kaum hatte sie das gedacht, begann sie zu fallen, stürzte der Erde entgegen, dem Vulkan. Schrie. Da wurde sie aufgefangen, sicher gehalten von einem Fischernetz, das zwölf Schwäne aufgespannt in ihren Schnäbeln hielten. Die Schwäne taumelten im Flug unter dem Aufprall von Aimees Gewicht, aber sie ließen das Netz nicht los. Mit kraftvollen Flügelschlägen trugen sie Aimee wohlbehalten durch die Luft.

Tief unter ihr glitzerte der Strom, am Horizont lag klein wie ein Spielzeug die Burg von Tremoire. Schwindel ergriff Aimee. Da schloss sie wieder die Augen und ließ sich tragen und wiegen, tragen und wiegen. An irgendetwas klang das an, an ein Gefühl, das sie nicht mehr wirklich erinnerte und das doch da war, immer da sein würde: getragen werden und gewiegt, aus der Gefahr errettet, sicher behütet ... Und dann fiel ihr ein, wie sie in den Traum ihrer Mutter hineingeraten und wieder ein Baby geworden war und was das für ein Gefühl gewesen war an der Brust der Mutter.

Nach endloser Zeit spürte sie, wie die Schwäne den Flug verlangsamten. Sie blickte sich um. Ein düsteres, steiniges Tal lag unter ihr. Ein Wildbach schäumte über Geröll und suchte sich zwischen Felsbrocken seinen Lauf. Weiter hinten aber erhob sich die Kuppe eines grünenden Berges. Keinen Baum gab es dort, kein Haus, keinen Weg. Nur saftiges Gras, das satt im Sonnenschein schimmerte, und hin und wieder eine kleine verstreut weidende Schafherde.

»Wohin bringt ihr mich?«, fragte Aimee.

»Auf den windumbrausten Gipfel zu Dana, der Braut der Lüfte!«, erwiderte der erste Schwan. Das Netz entglitt seinem Schnabel.

Ehe er es wieder fassen konnte, erläuterte der zweite Schwan: »Sie hat uns zu deiner Rettung ausgesandt!« und ließ ebenfalls die Schlinge los. Das Netz sackte durch und neigte sich bedenklich zur Seite.

»Nicht!«, schrie Aimee. Sie geriet ins Gleiten, klammerte sich an den Maschen fest. »Setzt mich ab! Sofort!«

Da ließen die Schwäne sich mit ihr im Sturzflug sinken, der Boden raste ihr entgegen, schon tauchte sie in den Schatten des Tales, eine dunkle Felswand sauste an ihr vorbei und dann wurde Aimee am Steilufer des Wildbaches auf einem großen Steinbrocken abgesetzt.

Aimee zitterte. In ihrem Kopf drehte sich alles, flaue Übelkeit schwappte in ihrem Magen. Schutz suchend drückte sie sich gegen den Stein und war froh seine unerschütterliche Festigkeit zu spüren.

»Dir geschehe, wie du es wünschst!«, trompeteten die Schwäne. »Bei Dana wäre dir geholfen worden!« Damit ergriffen sie mit ihren Schnäbeln das leere Netz und schwangen sich wieder in die Luft.

10

Vor ausgestandenem Schreck noch immer unfähig auch nur einen Gedanken zu fassen, blickte Aimee den Schwänen nach, bis sie als winzige weiße Punkte in der Ferne des Himmels verschwunden waren. Dann sah sie sich um. An einem unwirtlicheren Ort hätte sie kaum landen können. Unter ihr rauschte der Bach, ansonsten gab es hier nichts als schroffe kahle Hänge, Felsen und Geröll. Sie musste sich einen Weg aus dieser Einöde suchen. Doch wohin sollte sie sich wenden? Das Tal hinauf oder das Tal hinab? Und vor allem, was sollte sie tun, um das nächste Juwel zu finden und das versteinerte Baby zu erlösen?

Sie musste den Spiegel danach fragen. Doch erst nach dem Ergehen der Mutter …

Aimee holte den Handspiegel aus der Manteltasche und wischte dreimal mit dem Ärmel darüber. Da sah sie in die Schlosskapelle daheim. Ein Meer von Kerzen brannte vor dem Marienaltar und davor kniete die Mutter auf ihrem Betstuhl, hatte den Kopf in die Hände gestützt und weinte. Von dem, was die Mutter da unter Tränen betete, verstand Aimee nur ein einziges Wort, immer und immer wieder dieses eine Wort: Aimee.

Ihre Hand zuckte vom Spiegel zurück, als habe sie sich daran verbrannt. Die Mutter weinte um sie! Die Mutter war aus Sorge und Angst um sie fast von Sinnen! Oder glaubte die Mutter gar, sie sei gestorben?

Sie musste der Mutter eine Nachricht zukommen lassen. Aber wie?

Wer in dieser Welt ist, kann in jene nur gelangen, wenn es dort jemanden gibt, der im tiefen Traum nach ihm ruft. Und nur diesen Träumenden kann er besuchen …

Nein, im Augenblick gab es keine Möglichkeit, der Mutter mitzuteilen, dass sie, Aimee, lebte und dass es ihr gut ging. Sie musste auf die Nacht warten und hoffen, dass die Mutter dann von ihr träumte, damit sie mit dieser sprechen konnte. Solange aber brauchte sie nicht untätig zu bleiben. Die Zeit sollte sie vielmehr nutzen und sich auf die Suche nach dem vierten Stein machen!

Aimee nahm den Spiegel wieder auf und warf einen kurzen Blick hinein. Der Spiegel blieb stumm und blind. Sie drückte dreimal auf die Rosette, rieb und polierte ihn, aber noch immer zeigte seine Fläche mehr Flecken als Spiegelung. Endlich fragte sie ihn trotzdem nach dem vierten Stein. Doch als Antwort konnte sie zwischen den angelaufenen Stellen nicht mehr erkennen als viermal den Buchstaben A.

Aimee stöhnte. Was sollte sie mit einer solchen Antwort? Es mochte sein, dass diese A teils aus dem Namen des Edelsteines stammten, teils aus dem Namen des Ortes oder des Wesens, bei dem sie ihn suchen musste. Im Geiste ging sie die Namen aller Edelsteine durch, die ihr einfielen und die mindestens ein A enthielten: Diamant, Aquamarin, Saphir, Malachit, Lapislazuli, Smaragd … Wie sollte sie unter all diesen den richtigen finden? Besser war es da zu überlegen, wo sie den Stein suchen musste.

Sofort begann sie damit, sprach Namen von Orten und Personen mit A vor sich hin, bis ihre Stimme heiser wurde. Dann erst brach sie völlig entmutigt ab. Sie könnte noch tagelang so weitermachen und es würde zu nichts führen. Unzählbare Mengen von Namen und Wörtern, in denen A enthalten war, gab es. Da halfen weder der schärfste Verstand noch das beste Gedächtnis.

Aimee starrte das Tal hinab. An seinem Ende, in der Ferne, erhob sich der grüne Berg. Wolkenfetzen jagten darüber hin. Ob dies der windumbrauste Gipfel war, von dem die Schwäne gesprochen hatten, zu dem diese sie hatten bringen wollen? Zu Dana, der Braut der Lüfte …

Dana! Aber ja! Plötzlich war Aimee ganz sicher. Diese unbekannte Dana war es, zu der sie als Nächstes gelangen musste. Dana hatte die Schwäne zu ihrer Rettung ausgesandt. *Bei Dana wäre dir geholfen worden.* Und in ihrem Namen gab es zweimal den Buchstaben A. Wenn Dana nun auch noch einen Diamanten besaß oder einen Lapislazuli oder einen Smaragd oder irgendein anderes

Juwel, in dessen Namen zwei A vorkamen … Da wusste Aimee, was sie zu tun hatte.

Das Ziel, diesen hohen grünen Berg, fest vor Augen, begann Aimee am Ufer des Baches das Tal hinabzuwandern. Schwierig war es voranzukommen. Immer wieder rutschte sie im Geröll aus. Immer wieder versperrten Felsbrocken ihr den Weg und mussten mühevoll überwunden werden. Und mehr als einmal wäre sie beinahe in den Bach gefallen. Aber sie gab nicht auf, kämpfte sich voran. Das versteinerte Baby sollte keinen Augenblick länger warten müssen als notwendig. Denn wie lange konnte sie selbst den Schmerz in ihrer Brust noch ertragen und wer konnte wissen, wann ihre eigene Seele versteinerte wie der Körper des Babys?

Als sich die Dämmerung über das Tal senkte, schien ihr der grüne Berg trotz aller Mühe noch beinahe so weit entfernt wie von dem Ort aus, an dem die Schwäne sie abgesetzt hatten. Erschöpft kauerte Aimee nieder und lehnte ihren Rücken an einen großen Stein. Nur kurz ausruhen!

Sie schloss die Augen. Und plötzlich war ihr, als ob da eine neben ihr säße, ganz dicht neben ihr, eine, die ihr vertraut war, eine, die verstand, die alles mit ihr erlebte und erlitt, eine, die mit ihr fühlte und bangte und kämpfte. Aber da war niemand. Nur die Sehnsucht, die Sehnsucht nach ihr …

In kalter Nacht schreckte sie fröstelnd aus dem Schlaf. Ein heftiger Wind zauste sie am Kopf, fuhr ihr unter den Pelz und jagte ihr Schauer über die Haut. Aimee setzte sich auf und rieb sich die klammen Hände, steckte sie dann in die Manteltaschen. Da stieß sie an den Spiegel.

Die Mutter! Wie hatte sie das vergessen können! Sie hatte doch den Traum der Mutter abpassen wollen. Vielleicht träumte die Mutter in ebendiesem Augenblick!

Aimee drehte dreimal am Griff des Spiegels und hauchte darauf, wie die Urahnin es getan hatte, um ihr die Träume der Eltern zu zeigen. Da lichtete sich das Dunkel und Aimee sah den Schlosspark daheim und die Mauer um den Garten, dessen Betreten der König bei Todesstrafe verboten hatte. Ein junges Mädchen ging außen um den Garten an dieser Mauer entlang und streifte die Blumenranken und Zweige, die über die Mauer wuchsen, mit neugierigen Blicken. Jetzt konnte Aimee sein Gesicht sehen. Es war nicht irgendein Mädchen. Es war die Mutter als ganz junge Königin, bestimmt nicht länger als ein, zwei Jahre mit dem Vater verheiratet. Fröhlich sah sie aus, lachend, unbeschwert – so, wie Aimee ihre Mutter niemals gesehen hatte und sich selbst niemals gefühlt.

Die Mutter kam an die einzige Pforte zu diesem Garten und stockte. Die Tür, die Aimee nie anders als verschlossen erlebt hatte, stand einen Spaltbreit offen. Auch die Mutter schien darüber sehr überrascht. Sah sich hastig nach allen Seiten um. Gab der Tür einen kleinen Schubs. Mühelos schwang diese auf und gab den Blick frei auf einen verwunschenen Garten von unglaublicher Schönheit. Wie leuchtende Wasserfälle hingen Millionen von Blütendolden von Zweigen und Mauerresten herab, wie ein vielfarbig wogendes Meer wuchsen hohe und niedrige Blumenstauden am Boden, rote Rosen blühten an Spalieren, mächtige Bäume breiteten ihre gewaltigen Kronen aus, kleine Bäche plätscherten über weiße Steine und dunkles Moos, und dort, im hellsten Sonnenschein, inmitten eines Blumenrondells, stieg ein Wasserstrahl aus einem Springbrunnen auf, der mit einem wunderbaren bunten Mosaik ausgekleidet war.

Aimee zitterte der Spiegel in der Hand. »Nicht, Mutter!«, flüsterte sie. »Geh nicht hinein!«

Als habe die junge Königin sie gehört, zögerte sie, schien mit sich zu ringen, schaute voller Sehnsucht in den Garten. Dann zog sie die Tür wieder ein wenig zu, wandte sich entschlossen ab und ging von der Pforte weg.

Aimee atmete auf.

Doch da – die Mutter blieb stehen, kehrte um, schaute noch einmal heimlich nach allen Seiten, dann huschte sie durch die Pforte und zog diese hinter sich zu. Die Mutter schritt durch den Garten, ein glückliches Staunen auf dem Gesicht und zugleich eine Erregung, der man den Reiz des Verbotenen ansah. Bald blieb sie an einem blühenden Busch stehen, bald strich sie leicht über exotische Blumen oder roch an duftenden Blütendolden, beobachtete vielfarbige Schmetterlinge und lang gefiederte Vögel, kniete bei einer Schildkröte nieder und kraulte ein anschmiegsames Kätzchen. Dann erreichte sie den Springbrunnen und ließ sich an seinem Rand nieder.

Aimee klebte die Zunge am Gaumen. Lauf weg, Mutter, flieh!

Da fiel ein großer Schatten auf die Wasserfläche. Die Mutter drehte sich um, sah in die Höhe und ein Ausdruck unaussprechlichen Entsetzens, besinnungsloser Angst verzerrte ihr Gesicht und fror darauf fest.

Der Spiegel in Aimees Hand zitterte. Sie konnte nicht mehr hineinsehen, sie brachte es nicht fertig, doch nun drangen Stimmen aus dem Spiegel und gegen die konnte sie ihre Ohren nicht verschließen.

Die schneidend kalte Stimme von Tremoire: »Du wagst es, in meinen Garten einzudringen?!«

Die von Furcht und Grauen bis zur Unkenntlichkeit veränderte Stimme der Mutter: »Oh mein Gott! Wer seid Ihr?«

Wieder Tremoire, noch kälter: »Ich bin es, Tremoire, die Herrin des verbotenen Gartens. Tremoire, die Rächerin.«

Zitterndes Gestammel der Königin: »Seht mich nicht so an, gebt meine Augen frei, bitte, ich ertrage es nicht, es, es tut mir Leid ...«

»Leid?« Höhnisches Gelächter. »Aber ja doch, gewiss! Wie viel mehr Leid wird es dir erst tun, wenn du die Folgen deiner verbotenen Lust zu tragen hast!«

»Oh bitte, bitte, sagt es nicht dem König ...«

»Dem König?« Wieder dieses grausame Lachen. »Andere Befürchtungen hegst du nicht?«

»Aber er hat das Betreten des Gartens bei Todesstrafe verboten! Verschont mich, alles will ich Euch geben, was ich habe, meine Kleider, meinen Schmuck, mein Gold, nehmt alles, nehmt, was mir lieb und teuer ist!«

Nun war Tremoires Stimme lauernd: »Alles, was dir lieb und teuer ist? Auch das Liebste, das Teuerste? Das willst du mir geben, wenn ich dich deinem gestrengen Gemahl nicht überantworte?«

»Ja, oh bitte, alles gehört Euch!«

»Ich nehme dich beim Wort. Freilich bin ich gnädig. Ich nehme nicht alles. Ich begnüge mich mit der Hälfte dessen, was dir am liebsten ist und am teuersten. Mittendurch soll es gerissen sein, sodass es nie wieder eins ist, und mittendurch sollst du gerissen sein, sodass du nie wieder heil wirst. Aber sei beruhigt, meine Liebe« – die Stimme troff vor Hohn – »dein Gemahl wird nichts davon erfahren. Tremoire hält ihre Versprechen! Auch dieses: Mir verfallen bist du und bleibst du auf alle Zeit. Wenn der Vollmond scheint, wirst du erfahren, was das bedeutet. Und wünschen wirst du, du wärest nie geboren. Jetzt geh und sieh nach deinem Liebsten! Deine kleinen Zwillingstöchterchen Aimee und Elee sind doch dein Liebstes und Teuerstes, nicht wahr? Geh ins Schloss und sieh in die Wiege!«

Aimee ließ den Spiegel fallen und schrie. Schrie. Schrie.

Sie lag wieder in der Wiege und spürte den leeren Platz an ihrer rechten Seite und die unzähligen Fäden, die von ihr dort hinüberwuchsen und von dort zu ihr herübergewachsen waren und die nun alle durchtrennt waren, zerstückelt, zerhackt. Und eine Wunde brach in ihrer kleinen Brust auf und fraß sich tiefer und tiefer, fraß ein schwarzes Loch.

Dann sah Aimee das steinerne weiße Baby in der Schale aus rauem kalten Stein vor sich. »Elee!«, klagte sie. »Meine Schwester, meine andere Hälfte, du und ich, mittendurch gerissen …« Die Stimme versagte ihr, so schüttelte sie das Entsetzen. Die kleine Marmorstatue war niemand anderes als ihre versteinerte Zwillingsschwester, von Tremoire verhext und in den grauen Stein im tiefsten Kerker verbannt …

Aimee weinte, schluchzte, wimmerte. Sie hatte eine Schwester gehabt! Die Schwester war es, die ihr fehlte, die ihr das ganze Leben lang gefehlt hatte! Das Fehlen der Schwester war es, was diesen Schmerz in ihr machte, was diese Wunde in ihr riss! Und einmal war es Wirklichkeit gewesen, einmal hatte sie es gehabt, das, was sie vermisste wie nichts auf der Welt! Und hatte es verloren. Eine Schwester, eine Freundin, eine Vertraute. Eine, die alles verstanden hätte, mit der man alles hätte teilen können. Eine, mit der es keine Einsamkeit gegeben hätte. Eine, die sie geliebt hätte: Elee.

Sie hätten zusammen gespielt und gelernt und gesungen und musiziert, wären zusammen spazieren gegangen und hätten nebeneinander im Himmelbett gelegen, hätten miteinander geredet und geschwiegen, und wenn der Vater sie gestraft hätte, so hätten sie einander getröstet, und nie, nie, nie wären sie alleine gewesen …

Der Schmerz war so groß, es gab nichts anderes als ihn. Sie spürte ihn auf ihrem verzweifelten Gesicht, fühlte ihn in der Brust und in jeder Faser ihres Körpers. Und immer wenn die Tränen zu versiegen begannen, sah sie wieder das leere Kissen in der Wiege vor sich oder ihre versteinerte kleine Schwester in dem finsteren Kerker und fing von neuem an zu weinen.

Als der Morgen graute, hatte Aimee keine Tränen mehr. Hockte nur noch da, die Beine mit den Armen umschlungen, das Kinn auf die Knie gestützt, und stierte ins Leere. Den leichten Lufthauch, der sanft über sie strich, bemerkte sie nicht. Nur ein einziges Gefühl war noch in ihr, ein einziger Gedanke: Hätte Tremoire mich doch getötet, dann müsste ich das jetzt nicht erleben!

Endlich, ohne zu wissen, dass sie den Entschluss dazu gefasst hatte, raffte sie sich auf und stolperte blindlings das Tal hinab. Immer wieder rutschte sie im Geröll aus, immer wieder stieß sie sich an spitzen Steinen, immer wieder fiel sie hin und merkte es nicht. Als sei es eine leere Hülle, die sich da einen Weg bahnte, und sie selbst sei in jenem Kerker, in dem Elee gefangen lag.

Das Tal verengte sich zur Schlucht. Rechts von Aimee toste in der Tiefe der Bach, links stieg steil der Fels in die Höhe. Von dem grünen Berg war nichts mehr zu sehen. Nur der Wildbach, dunkel drohende Felswände und darüber ein gleichgültiger Himmel.

Kaum fanden ihre Füße mehr Halt auf schmalen Vorsprüngen, doch Aimee blieb weder stehen noch wandte sie sich zurück. Weiter, nur weiter. Ohne Sinn und ohne Ziel.

Dann war sie am Ende des Tals angelangt. Eine senkrechte Felswand und der Abgrund, sonst nichts. Kein Vorankommen.

Doch da, war da nicht ein schmaler Spalt im Fels? Aimee zwängte sich hinein. Eiseskälte wehte ihr entgegen. Dunkel war es, sie konnte den Boden nicht sehen, ging weiter. An Umkehren dachte sie nicht.

Der Boden brach weg unter ihren Füßen. Und zum dritten Mal, seit sie sich auf die Suche gemacht hatte, glitt, rutschte und fiel Aimee ins Bodenlose.

Der zottelige Pelz dämpfte den Sturz. Betäubt blieb

Aimee liegen, eine ungemessene Zeit. Sie fühlte nichts, spürte keinen Schmerz, war jenseits der Angst, jenseits jeder Empfindung. Aber dann kroch eine unerbittliche Kälte unaufhaltsam unter ihren Mantel und drang in ihr Bewusstsein, ergriff von ihr Besitz, ließ sie bibbern und beben. Aimee richtete sich auf. Wo befand sie sich hier?

Längst hatten sich ihre Augen an die Dunkelheit gewöhnt. Aimee nahm die Umrisse einer Höhle wahr. Große und kleine Tropfsteine hingen von der Decke, gleich Säulen standen riesige Tropfsteine am Boden. Der Absatz aber, den Aimee herabgestürzt war, erhob sich höher, als dass sie ihn wieder hinaufklettern konnte. Sie musste nach einem anderen Ausweg suchen. Einen Ausweg – gab es ihn überhaupt? Und – wollte sie ihn?

Zitternd vor Kälte kam Aimee in die Höhe, taumelte, hielt sich an einer Tropfsteinsäule fest, zuckte zurück. Das war kein Tropfstein, das war Eis! Eiszapfen waren es, die von der Decke hingen, Eiszapfen waren es, die am Boden standen.

Sie war in einer Eishöhle gelandet! Und wenn sie nicht bald herausfand, würde sie hier erfrieren.

Zwischen den Eissäulen tastete sie sich vorwärts, duckte sich unter Eiszapfen hindurch, suchte einen Weg und glaubte nicht an ihn. Immer finsterer wurde es. Sie verlor Richtung und Raum. Blind tappte sie voran, stieß sich immer wieder, lief vor eisige Hindernisse, stolperte, fiel.

Wo war sie hergekommen? Keine Ahnung mehr, wohin sie sich drehen musste und wenden. Eine sinnlose Kraft in ihr, ein letzter zäher Wille trieb sie vorwärts. Sie kroch auf den Knien. Schwärze, sonst nichts. Eine abschüssige Bahn, auf der sie erneut ins Gleiten kam. Dann – war das nicht ein blasser Lichtschein? So schwach war sie schon, dass er ihr keine Hoffnung mehr gab. Hoffnung, wozu auch? Sie hatte eine Schwester gehabt! Aber die Mutter hatte zugelassen …

Endlich erreichte sie einen Gang, in dem ein unwirklich schwaches Licht sie umfing. Sie stand auf und folgte ihm, er führte weiter in die Tiefe, endete in einem kleinen Höhlenraum vor einer mit Eis überzogenen fahl schimmernden Wand.

Aimee sank auf die Knie, krümmte sich zusammen, ließ sich seitlich auf den eisigen Boden sinken. Es gab keinen Ausgang. Es gab keinen Ausweg. Für sie genauso wenig wie für Elee.

Eine Geschichte fiel ihr ein, welche die Mutter ihr zur Warnung erzählt hatte, die Geschichte eines Kindes, das sich im Schnee verirrt und aus Erschöpfung niedergelegt hatte und das im Schlaf im Schnee erfroren war. Und die eindringliche Ermahnung, mit der die Mutter ihre Erzählung beendet hatte: Wenn dir kalt ist, dann leg dich nie zum Schlafen hin, denn dann erwachst du nicht mehr! Leg dich niemals in Schnee und Eis, niemals!

Schlafen und nie wieder erwachen … Aimee schloss die Augen.

Die Worte der Mutter: »Oh bitte, nehmt mein Liebstes und Teuerstes, nehmt alles!«

Alles? Nicht nur Elee. Auch sie, Aimee. Wenn Tremoire es gewollt hätte, so hätte die Mutter sie auch noch hergegeben!

Wie lange dauerte es, bis man erfror? Mit steifen Fingern öffnete Aimee die Knöpfe ihres Fellmantels und streifte ihn ab. Legte sich im bloßen Hemd auf das Eis. Wie Millionen spitzer Nadeln stach die Kälte in ihre Haut, wie Millionen spitzer Messer schnitt die Kälte in ihr Fleisch, schnitt in Mark und Bein. Dann hörte der Schmerz auf. Aimee wurde fühllos, dämmerte weg.

Nicht mehr lange ... Komm, Schlaf, komm!

War Elee, die kleine, kleine Elee, auch so fühllos geworden, als Tremoire sie versteinert hatte? Versteinert, weil die Mutter sie geopfert hatte, die eigene Mutter!

Oh bitte, nehmt mein Liebstes und Teuerstes ... Elee und mich, mich und Elee ...

Da schoss der Zorn in Aimee auf wie eine glühende Flamme, durchpulste sie, ließ das erkaltende Blut wieder heiß durch ihre Adern strömen. Sie richtete sich auf die Knie auf und begann mit den Fäusten auf den Boden zu trommeln. »Warum hast du das getan, Mutter?«, schrie sie. »Du hast Elee umgebracht! Du hast sie Tremoire ausgeliefert, du warst es, du! Deinetwegen ist ihr Körper da gefangen und kann sich mit ihrer Seele nicht vereinen, deinetwegen kann sie nicht leben, und ich kann es nicht ohne sie! Und daran bist du schuld, an allem nur du! Wärst du nicht in den Garten gegangen, so wäre das alles nicht geschehen! Warum hast du das getan, obwohl es der Vater doch verboten hat! Und warum warst du dann zu feige es einzugestehen! Um dich zu retten, lässt du Elee und mich büßen für das, was du getan hast! Uns, deine eigenen Kinder! Nur damit du ungeschoren davonkommst, muss Elee so leiden und ich mit ihr! Ich hasse dich, hörst du, ich hasse dich! Nie, nie, nie werde ich dir das verzeihen! Nie, nie, nie werde ich aufhören dich zu hassen!«

»Zu hassen, zu hassen, zu hassen!«, tönte das Echo.

»Zu hassen, zu hassen, zu hassen!«, brüllte Aimee.

Sie sprang hoch. Steine und Eisbrocken rollten zur Seite. Aimee bückte sich, hob wahllos einen von ihnen auf, warf ihn gegen die fahle Wand. »Das ist für dich, Mutter!«, schrie sie. »Für dich!« Warf den nächsten Stein und den nächsten. »Du bist so gemein«, brüllte sie, »so gewissenlos! Umbringen könnte ich dich!«

Mit beiden Händen ergriff sie einen Felsbrocken, viel zu schwer war er für sie, dennoch riss sie ihn in die Höhe mit der ganzen Kraft ihres grenzenlosen Zornes und schleuderte ihn an die Wand.

Und die Wand zerbarst mit einem ohrenbetäubenden Knall. Aus Eis war sie gewesen, nur aus Eis. Und dahinter tat sich ein sanfter Abhang auf, Sonnenschein und der Blick auf den grünen Berg.

Aimee taumelte ins Freie. Schluchzend brach sie zusammen.

Die Sonne trocknete ihre Tränen. Die Sonne durchwärmte ihren Körper. Die Sonne brachte ihr den Lebensmut wieder.

Nein, so leicht gab sie nicht auf! Sie würde ihr Versprechen halten. Sie würde Elee erlösen.

Und dann? Elee war noch so klein, ein Baby …

Sie würde die kleine Schwester auf den Arm nehmen und mit ihr weggehen, ganz weit weg, aus dem Königreich des Vaters, so weit, dass sie die Mutter nicht mehr wieder sehen müsste.

Sie würde für Elee sorgen. Elee füttern und wickeln und alles. Ihr Lieder singen und mit ihr spielen und sie in den Schlaf wiegen, wenn sie weinte. Elee großziehen, als wäre sie ihre Mutter. Eine richtige Mutter, eine gute. Eine, die Elee niemals im Stich ließ und niemals verriet, niemals!

Elee und sie. Sie und Elee. Sonst niemand. Sie hatte keine Eltern mehr. Und Elee auch nicht. Elee hatte nur sie. Wenn es nur endlich so weit wäre, wenn Elee nur schon wieder leben würde!

Einmal noch kehrte Aimee in die eisige Höhle zurück und holte ihren Mantel mit den drei unersetzlichen Juwelen, dann machte sie sich auf die Wanderung zum grünen Berg. Zu Mittag hatte sie seinen Fuß erreicht und begann den Aufstieg.

11

Noch nie hatte Aimee so grünes Grün gesehen, so saftiges Gras. Ein lauer Wind spielte in den Halmen und ließ sie wogen wie die Wellen eines tiefgrünen Meeres. Schmetterlinge tanzten über Wiesenblumen, Bienen summten, Lerchen schraubten sich jubelnd in die Luft und Lämmer sprangen zwischen gemächlich weidenden Schafen, riefen immer wieder nach ihren Müttern und wurden von ihnen gerufen, ein ewiges: »Wo bist du? – Hier bin ich! – Komm zu mir! – Bleib da!« Keines der Mutterschafe würde je sein Junges im Stich lassen …

Aimee wurde müde vom langen Aufstieg, dennoch setzte sie gleichmäßig Fuß vor Fuß. Sie wusste, wenn sie sich eine Pause gönnte, würde es danach umso schwerer werden, wieder den richtigen Tritt zu finden. Und sie wollte den Gipfel erreichen, ehe es Nacht wurde. Das Reich von Dana, der Braut der Lüfte.

Als sie endlich oben angelangt war, warf sie sich ins Gras. »Dana!«, rief sie, als sie Atem geschöpft hatte. »Dana, hörst du mich?«

Keine Antwort, nur das Brausen des Windes, der ungestüm an ihren hässlichen Haaren riss. Bleierne Müdigkeit überfiel Aimee. Dieser Tag war einfach zu viel. Genug an Anstrengung und Erschütterung für einen ganzen Monat! Das Klettern durch die Schlucht, der Sturz in die Höhle, die weite Wanderung. Und mehr noch der Spiegel mit seiner furchtbaren Wahrheit ... Nichts mehr wissen von all dem, nur noch ausruhen –

In ihren Mantel gehüllt schlief Aimee ein, verschlief den Abend und die ganze Nacht, schlief ihre Müdigkeit weg und ihre Erschöpfung.

Nur die Traurigkeit ließ sich nicht wegschlafen. Die Traurigkeit war da, sobald Aimee am nächsten Tag erwachte, und der Gedanke an Elee und an die Mutter.

Da hörte sie ein klägliches, angstvolles Blöken. Die Stimme eines Lammes war es, und ihr kam vor, als höre sie es nach seiner Mutter um Hilfe rufen. Angestrengt lauschte sie. Nun konnte sie verstehen, was das Lamm schrie: »Ich komm nicht mehr raus!«, und dann das Blöken des Mutterschafes: »Hilft denn keiner meinem Jungen? Zu Hilfe! Zu Hilfe! Es ist abgestürzt!« Und dann zum Lamm gewandt: »Ich eile ins Tal, den Schäfer suchen! Bleib ruhig, mein Kind, bleib ruhig! Ich kehre wieder und bringe Hilfe!«

Doch das Lamm blökte immer kläglicher. Wie von selbst stand Aimee auf und ging dem Rufen nach. Sie kam an eine Gruppe heller Kalkfelsen und sah sofort, was geschehen war: Das kleine Lamm war in einen Felsspalt gestürzt oder gesprungen und saß in der Falle. Ohne zu zögern kletterte Aimee den Felsen hinunter, sprach beruhigend mit dem Tier, legte es sich um die Schultern und kletterte mit ihm aus dem Felsenloch wieder heraus. Es war ein schwieriges Kletterkunststück, und das war gut so, denn es vertrieb für den Augenblick die Gedanken und die Traurigkeit.

Das Lamm in den Armen, setzte Aimee sich ins taufrische Gras, streichelte das Tier und kraulte es. Wie weich sein Fell war! Ganz ruhig hielt es und sah sie aus großen Augen still an. »Deine Mutter wird bald wieder da sein«, tröstete sie es. »Sie holt Hilfe für dich, denn sie weiß nicht, dass ich dich schon gerettet habe. Du hast eine gute Mutter.«

»Ja!«, seufzte das kleine Lamm auf. »Ich habe eine gute Mutter. Und du?«

»Ich nicht!«, erwiderte Aimee heftig. »Ich hasse meine Mutter!«

»Was hat sie dir denn getan?«, fragte das Lamm.

Aimee schwieg. Wie sollte man das in Worte kleiden, was sie empfand? »Etwas Furchtbares«, sagte sie dann leise, drückte ihr Gesicht in das Fell des Lammes und sprach dicht an seinem Ohr. »Meine Mutter hat meiner Schwester und mir etwas Furchtbares angetan. So furchtbar, dass man es gar keinem Menschen erzählen kann, nur dir, dir allein, denn du verstehst es, nicht wahr?«

Das Lamm nickte still. Da kamen die Worte wie von selbst über Aimees Lippen: »Meine Mutter hat meine

Schwester geopfert. Elee musste leiden für das, was meine Mutter getan hat. Sie leidet immer noch, versteinert ist sie und in einem tiefen Kerker gefangen, ihre Seele hat keinen Körper, und wenn ich es nicht schaffe, sie zu erlösen, dann wird sie nie erlöst. Das hat meine Mutter ihr angetan – und mir. Weil Elee und ich auseinander gerissen sind, habe ich eine Wunde in der Brust, die nicht heilen kann. Eine Wunde, die so schrecklich wehtut, dass ich mit ihr nicht weiterleben kann. Ohne Elee wird meine Seele versteinern wie Elees Körper und als leere, gefühllose Hülle werde ich mein Leben fristen. Das hat sie mir angetan, meine Mutter. Dabei hat sie immer behauptet, sie würde mich mehr lieben als alles auf der Welt!«

Das Lämmlein sprach nicht, doch es schmiegte sich dichter an Aimee, und das war besser als jedes Wort. Es war, als würde seine Wärme und seine Nähe durch die Haut in Aimee eindringen bis ins Innerste. Bis mitten ins Herz.

»Sie hat es nicht direkt getan, weißt du«, sprach Aimee tastend weiter. »Als sie Tremoire gesagt hat, sie soll alles nehmen, was ihr lieb und teuer ist, hat sie bestimmt nur an ihre Kleider gedacht und ihren Schmuck und ihr Gold und ihre Juwelen. Aber wenn sie uns wirklich geliebt hätte, Elee und mich, dann hätte sie doch an uns gedacht, als sie gesagt hat: das Liebste und Teuerste!«

Die Augen des Lammes waren voller Mitgefühl. Für sie. Und überhaupt. »Hätte sie?«, fragte es leise und weich.

Aimee nickte. »Oder nicht?«, kam es dann zögernd über ihre Lippen.

Das Lamm antwortete nicht. Tief in Gedanken kraulte Aimee sein Fell und wickelte eines seiner Löckchen um ihren Finger. Kletten hatten sich darin verfangen. Behutsam zog Aimee sie dem Tier aus dem Fell. Zum Dank stupste es seine Stirn gegen ihre Brust. Da war es, als ginge in ihr drinnen ein harter festgezurrter Knoten auf. »Ich glaube«, sagte sie langsam, »in Wirklichkeit waren wir es ja auch: ihr Liebstes und Teuerstes. Tremoire hat es genau gewusst. Darauf angelegt hat sie es. Deshalb hat sie ja so schrecklich gelacht. Und hat Elee und mich mitten auseinander gerissen und meine Mutter mittendurch, sodass auch sie nie wieder heil werden kann.«

Aimee schwieg und starrte auf die Wiese. In Millionen Tautropfen auf den Halmen spiegelte sich golden die aufgehende Sonne wie in Millionen Tränen. So grün war die Wiese, so leuchtend grün, so tief.

»Es muss schlimm für meine Mutter gewesen sein«, flüsterte Aimee. »Ganz furchtbar. Ihr Kind zu verlieren und auch noch schuld daran zu sein. Ich glaube, etwas Schlimmeres konnte es für sie nicht geben. Sie war nie wieder froh. Immer traurig. Immer unglücklich. Und immer hatte sie Angst um mich. Und jetzt, jetzt bin ich auch noch weg und sie weiß nicht, wo ich bin und was mit mir ist ...«

Aimee stockte, schaute vor sich hin ins Gras. Grün, durchglitzert von goldenem Tau.

»Eigentlich hat sie nur etwas ganz Normales getan. Der Garten war so unglaublich schön, da wäre jeder hineingegangen, weil doch die Tür offen stand. Wahrscheinlich hat sie nur ganz kurz schauen wollen, aber dann ist sie eben immer weitergelaufen und konnte nicht mehr aufhören. Ich habe auch schon manchmal ein Verbot meines Vaters übertreten. Wenn er ihr erklärt hätte, dass das Tremoires Garten ist und dass man nicht hineindarf, weil Tremoire so rachsüchtig ist, dann wäre meine Mutter nie in den Garten gegangen. Und wenn mein Vater nicht gleich die Todesstrafe verhängt hätte und meine Mutter nicht solche Angst deswegen hätte haben müssen, dann hätte sie das nie gesagt, das mit dem Liebsten und Teuersten. Wenn man ganz große Angst hat, dann kann man nicht mehr richtig denken, weißt du? Ich weiß es jedenfalls, mir geht es jedes Mal so, wenn mein Vater mich so anschaut, weil ich etwas Schlimmes gemacht habe.«

Sie drückte das Lamm an sich und spürte seinen Herzschlag wie ihren eigenen. Es sprach kein Wort mehr. Aber das war gerade gut. In seinem Schweigen war alles aufgehoben.

»Sie tut mir so Leid, meine Mutter!«, flüsterte Aimee. »Und ich hoffe nur, ich kann bald zu ihr zurück und ihr das alles sagen, dass ich es verstehe und so. Und ich kann die sieben Steine alle finden, damit Elee wieder lebendig wird und ich Elee zu meiner Mutter bringen kann. Dann hat sie endlich ihr zweites Baby wieder und muss nicht mehr weinen.«

Das Lamm regte sich und drängte aus Aimees Armen. Sie setzte es auf der Wiese ab. Übermütig und froh sprang es davon.

Da wurde auch Aimee froh, eine Freude tief aus dem Herzen. Sie spürte selbst das Strahlen auf ihrem Gesicht, ein richtiges Leuchten.

»Aber jetzt brauche ich erst einmal den vierten Stein, von Dana, der Braut der Lüfte!«, erklärte sie.

»Den sollst du haben, mein liebes Kind!«, sagte eine weiche Stimme hinter ihr. Aimee blickte sich um. Da war niemand. Nur der Wind spielte mit den Grashalmen.

»Dana?«, fragte Aimee zögernd.

»So ist es!«, erwiderte die Stimme und dann war es, als würde Luft sich zusammenziehen, sich verdichten, erst war es wie ein zarter Nebel, dann formte sich eine durchscheinend klare, luftige Gestalt daraus, eine durchsichtige junge Frau, durch die das Sonnenlicht flutete und die grüne Wiese schimmerte. Liebevoll lächelte sie Aimee zu. Sprachlos vor Staunen vergaß diese zu grüßen.

Dana bückte sich, pflückte ein Büschel Grashalme und formte einen kleinen Ball daraus. Dieses Grasknäuel drückte sie sich an ihr klares Herz. Da wurde er kleiner und kleiner, dichter und dichter. Dann hielt sie ihn in der hohlen Hand vor ihren Mund, hauchte darauf und reichte ihn Aimee hin.

Aimee riss die Augen auf. In Danas lichter Hand glänzte ein strahlender, wunderbar geschliffener grüner Smaragd.

Dreimal musste Aimee schlucken, ehe sie herausbrachte: »Ist das wahr? Ist der für mich?«

»Ich wüsste niemanden, dem ich dieses Juwel lieber schenken würde als dir, Aimee«, erwiderte Dana mit einem Lächeln. »Und es ist der, den du suchst.«

Aimee nickte. »Oh, ich danke Euch, ich danke Euch so sehr! Ein Smaragd also ist es. Ich wusste, dass es ein Stein mit zwei A sein musste. Und dass er Euch gehören würde. Auf dem Spiegel waren vier A. Zwei für Dana und zwei für Smaragd.«

Dana lachte leise. »Sehr klug überlegt – und doch falsch. Aber das schadet nichts. Dein Herz hat mehr gesehen, als Augen und Verstand es konnten. Auf dem Spiegel stand ›anahata‹, und das heißt ›Herz‹.«

»Anahata?«, wiederholte Aimee und beim Klang dieses Wortes wurde es in ihr ganz weit und warm.

»So ist es. Jetzt will ich die Schwäne rufen, damit sie dich dorthin tragen, wo dein Weg sich erfüllt. Fürchte dich nicht. Sie werden dir die wahre Richtung weisen. Das ist mein Geschenk an dich, denn ein Mensch, der zu seinem Herzen findet, liegt mir am Herzen. Dort, wohin sie dich führen, bist du gefeit vor allem Bösen, denn in diese lichten Höhen reichen die dunklen Mächte nicht. Doch sei auf der Hut, wenn du jene Sphäre wieder verlässt. Und nun sei gegrüßt! ›Bhakti‹ sei das Zauberwort, das dir Herzen und Türen öffne!«

Damit griff Dana in die Luft, beschrieb mit der Hand eine Spirale und begann sich vor Aimees Augen aufzulösen. Nur der Wind strich noch über das Gras und streichelte sanft Aimees Haut. Am Himmel aber, weit in der Ferne, tauchten die zwölf Schwäne auf, das Netz in ihren Schnäbeln.

Ein Gefühl von Sicherheit erfüllte Aimee, ein plötzlicher Glaube daran, dass alles gut werden würde, nun, da sie den vierten Edelstein errungen hatte und die Schwäne sie in ein Land tragen würden, in welches das Böse nicht reichte. Als diese vor ihr auf der Wiese landeten und das Netz einladend zu ihren Füßen ausbreiteten, legte sie sich hinein, ohne zu zögern. Wenn sie ihnen keine Fragen stellte, würden sie ihre Schnäbel nicht öffnen. Und warum sollte sie sich auch vor dem Fliegen fürchten, da doch die Braut der Lüfte sie beschützte?

Die Schwäne erhoben sich mit ihr in die Luft, schraubten sich höher und höher. Sachter Wind strich über Aimees Wangen – Danas Abschiedsgruß. Wohlig schloss Aimee die Augen. Sanft im Flug gewiegt wie ein kleines Kind im Arm der Mutter schlief sie noch einmal ein.

12

Das Erste, was ihr noch mit geschlossenen Lidern beim Aufwachen bewusst wurde, war die Stille, eine Stille, wie Aimee sie noch nie vernommen, nie für möglich gehalten hatte. Kein Flügelschlag der Schwäne und kein Sausen des Windes oder auch nur ein allersachtestes Säuseln, kein Singen eines Vogels oder Summen eines Insektes, kein Rauschen von Wasser und Rascheln von Laub und schon gar nicht irgendein von Menschen erzeugtes Geräusch. Als Zweites drang die Erkenntnis in ihr Bewusstsein, dass sie auch das Schaukeln des Fluges nicht mehr spürte und nicht die Maschen des Netzes – noch irgendeinen anderen Untergrund, auf dem sie lag. Verwirrt öffnete sie die Augen – und schloss sie rasch wieder.

Es konnte nicht sein.

Sie holte tief Luft und wagte einen erneuten Blick. Zartes Blau um sie, sonst nichts. Über ihr, unter ihr, neben ihr, vor ihr, hinter ihr: nichts als durchscheinendes blaues Licht. Keine Erde und kein Horizont, kein Boden und keine Grenze – nur endloser Raum. Und sie selbst schwebte darin, schwerelos. Vorsichtig bewegte sie sich, ruderte mit den Armen, zog die Beine an, drehte sich bald kopfüber, bald kopfunter. Ein Gefühl war es, fast als würde sie durchs Wasser gleiten, doch viel leichter und sachter und grenzenlos frei. Nur ganz kurz streifte sie der flüchtige Gedanke: Wo bin ich, was geschieht hier mit mir?

Dann hörte sie das Klingen. Unendlich leise, unendlich fern, doch bald wurde es voller, mächtiger, immer majestätischer: eine überirdische Musik von äußerster Klarheit und Reinheit, von unwirklicher Schönheit und Vollkommenheit. Von allen Seiten zugleich kam diese Musik und erfüllte den unbegrenzten Raum. Aimee war, als würde ein Klang sich von den anderen Klängen lösen und doch mit ihnen verwoben bleiben wie eine Melodie in einem tausendstimmigen Lied, und je mehr sie dieser Melodie lauschte, desto wunderbarer erschien sie ihr. Unwillkürlich summte sie mit.

Im selben Augenblick erfasste sie eine Kraft, die ihrem schwerelosen Schweben eine Richtung gab und sie wie von einem Katapult hinausschleuderte in die Unendlichkeit des leeren Raumes. Nein, er war nicht mehr leer, in weiter Ferne zeigte sich duftig wie ein weißes Wölkchen die schmale Mondsichel. In rasender Geschwindigkeit sauste Aimee dem Himmelskörper entgegen, schneller als ein Gedanke. Doch da war keine Furcht in ihr und keine Angst, da war nur ein großes Staunen.

Kurz bevor sie den Mond erreichte, verlangsamte sich ihr Flug und sacht und leicht wie eine Feder landete sie mitten in der tiefen Wölbung seiner geschwungenen Sichel. Sie befand sich in einer tiefen Mulde, die sie umfing wie ein Vögelchen, das unendlich sanft in Händen gehalten wird. Blaues Leuchten und Glitzern um sie, ein Licht, das gebrochen, vervielfältigt und zurückgeworfen schien von Millionen winziger Spiegel auf dem Boden. Aimee schaute zwischen ihre Füße. Sie kniete nieder, berührte den Boden, strich darüber, erschauerte. Der Grund war bedeckt von einem einzigen Meer blauer Juwelen! Das war ein Schimmern und Glänzen, ein Blinken und Blitzen, ein Funkeln und Strahlen!

Saphire, so weit das Auge reichte. Und diese Saphire waren es, welche die Sphärenmusik erzeugten, von ihnen ging nicht nur das blaue Licht aus, sondern auch die wundersamen Klänge, dieses Summen und Hallen, Tönen und Schallen, Klingen und Schwingen. Schöner, klarer und reiner, als je ein Ohr vernommen hatte.

Lange vergaß Aimee über dem andächtigen Hören alles andere. Dann erinnerte sie sich selbst an ihre Aufgabe: Sie musste das nächste Juwel für Elee finden und hatte noch keine Ahnung, was für ein Stein es sein sollte und wo sie ihn zu suchen habe. Schnell den Spiegel fragen!

Sie griff in die rechte Manteltasche. Der Spiegel war nicht darin! Sie fuhr in die linke Tasche. Auch nichts! Sie klopfte den Mantel ab, befühlte jeden Zipfel. Der Spiegel blieb verschwunden. Und auf einmal wurde es ihr klar: Auf dem Stein am Wildbach hatte sie den Spiegel fallen gelassen und hatte ihn vergessen, einfach vergessen.

Sie wusste, sie hatte allen Grund entsetzt zu sein. Dennoch blieb sie unwirklich ruhig, fast gelassen. Es war, als ob sie an dem Ort, zu dem die dunklen Mächte nicht reichten, auch unerreichbar blieb für die Angst.

Der Spiegel war unwiederbringlich verloren. Er würde ihr nicht mehr helfen ihre Aufgabe zu erfüllen. Holen konnte sie ihn nicht. Denn wie sollte sie in jenes unwirtliche Tal zurückkehren, da die Schwäne doch verschwunden waren? Wie sollte sie überhaupt je wieder von hier wegkommen?

Doch diese Fragen schienen nicht mehr wichtig. Es würde sich finden, alles, irgendwie. Sie träumte vor sich hin. Nur noch undeutlich, unscharf sah sie die Saphire, wie durch einen Schleier. Oder war das gar kein Schleier – ging vielleicht von den Steinen etwas wie ein zartes pulsierendes Flimmern aus? Sie schaute genauer hin. Kaum wahrnehmbare durchscheinende Fädchen waren es, die von den Saphiren ihren Ausgang nahmen und in den Raum schwirrten, sich zu schwebenden Wellenlinien kräuselten, bald höher und kürzer, bald flacher und länger, die sich miteinander verwoben und einen wundersamen Reigen zum Klang der Musik tanzten. Immer mehr von ihnen verbanden sich und wuchsen zu einer flirrenden Frauengestalt zusammen, die ein Gewand aus unzähligen feinen Silberplättchen trug. Bei jeder Bewegung stießen diese aneinander und erzeugten ein zartes Klingeln und Tönen, ein vielstimmiges Lied. Das Gesicht der wundersamen Frau aber leuchtete so hell, dass Aimee geblendet die Augen abwandte.

»Wer seid Ihr?«, flüsterte sie ehrfürchtig.

»Ich bin Akasha vom Reinen Klang!«, erwiderte die Frau und jede Silbe war Gesang. »Doch nun antworte du! Selten gelangt ein Sterblicher hierher. Was ist dein Begehr?«

»Ich bin Aimee, Entschuldigung, dass ich hier einfach so ...« Aimee geriet ins Stammeln. »Die Schwäne haben mich getragen und dann bin ich eingeschlafen, ich suche ein Juwel, ich muss meine Zwillingsschwester erlösen, aber ich weiß nicht, was für einen Stein ich brauche, und den Spiegel, der es mir sagen könnte, habe ich verloren.«

»Du benötigst den Spiegel nicht mehr!«, erklärte Akasha freundlich lächelnd. »Du bist hier an dem Ort, an dem du jede Antwort findest. Es gibt nichts, was den wissenden Steinen verborgen wäre! Sieh!« Damit wies Akasha mit einer Armbewegung, welche die Plättchen an ihrem Gewand zu hellem Jubel brachte, hinter Aimee.

Es war Aimee, als spüre sie eine warme Welle von Zuversicht. Wer immer Akasha vom Reinen Klang sein mochte, sie würde ihr helfen.

Aimee drehte sich um und schaute in die Richtung, der sie bisher den Rücken zugekehrt hatte. Vor atemlosem Staunen öffnete sie den Mund und vergaß ihn wieder zu schließen. Steil stieg die Wölbung der Mondsichel in die Höhe. In den Hang aber waren die vollkommensten Gebäude gebaut, die man sich vorstellen konnte. Was mochte es sein – ein himmlisches Kloster? Als Unterstes ein gewaltiger breiter Saalbau in lichtem Blau, dessen hunderte von Bogenfenstern in doppelten und dreifachen Arkaden Aimee anblickten wie einladende Augen. Hinter diesem Gebäude führte eine Freitreppe weiter den Hang hinauf zu einer aus tiefdunkelblauem, leicht rötlich schimmerndem Gestein errichteten Kathedrale. Dann wieder eine Treppe, schier endlos hoch und steil, und an deren Spitze ein in lichtestem Violett schimmernder und von silbrigem Gleißen umfunkelter Glockenturm – ungeheuer hoch und dennoch mit seinen schmalen Spitzbögen, seinem in Rankenmustern durchbrochenen Mauerwerk und seinen vielfach aufgelösten schlanken Pfeilern so zierlich, dass man meinen konnte, er würde schweben.

Akasha nickte ernst. »Sieben Stufen führen empor zur Bibliothek der wissenden Steine. Sieben mal sieben Stufen zur Kathedrale der wunschlosen Wünsche. Und sieben mal sieben mal sieben Stufen zum Turm der allumfassenden Einheit. Dir den Zutritt in die Kathedrale und den Turm zu gewähren, liegt nicht in meiner Macht. Doch die Bibliothek will ich dir öffnen, damit du Antwort auf deine Fragen erhältst. Komm, mein Kind, folge mir!«

Jeder Schritt Musik, so ging Akasha vor Aimee die Freitreppe hinauf. Dann blieb sie vor dem silbernen Portal stehen. Seine beiden Flügel waren fest geschlossen und weder Türklinke noch Knauf waren zu sehen. Akasha sang einen hohen, hellen Ton und langsam schwangen die beiden Torflügel auf. Mit einer Kopfbewegung bedeutete Akasha Aimee hindurchzutreten.

Aimee war, als durchschreite sie einen dichten Vorhang aus Tönen. Dann war es plötzlich völlig still. Die Stille senkte sich wie eine unsichtbare Glocke auf sie herab und füllte sie aus. Da war nichts mehr, was drängte. Nichts, was sie befürchtete. Nur bleiben und die Ruhe spüren. Nie wieder weggehen.

Sie schloss die Augen und spürte, wie ihr Atem immer weniger wurde, wie er schließlich versiegte. Wozu atmen bei solch einer Stille?

Eine ungemessene Zeit lang war da gar nichts, nicht ihr Körper und nicht ihr Geist, kein Gedanke, nur ein überwältigendes Gefühl von immer weiter werdendem Glück. Dann dehnte sich unwillkürlich ihr Brustkorb und tief sog sie die Luft ein. Da auf einmal wurde ihr klar, dass sie ihren eigenen Atemzug nicht gehört hatte. Verwirrt öffnete sie die Augen. »Warum höre ich hier gar …«, begann sie und brach ab. Auch den Klang ihrer Stimme konnte sie nicht vernehmen. Etwas war in diesem Raum, das jeden Ton ersterben ließ, schon ehe er entstand.

Aimee blickte sich um. Akasha war verschwunden.

Die von bläulichem Licht durchflutete Halle war größer als das ganze Schloss von Aimees Vater. Raumhohe Regale bedeckten die Wände zwischen den Bogenfenstern und jedes Regalfach war gefüllt mit säuberlich aufeinander gestapelten silbernen Kästchen. Viele Millionen mussten es sein. Oder Milliarden? Zögernd ging Aimee zu einem der Regale, streckte die Hand wahllos nach einem solchen Kästchen aus. Sollte sie, durfte sie? Akasha selbst hatte sie schließlich eingelassen und hatte ihr versprochen, dass sie hier die Antwort auf jede Frage finden würde.

Noch einmal zögerte Aimee, schaute sich um, ob nicht vielleicht Akasha zurückkehren und ihr ein Zeichen geben würde, dann nahm sie das Kästchen aus dem Fach.

Es war mit himmelblauem Samt ausgekleidet, in dessen Mitte ein klarer Bergkristall lag.

»Die Bibliothek der wissenden Steine!«, sprach Aimee vor sich hin und hörte ihre Worte nicht. »Steine statt Bücher! Nur – wie liest man in einem Stein?« Behutsam hob sie den Kristall aus seiner Umhüllung. Da begann er in ihrer Hand zu brennen. Gebannt blickte sie hinein –

Die Figur eines Menschen, geformt aus Ton, lag auf der Erde, ein Mann. Da flammte am Himmel ein Regenbogen auf und ließ sein Licht wie flüssige Farbe in den leblosen Körper fließen: das Rot zwischen die Beine, das Orange unter den Bauchnabel, das Gelb auf die Höhe des Magens, das Grün auf die Höhe des Herzens, das Hellblau zum Kehlkopf, das tiefe rötliche Blau zwischen die Augen und das strahlend helle Violett auf den Scheitel. Dann erlosch der Regenbogen, doch wo seine Farben den Körper berührt hatten, lagen nun leuchtende Edelsteine: ein blutroter Rubin, ein orange glühender Bernstein, ein goldgelber Topas, ein grüner Smaragd, ein lichtblauer Saphir, ein tief rötlichblauer Amethyst und ein blendend funkelnder Diamant. Und die leblose Gestalt regte sich und schlug die Augen auf.

Aimee ließ den Kristall sinken.

So klar war auf einmal alles, so deutlich. *Licht ist Leben, Leben ist Licht … die Farben des Regenbogens … Erwecke den Stein zum Leben durch die Kraft der Farben …*

Der Rubin des Königs, der Bernstein des Wassermannes, der Topas des Feuersalamanders, der Smaragd der Braut der Lüfte: Die Farben des Regenbogens waren es, die sie die ganze Zeit geleitet hatten, ohne dass es ihr bewusst gewesen wäre. Und hier nun, auf der Mondsichel, war sie im lichten Blau, und der Stein, den sie als Nächstes benötigte, war einer der Saphire, die zu Millionen den Boden bedeckten. Und dann brauchte sie noch einen Amethyst und einen Diamanten, und wenn sie die Juwelen der versteinerten Elee auf den marmornen kleinen Körper legen würde, so würde Elee zum Leben erwachen wie jener Mann und alles wäre gut.

Aimee stellte das Kästchen mit dem Kristall in das Regal zurück. Ihre Gedanken flogen. Wo mochte der Amethyst zu finden sein und wo der Diamant?

Ohne zu zögern griff sie nach einem weiteren Kästchen, nahm wieder einen Kristall in die Hand, blickte hinein.

Sie runzelte die Stirn. Ein Wunder hatte sie erwartet, womöglich noch wunderbarer als das, welches sie im ersten Kristall gesehen hatte. Doch dieser Stein spiegelte nichts anderes als die Mondsichel an ebenjener Stelle, an der sie selbst sich befand, die überirdische Klosteranlage: zartblau die Bibliothek, rötlichdunkelblau die sich dahinter erhebende Kathedrale und alles im silbrigen Violett überstrahlend der hoch in den Himmel ragende Turm.

Dann plötzlich verstand Aimee und vor Überraschung hätte sie beinahe den Kristall fallen lassen: Die äußeren Farben des Regenbogens, vom hellen Blau bis zum Violett, hier auf der Mondsichel waren sie alle vereint! Sie war am Ziel ihrer Suche! Die rötlichdunkelblaue Kathedrale war der Ort, an dem sie den Amethyst finden würde, der silbrigviolette Turm aber war die Heimat des Diamanten.

Sie musste nichts weiter tun, als die sieben mal sieben Stufen zur Kathedrale und danach die sieben mal sieben mal sieben Stufen zum Turm hinaufzusteigen und dort jeweils um Einlass und Hilfe zu bitten.

Hätte sie lachen können, sie hätte gelacht vor Freude und Jubel. Elee, nun sind wir bald erlöst, du und ich!, dachte sie und legte den Kristall zurück, in Gedanken schon auf dem Weg zur Kathedrale. Doch als sie ihn ins Regal schob, stieß ihre Hand an das benachbarte Kästchen und ein Flammenstrahl fuhr ihr von den Fingerspitzen durch den Arm geradewegs ins Herz. Sie schrie auf, ohne ihre eigene Stimme zu hören, spürte, dass sie sich den Stein ansehen musste, der in diesem Behälter lag, fürchtete sich davor. Am liebsten wäre sie geflohen. Doch etwas zwang sie. Vorsichtig berührte sie noch einmal das Kästchen – kein Flammenstrahl diesmal –, zog es heraus und nahm den darin liegenden Bergkristall in die Hand.

Vollmondnacht. Der verbotene Garten, im Mondschein geheimnisvoll und beinahe noch wunderbarer als im Tageslicht. Ein Paar stand in liebevoller Umarmung am Springbrunnen, ganz in sich versunken: ein junger Mann in einfacher bäuerlicher Kleidung und eine junge Frau in einem prächtigen altertümlichen Kleid. Unendlich zärtlich streichelte er über ihre Haare und sie lehnte ihren Kopf an seine Schulter, doch nun umfasste sie seine Hand und legte sie auf ihren Bauch, auf ihren schwangeren Bauch, und die beiden sahen einander an und lächelten und sahen glücklich aus und traurig zugleich. Da plötzlich tauchte ein älterer Offizier im Hintergrund auf – nein, kein Offizier, ein König, denn an der Brust dieses Mannes blitzte der Ordensstern, den nur der König höchstpersönlich tragen durfte. Der Mond schien voll ins Gesicht des Königs, die Erinnerung an ein Bild in der Ahnengalerie tauchte in Aimee auf: Sigbert der Dreizehnte. Hier aber war sein Gesicht wutverzerrt. »Tremoire!«, brüllte der König, das junge Paar fuhr auseinander, starrte dem König entsetzt entgegen, dieser zog sein Schwert, riss es in die Höhe, stürzte sich vorwärts, stürzte sich mit dem Schwert auf den jungen Mann …

Aimee schloss die Augen.

Zitternd bettete sie den Kristall wieder in sein Kästchen und stellte es zurück. Sorgfältig achtete sie darauf, keine weiteren Behälter mehr zu berühren. Sie wollte nichts mehr sehen.

Der König war ihr Urahn. Und er hatte gemordet. Warum? Warum nur?

Aimee weinte.

Was mochte mit der jungen Frau geschehen sein? Hatte er die etwa auch umgebracht?

Der Stammbaum ihrer Familie fiel Aimee ein und die helle Stelle, an der ein Name vom Pergament getilgt worden war. Als habe es den Menschen, der diesen Namen getragen hatte, nie gegeben, einen Namen, von dem man nicht mehr lesen konnte als ganz schwach den Anfangsbuchstaben: ein T. Hatte an dieser Stelle etwa einmal der Name Tremoire gestanden?

Was hatte die Urahnin gesagt? *Wäre es nicht so, dann wäre ich meiner unglückseligen Tochter zu Hilfe geeilt, ich wäre meinem Gemahl in die Arme gefallen, als er das Schwert hob …*

Die junge Frau, die sie da im Mondschein am Springbrunnen gesehen hatte, das war die Tochter jener Urahnin, der sie in der Stammburg begegnet war! Und diese Tochter trug den Namen Tremoire.

Aber die Tochter der Urahnin musste längst tot sein! Es war nicht möglich, dass sie Tremoire die Rächerin war, diese furchtbare Tremoire, in deren Gesicht man nicht blicken konnte, ohne ihr zu verfallen, diese furchtbare Tremoire, die Elee versteinert hatte und sie, Aimee, verfolgte – das konnte nicht sein!

Der gleiche Name, ein Zufall, weiter nichts.

Seit ich hier weile, bete ich darum, dass einmal eine komme, die den Fluch von meiner Tochter nimmt und dem Unheil ein Ende macht. – Wenn du dazu berufen bist, so wird es sich dir offenbaren.

Doch kein Zufall. Aber wie um alles in der Welt sollte man das verstehen?

So wird es sich dir offenbaren …

Nein. Nicht sie, Aimee! Sie hatte genug damit zu tun, Elee zu erlösen und sich selbst zu helfen und aufzupassen nicht auch noch Tremoires Opfer zu werden! Sie musste den richtigen Saphir finden und den Amethyst und den Diamanten und sie musste die sieben Edelsteine auf die arme kleine Elee legen, und dann war endlich, endlich ihre Aufgabe erfüllt und die Wunde in ihrer Brust konnte heilen und ihre Seele würde nicht versteinern.

Ohne sich noch einmal umzublicken, verließ sie die

Bibliothek durch die hintere Tür und fand sich – plötzlich wieder umgeben von der wunderbaren Musik der Saphire – am Anfang der breiten Treppe, die zur Kathedrale hinaufführte. Der Boden zu ihren Füßen war übersät von zartblauen Edelsteinen.

Aimee stockte. Einen dieser Saphire musste sie an sich nehmen, so viel war ihr klar. Doch welchen? Suchend blickte sie sich nach Akasha um, rief leise nach ihr, doch diese zeigte sich nicht mehr.

Aimee spürte, sie durfte nicht irgendeinen Stein nehmen, es kam auf die richtige Wahl an.

Langsam bückte sie sich und nahm ein Juwel in die Hand, strich darüber. »Bist du es?«, fragte sie leise. Der Saphir fuhr unbeirrt in seinem Tönen fort und gab keine andere Antwort als fortwährend den reinen Klang, der ihn umgab. Sie horchte, versuchte seinen Ton zu verstehen, hörte sie nicht etwas wie ein ewiglich verhallendes »Ang«? Stein um Stein hob sie auf, hielt ihn ans Ohr, Stein um Stein lauschte sie auf das Klingen, bald meinte sie ein »Ong« oder »Eng« zu vernehmen, bald ein »Aung«, »Ing« oder »Ahang«. Wunderschön klang es, aber es half ihr nicht weiter. Mutlosigkeit begann sie zu beschleichen, nistete sich in ihrem Magen ein, kroch ihr zur Kehle hinauf. Die Sprache der gewöhnlichen Steine konnte sie verstehen. Die Sprache dieser klingenden Saphire blieb ihr verschlossen.

Immer ratloser nahm sie einen Edelstein nach dem anderen auf und hörte unbekannte Silben aus dem Gesang und Worte, deren Sinn sie nicht einmal erahnen konnte. Doch dann auf einmal – der wie vielte Saphir war es, der hundertste, tausendste? – machte sie einen Klang aus, der ihr bekannt war und voller als alle bisherigen, der all diese in sich vereinte zu einem einzigen mächtigen Choral: »Anahata!« tönte es tausend- und abertausendfach.

Anahata – Herz. Ein ehrfürchtiges Schaudern fuhr durch Aimee. Sie blickte auf den Stein in ihrer Hand. Blau war er wie die anderen auch. Doch in seiner Mitte funkelte ein silbrig blitzender Stern.

Da wusste Aimee, dass sie den richtigen Stein gefunden hatte.

13

Aimee barg den Saphir bei den anderen Edelsteinen in ihrem Fellmantel. Ein tiefes Atemschöpfen, dann begann sie die Stufen hinaufzusteigen.

Hoch sah sie die rötlichtiefblau scheinenden Wände der Kathedrale in den Himmel ragen, doch noch blieb das Portal ihren Blicken verborgen. Dann erreichte sie die letzte Stufe. Ein weiter Platz. Die gewaltige Kathedrale. Ein verschlossenes goldenes Tor. Und davor –

Aimee entfuhr ein Aufschrei. Mit beiden Händen fasste sie an ihr pochendes Herz.

Was war das? Ein Fabelwesen? Ein Dämon? Ein Engel?

Ein Löwe so groß wie ein Elefant bewachte das Tor, golden waren sein Fell und seine Mähne, Blitze schossen aus seinen funkelnden Augen, Zähne gleich blanken Dolchen drohten in seinem riesigen Maul und Krallen gleich geschliffenen Messern an seinen gewaltigen Tatzen. Sein

Schweif peitschte den Boden. Aus seinem Rücken aber wuchsen drei Paar goldener Flügel, die er wie riesenhafte Adlerschwingen ausbreitete und mit denen er die Luft schlug, sodass sie sirrte und schwirrte.

Aimee wich zurück und erstarrte. In Ehrfurcht, nicht in Furcht. Es war, als reiche die Furcht an so viel Größe nicht heran.

»Nähere dich mit Zittern, doch ohne Zagen dem heiligen Orte, den ich bewache, ich, Sinha, der Geflügelte!«, dröhnte die ungeheure Gestalt. »Ein weiter Weg liegt hinter dir. Ein großer Schritt liegt vor dir. Du begehrst also Einlass in die Kathedrale der wunschlosen Wünsche! Wisse, sieben Riegel verschließen das goldene Tor, sieben Schlösser verschließen die Riegel und sieben Siegel verschließen die Schlösser. Kein Sterblicher kann sie öffnen, keine Gewalt. Nur dem, der das Zauberwort kennt, tut sich dieses Tor auf. Sprich es!«

Vergebens versuchte Aimee einen Gedanken zu fassen. Ein Zauberwort? Da war etwas, tief vergraben in ihrem Gedächtnis, unzugänglich. Sosehr sie sich auch mühte, sie fand es nicht.

Da sah sie plötzlich wieder Dana vor sich, die den Grasballen an ihr klares Herz drückte und zu einem strahlenden Edelstein verwandelte. Und hörte Danas Abschiedsworte: *›Bhakti‹ sei das Zauberwort, das dir Herzen und Türen öffne.*

»Nun?«, fragte Sinha streng, ließ seine Reißzähne blitzen und schlug mit den sechs Schwingen.

Aimee räusperte sich. »Bhakti!«, brachte sie zaghaft hervor.

Da faltete Sinha seine Flügelpaare auf dem Rücken, ließ die Krallen in den Tatzen verschwinden und die Zähne hinter den Lefzen. Sein Blick wurde mild. »Bhakti, so ist es!«, bestätigte er. »Das meint: selbstlose Liebe, reine Hingabe. Sie ist es, die jedes Herz öffnet und jede Tür und sei sie noch so verschlossen.«

Ein Brausen ertönte wie von hundert Orgeln gemeinsam. Mit hellem Klang sprangen die sieben Siegel von den sieben Schlössern, die sieben Schlösser von den sieben Riegeln und die sieben Riegel von dem Portal. Dieses aber schwang lautlos auf. »So sei es!«, sprach Sinha. »Die Kathedrale der wunschlosen Wünsche steht dir offen! Pflücke die Blumen deiner Wünsche. Wisse, du hast zu wählen zwischen dem Feuerrad des Wünschens und dem tiefen Brunnen der Wunschlosigkeit. Jede Blume, die du in der Kathedrale findest, steht für einen deiner Wünsche. Wenn du mit einer von ihnen in die Mitte des Feuerrades trittst, so wirst du Erfüllung dieses Wunsches erlangen. Wähle gut, denn nur ein einziges Mal kannst du das Feuerrad betreten. Wenn du aber die Blume in den tiefen Brunnen wirfst, so wirst du diesen Wunsch vergessen. Blume um Blume hineinzuwerfen und somit Wunsch um Wunsch dem Vergessen anheim zu geben, kann – wenn es gut und richtig ist – einen Weg zum Turm der allumfassenden Einheit eröffnen. Doch sei gewarnt, mein Kind, sei gewarnt, es ist ein schwieriger Weg voller Fallstricke. Wem alles Wünschen aufhört und wem nichts als selbstlose Liebe bleibt, der mag durch das Tor der Glückseligkeit schreiten und um Einlass bitten am Turm der allumfassenden Einheit. Dort findet, wer reif ist zu finden, das letzte Ziel, gegen das alles andere nichts ist als ein Schattenspiel. Wer Einlass erhält zum Turm der allumfassenden Einheit, erlangt das einzig unzerstörbare Glück. Dort ist der Anfang und das Ende, das Oben und Unten, das Alles und Eine, die unendliche Freude. Der Weg dorthin aber ist weit. Dies sei gesagt, und nun tritt in die Kathedrale ein!«

»Danke sehr!«, erwiderte Aimee. Scheu schritt sie an Sinha vorbei und betrat das Schiff der Kathedrale. Nie geahnte Feierlichkeit und Erhabenheit erwarteten sie. Metallisch flimmerndes tiefblaues Licht erfüllte den Raum und ließ Arkaden und Säulen, Pfeiler und Gewölbe unwirklich schimmern. Dem Eingang gegenüber erhob sich vom Boden bis zur Schwindel erregend hohen Decke eine gläserne Tür, die den Blick auf eine weitere Treppe und den leuchtenden Turm an deren Spitze freigab.

Magisch angezogen fühlte sich Aimee von diesem Zugang zum Turm, dort wollte sie hin, nichts anderes mehr, kein Gedanke, nur noch der Turm. Enttäuscht sah sie, dass die Tür von oben bis unten mit zahllosen starken Riegeln gesichert war.

Sie musste sich den Zugang zu dem Turm eröffnen, wie Sinha es ihr gesagt hatte. Wo mochte der Brunnen der Wunschlosigkeit sein? Sie würde alle Wünsche hineinwerfen für den einen: den Turm zu erreichen.

Aimee folgte dem Flackern von Licht tiefer in die Kathedrale hinein und erreichte ein gewaltiges, sich langsam drehendes Eisenrad. Seine zwölf Speichen waren mit lodernden Fackeln geschmückt, die Nabe in seiner Mitte war mit drei ringförmig angeordneten Stufen groß genug, dass ein Mensch in das Zentrum dieser Nabe hinaufsteigen konnte. Das Feuerrad der Wunscherfüllung!, dachte Aimee. Aber so dumm würde sie nicht sein, dort hineinzutreten. Sie wusste, was wichtig war. Sie würde den Turm erreichen.

Neben dem Feuerrad bemerkte sie eine Vase, in der ein dicker Strauß rötlich-blauer Blumen steckte. Dann erkannte sie: Das waren keine echten Blumen; Stiele und Blattwerk waren aus mit Grünspan überzogener Bronze gefertigt, die rosenförmigen Blütenknospen aus funkelnden Amethysten.

Entschlossen zog sie eine Blume aus dem Strauß. Und sie hörte ihre eigene Stimme, doch kein Ton kam über ihre Lippen – es war die Blume, die da sprach: »Ich wünsche mir ein weißes Pferd!«

Aimee schluckte. Ein weißes Pferd, das war ihr Wunsch gewesen, so lange sie denken konnte, aber ihr Vater hatte ihr nie zu reiten erlaubt. Wenn sie jetzt in das Feuerrad der Wünsche trat, würde sie ein Pferd erhalten und reiten dürfen …

Nein! Es galt wahrhaftig Wichtigeres! Sie musste den Brunnen der Wunschlosigkeit finden und sich von diesem Wunsch trennen. Suchend blickte sie sich um und entdeckte ein kreisrundes Geländer um einen Schacht. Vorsichtig näherte sie sich ihm, achtete genau auf Fallstricke, fand keine. Sie schaute hinein. So tief ging es hinunter, dass man den Grund nicht sehen konnte. Einen Moment zögerte sie, blickte auf die Blume in ihrer Hand, dachte noch einmal an das Pferd, das sie nie reiten würde. Dann warf sie die Wunschblume in den Schacht.

Lautlos fiel sie und schon während sie fiel, wusste Aimee nicht mehr, was für ein Wunsch das gewesen war, den sie da losgelassen hatte, konnte sich einfach nicht erinnern. Sie hatte ihn gefunden, den Brunnen der Wunschlosigkeit.

An der Glastür zum Turm hin schnappte mit hellem Klingen der oberste Riegel auf. So einfach war das? Sie musste nur auf ihre Wünsche verzichten und die Tür würde sich öffnen!

»Ich wünsche mir, ohne meine Lehrerin und den Offizier das Schloss verlassen und ganz allein im Park spazieren gehen zu dürfen!«, tönte die zweite Blume, nach der Aimee griff. Auch sie verschwand im Brunnen und mit ihr jede Erinnerung an diesen Wunsch, der doch einst so mächtig gewesen war. An der Glastür aber öffnete sich der zweite Riegel.

»Ich wünsche mir anstelle des hässlichen Fellmantels mein perlenbesticktes Kleid!« Hinweg damit! Der dritte Riegel.

»Ich wünsche mir meine blonden Haare zurück!« Aimee durchfuhr es heiß. Was für Wünsche waren es gewesen, die sie so leichten Herzens fallen gelassen hatte, dass sie jetzt schon nichts mehr von ihnen wusste? Ihre eigenen Haare ... Mit diesem schrecklichen Stroh auf dem Kopf fühlte sie sich, als sei sie nicht sie selbst. Es war fremd und hässlich und hassenswert. Ja, sie spürte die Sehnsucht nach ihren blonden Locken, den übermächtigen Wunsch, wieder so auszusehen, wie sie wirklich war. Wieder so ähnlich auszusehen wie ihre Mutter. Sie presste die Lippen zusammen. Warf einen Blick zu der Glastür, zu dem Turm. Spürte, wie alles sie dorthin zog. Warf die Blume in den Brunnen der Wunschlosigkeit. Und vergaß.

Ein Glück spürte sie in sich, so weit und warm und erfüllend, wie sie es noch nie erlebt hatte, nicht einmal in der Bibliothek der wissenden Steine. Welcher Wunsch auch immer es sein mochte, auf den sie noch zu verzichten hatte – es war es wert.

Wieder eine Blume. »Ich wünsche mir meine reine Haut zurück!« Ein schmerzhafter Stich ins Herz. Ihre Haut! Unter nichts hatte sie so furchtbar gelitten wie unter deren Verlust! Die Blume in der Hand zitterte. Da ließ Aimee sie los, als würde das Metall glühen, und blickte ihr nach, wie sie in den Brunnen fiel. Noch ehe sie die Blume aus den Augen verlor, scherte sie sich nicht mehr um ihre raue Haut, hörte nur auf den klingenden Ton, mit dem sich der fünfte Riegel löste. Der Sog zum Turm hin wurde so stark, dass sie am liebsten durch die Glastür gesprungen wäre, um die Stufen hinaufstürmen zu können.

Die nächste Blume. Am besten gar nicht mehr auf den Wunsch achten, sie mit geschlossenen Augen und Ohren im Vergessen verschwinden lassen!

»Ich wünsche mir einen Weg zu finden, um Elee zu erlösen!«, sprach die Blume. Die Hand mit der Blume schon über dem Brunnen, stockte Aimee. Elee! So sehr schlug sie der Turm in Bann, dass sie aus den Augen verloren hatte, zu welchem Zweck sie ihn hatte erreichen wollen! Der Diamant … Aimee verharrte, horchte in sich, bemerkte mit einem Mal, dass die Wunde, dieses schwarze Loch in ihrer Brust, nur noch eine ferne Erinnerung war.

Wenn sie den Turm erreichte, würde es überhaupt keinen Schmerz mehr für sie geben, würde nichts mehr da sein als Glückseligkeit. Wenn sie den Turm erreichte, brauchte sie keine kleine Schwester mehr. Dann gab es nichts mehr, was ihr fehlte. Nichts mehr würde sie vermissen, nicht einmal eine Freundin und Vertraute.

Aber da war Elee, ihre Zwillingsschwester. Da war Elee, die einst ein Teil von ihr gewesen war und der sie versprochen hatte zurückzukehren. Wenn sie jetzt diese Blume in den Brunnen warf, würde sie nichts mehr von ihrem Versprechen wissen und es niemals erfüllen. Elee würde vergebens auf Erlösung warten. Für alle Zeit. Versteinert. Getrennt von ihrem Körper. Ausgeliefert Tremoires Rache.

Wenn sie aber in das Feuerrad eintrat … Die kleine Elee könnte leben. Man könnte sie in den Armen wiegen, ihren Atem spüren, ihre kleinen Händchen halten! Und sie, Aimee, wäre nicht mehr allein, wäre wieder vereint mit der, die zu ihr gehörte.

Doch zwölf Jahre trennten sie voneinander. Wie sollte ein Baby, das noch nicht einmal sprechen konnte, den Platz ausfüllen, welcher der Gleichaltrigen gehörte, jener Elee, die ein Teil von ihr gewesen war und mit der sie gemeinsam wie zwei Hälften eines einzigen Ganzen gewesen war! Wie sollte ein Baby ihre Vertraute sein, wie sollte ein Baby sie von ihrer Einsamkeit und ihrer Verlorenheit erlösen! Nein, das, was ihr wirklich fehlte, war nicht Elee als Baby und mit ihr würde sie es nicht zurückbekommen. Das, was ihr wirklich fehlte, die gleichaltrige Zwillingsschwester, war unwiederbringlich verloren. Die

Freundin, mit der sie zusammen lernen und singen und musizieren könnte, mit der sie spazieren gehen und neben der sie im Himmelbett liegen könnte, mit der sie reden könnte und schweigen und sich trösten – die Freundin, nach der sie sich so sehnte, die konnte diese winzig kleine Elee nicht sein. Sie würde Elee im Arm halten und sich trotzdem nach Elee die Augen ausweinen.

Oder den Wunsch aufgeben und die Sehnsucht vergessen. Sie musste nur die Blume fallen lassen und alles wäre vorbei. Dann müsste sie nicht mehr Aufgaben bewältigen, die schwerer waren, als sich aushalten ließ, müsste sich nicht mehr in Gefahr begeben, sich nicht mehr abquälen. Und nicht am Ende feststellen, dass sie das, was ihr wirklich fehlte, doch nicht erreichen konnte, nie erreichen würde. Sie könnte hier bleiben. Durch das Tor der Glückseligkeit treten. *Das letzte Ziel, gegen das alles andere nichts ist als ein Schattenspiel. Das einzig unzerstörbare Glück, die unendliche Freude …*

Sie blickte zum Turm. Dort war das Glück. Könnte sie, dürfte sie!

Sie blickte auf die Wunschblume. Ihr Versprechen. Aber sie brauchte den Diamanten, um dieses Versprechen zu erfüllen, und der Diamant befand sich im Turm, und um in den Turm zu gelangen, musste sie die Blume in den Brunnen der Wunschlosigkeit werfen und dann würde sie das Versprechen vergessen und es nicht halten, selbst wenn sie es könnte! Und alles würde umsonst gewesen sein, wofür sie bisher gekämpft hatte. Doch ohne den Diamanten …

Aimee fuhr sich an den Kopf. Es war, als wolle er zerspringen. Er fand keine Lösung. Und niemand, der ihr half, der ihr riet.

»Mein Gott!«, schrie sie. »Ich weiß nicht weiter! Ich kann nicht! Hilf mir doch, hilf!« Eine Träne rann ihr die Wange hinunter und tropfte auf die Blume, glitzerte wie ein Tautropfen in dem Blütenkelch aus Amethyst.

Der Amethyst! Der sechste Stein! Er war es!

Hitze schoss in ihr hoch und ließ sie erglühen von den Fußsohlen bis zum Scheitel. Sie hatte den Amethyst vergessen! Eine Wunschblume nach der anderen hatte sie in den Brunnen geworfen, Amethyst um Amethyst – und sich nichts dabei gedacht. Dieser hier aber war der eine, eben der, den sie brauchte, um Elee zu erlösen, sie spürte es genau, sie wusste es einfach.

Ohne diesen Amethyst gab es für Elee keine Rettung. Auch nicht mit dem Diamanten aus dem Turm. Ohne den Amethyst war Elee unwiderruflich verloren. Sie, Aimee, durfte den Amethyst nicht wegwerfen, sie durfte es nicht.

Ich wünsche mir einen Weg zu finden, um Elee zu erlösen …

Sinha hatte gesagt, das Feuerrad der Wunscherfüllung würde den Wunsch erfüllen, mit dem man es betrat. Also auch diesen. Wenn sie mit dieser Blume ins Feuerrad trat, würde sie den Weg finden Elee zu erlösen. Auch wenn sie jetzt nicht in den Turm gelangte – irgendwie würde sie den Diamanten bekommen. Aber es konnte sein, dass dieser Weg schwer war und furchtbar, noch furchtbarer als alles, was sie bisher erlebt hatte. Bestimmt. Denn sie würde es mit Tremoire aufnehmen müssen … Elee war ihre Schwester. Ein Teil von ihr selbst … Ein Versprechen war ein Versprechen war ein Versprechen. Und wenn ein Versprechen nicht mehr galt, was auf der Welt sollte dann gelten?

Aimee presste fest die Zähne zusammen, krampfte die Finger um den Stiel der Blume, dass die Bronze ihr in die Haut schnitt. Wandte sich vom Brunnen ab. Ging zum Feuerrad. Trat zwischen die Speichen, stieg die Stufen der Nabe hinauf. Drückte die Blume an ihr Herz und schloss die Augen. Da –

Ein Klang, als würde das ganze Universum tönen. Eine unsichtbare Macht erfasste Aimee, entsetzt riss sie die Augen auf, das Gewölbe der Kathedrale öffnete sich über ihr, sie wurde hinaufgeschleudert, hinausgeschleudert, Schwärze um sie, Schwärze, nichts als Schwärze, sie fiel und fiel und fiel –

Kein Raum, keine Zeit, kein Nichts.

Und dann auf einmal in weiter Ferne eine leuchtende Kugel, der Aimee rasch näher kam. Nun konnte sie schon erkennen, dass es keine wirkliche Kugel war, sondern etwas wie ein Knäuel von einem ungeheuer langen, ineinander verschlungenen schillernden Faden. Größer wurde das Knäuel und größer. Der in vielen Windungen und Schlaufen umeinander gewickelte Faden war eher eine endlose durchscheinende Schlange, durch deren zarte Haut ein lebendiges Inneres schimmerte. Blühende Landschaften sah Aimee, und da, winzig klein, war das nicht das Schloss ihres Vaters?

Dichter flog sie heran, erkannte die Türme des Königsschlosses, das Portal, mit Blumengirlanden war es geschmückt, die gläserne Kutsche hielt davor, die Damen und Herren des Hofstaates bildeten Spalier, tief sanken die Damen im Hofknicks zu Boden, tief verneigten sich die Herren, denn da schritten der König und die Königin zwischen ihnen hindurch auf die Kutsche zu, jung war der Vater noch und prächtig in seinem mit Hermelin verbrämten Krönungsmantel, und die Mutter wunderschön im Brautkleid, dessen Schleppe sechs Hofdamen trugen.

Ungläubig fuhr sich Aimee über die Augen: Es war die Hochzeit ihrer Eltern, die sie da sah!

Durch die Bewegung von der Bahn ihres Gleitfluges abgelenkt, drehte Aimee sich unwillkürlich ein Stück zur Seite und glitt an einer anderen Stelle des geheimnisvollen Knäuels vorbei. Kurz sah sie die Wasserburg, die Stammburg ihrer Familie, und ein mit altertümlichen Möbeln eingerichtetes Turmzimmer mit einem Kamin, vor dem die Urahnin saß und ihr kleines Schoßhündchen im Arm hielt, während ein junges Mädchen Laute spielte. Dann schwebte Aimee über einer weiteren Windung und sah in den Schlosspark. Herbst war es und der kleine Ahorn neben der steinernen Parkbank, der erst vor wenigen Monaten im Frühjahr gepflanzt worden war, trug buntes Laub.

Aimee stockte der Atem: Es war die Zukunft, die sie sah, drei, vier Monate im Voraus, und es war sie selbst, die da mit einem Buch in der Hand auf der Bank neben dem Ahorn saß – ohne Begleitung, denn weder ihre Lehrerin noch der Offizier waren zu sehen. Ein ihr unbekanntes dunkelrotes Samtkleid trug sie und einen breiten ebensolchen Hut, und ihre Haut war weder grau noch rau oder narbig, sondern glatt und zart und makellos rein. »Ach«, sagte sie sich gleichmütig – denn seit sie die Wunschblume in den Brunnen der Wunschlosigkeit geworfen hatte, konnte sie sich nicht daran erinnern, wie sehr sie unter ihrer hässlichen Haut gelitten hatte – »wird meine Haut also wieder so wie früher?« Ein Windstoß fegte ihrem Ebenbild auf der Parkbank den Hut vom Kopf. Braun glänzende Haare, in deren Locken die Sonnenstrahlen einen kupferfarbenen Schein glühten, kamen darunter zum Vorschein.

Braune Haare? Das war seltsam. Struppige Haare wie stumpfes Stroh, wie sie ihr jetzt wuchsen, oder blonde Locken wie einst: Das hätte sie erwartet. Aber braun? Verwundert runzelte sie die Stirn. War das dort im Schlosspark vielleicht gar nicht sie selbst?

Aimee beugte sich vor, um genauer sehen zu können, doch schon glitt sie wieder weiter und schwebte über einer anderen Windung dieses geheimnisvollen Knäuels aus Raum und Zeit. Vollmondnacht über dem Schloss. Silbrig glänzten die Kieswege im Mondschein. Ein Schatten huschte die Mauer des verbotenen Gartens entlang. Irgendwo in der Ferne heulte ein Wolf. Das Fenster von Aimees Zimmer stand weit offen, die Gardine bauschte sich im Luftzug.

Das war die Nacht, in der sie das Königsschloss verlassen hatte! Die Nacht, mit der alles begonnen hatte. Aimees Gedanken jagten. Könnte sie kurz dort eintauchen, könnte sie nur für wenige Minuten die Vergangenheit wiederholen und verändern, gerade lange genug, um vor ihrem Aufbruch in den Wald zur Mutter zu gehen und ihr zu sagen, sie solle sich keine Sorgen machen, sie, Aimee, werde Elee befreien und zurückkehren und alles werde gut werden. Und sie verstehe es, dass die Mutter in den verbotenen Garten gegangen sei, dass es eben einfach geschehen sei und die Mutter nichts von Tremoire gewusst habe und nicht gewollt habe, dass Tremoire Elee raubte …

Aber in einer Vollmondnacht war die Mutter krank und man würde nicht vorgelassen werden zu ihr! Doch wenn die Tür zum Schlafgemach der Königin auch abgeschlossen sein würde, das Fenster war geöffnet …

Aimee legte die Hände vor dem Kopf zusammen, als würde sie einen Kopfsprung ins Wasser wagen, und versuchte ihrem Körper einen Schub in Richtung auf das Bild des nächtlichen Schlosses zu geben. Schneller als beabsichtigt schoss sie darauf zu. Die Wunschblume, die sie noch immer in der Rechten hielt, stieß mit ihrem Blütenkelch aus Amethyst an die Oberfläche der geheimnisvollen Zeitschlange –

Und plötzlich war Aimee dort. In der Vollmondnacht unter dem Fenster zum Schlafzimmer ihrer Mutter. Sie war tatsächlich zu Hause!

14

Vorsichtig blickte Aimee sich nach allen Seiten um. Kein Wächter war zu sehen. Kein Hund schlug an. Niemand hatte sie bemerkt. Die Turmuhr der Schlosskapelle schlug eins.

Aimee wollte die Wunschblume in die Manteltasche stecken, um am Rosenspalier die Schlossmauer emporzuklettern. Da brach der kleine Blütenkelch aus Amethyst von dem bronzenen Stiel. Sie barg den unersetzlichen Amethyst in der Tasche und steckte den Stiel ins Blumenbeet. Dann zog sie sich das Spalier hinauf, schwang sich auf das Fensterbrett und stieg in das Schlafgemach der Königin. »Frau Mutter!«, flüsterte sie. »Bitte erschreckt nicht! Ich bin es, Aimee! Ich muss Euch etwas sagen!«

Die Mutter antwortete nicht.

Der Mond schien hell in den Raum. Auf dem Schreibtisch brannte eine Kerze. Aimee näherte sich auf Zehenspitzen dem Himmelbett und zog den Vorhang zur Seite. Die Bettdecke war aufgeschlagen, das Nachthemd der Mutter lag ausgebreitet auf den Kissen.

Das Bett war leer.

Aber das war nicht möglich! In jeder Vollmondnacht wurde die Mutter krank und verließ niemals ihr Zimmer!

Aimees Blick flog durch den Raum. Der Sessel vor dem Frisiertischchen, der Schreibtischstuhl, das zierliche Sofa am Kamin – nein, die Mutter war nicht da. Vielleicht war sie in die Schlosskapelle gegangen und betete dort? Aimee lief zur Tür, drückte auf die Klinke. Die Tür war zugeschlossen. Der Schlüssel steckte von innen und zusätzlich war noch der Riegel vorgeschoben.

Reglos stand Aimee da. Kalt wurde ihr, kalt bis ans Herz. Die Mutter hatte sich eingeschlossen – und dennoch war sie verschwunden. Gab irgendetwas im Raum Aufschluss darüber, was geschehen sein könnte?

Aimee ließ sich am Schreibtisch nieder und stützte den Kopf in die Hände. Das Tagebuch der Mutter lag aufgeschlagen auf dem Tisch. Aimee wollte es beiseite schieben, da sah sie ihren Namen geschrieben und konnte nicht anders als lesen:

»Heute ist es vier Wochen her, dass Aimee verschwunden ist ...«

Vier Wochen?! So war sie gar nicht in die Vergangenheit eingetaucht, in jene Nacht, in der alles begonnen hatte, sondern in die Zukunft!

Mit jagendem Herzen las sie weiter: »Wenn ich nur wüsste, was ihr geschehen ist! Meine Seele gäbe ich dafür! Muss ich befürchten, dass Tremoire hinter all dem steckt? Auch damals war Vollmond, so wie heute. Er geht auf. Ich spüre es kommen.« Hier begann die Handschrift der Mutter immer verkrampfter und unleserlicher zu werden: »Oh mein Gott!« Hatten an dieser Stelle die Schmerzen eingesetzt, hatte die Krankheit die Mutter überfallen? Nur noch mit Mühe konnte Aimee entziffern: »Wäre doch dieser Fluch von mir ge–« Mit einem fahrigen Strich endete der Eintrag.

Wenn die Mutter so krank geworden war, dass sie nicht mehr hatte schreiben können, warum lag sie dann nicht in ihrem Bett? Und von welchem Fluch sprach sie?

Als könne sie dort die Lösung des Rätsels finden, setzte Aimee sich auf den Rand des Himmelbettes und strich mit der Hand über die seidenen Kissen. Rosenduft stieg daraus auf. Nein – da war noch ein anderer Geruch, ein sehr unangenehmer, der an einen alten Keller erinnerte. Ein Hauch von feuchter Kälte strich um Aimees Füße.

Schaudernd bückte sie sich. Moderluft, Grabesluft schlug ihr entgegen. Sie schrie auf. Unter dem Bett der Mutter gähnte ein dunkles Loch.

Aimee fuhr hoch, stürzte zum Schreibtisch, griff die Kerze und leuchtete unter das Himmelbett. Eine aufgeschlagene Falltür sah sie und eine schmale Stiege, die steil in die Tiefe führte. Bäuchlings kroch Aimee unter das Bett und hielt die Kerze vor sich. Die kleine Flamme erhellte die steinernen Stufen. Sie waren von Staub bedeckt, in dem sich deutlich Spuren abzeichneten. Nicht die Abdrücke zierlicher Schuhe, wie die Mutter sie trug. Spuren von Pfoten. Von einem großen Hund?

Wieder kribbelte Aimee ein Schauer den Rücken hinunter. Merkwürdig war das, mehr als merkwürdig. Die Mutter verabscheute Hunde, niemals hätte sie einen solchen in ihrem Gemach geduldet.

Wie im Zwang schlüpfte Aimee durch die Luke und stieg gebückt die Treppe hinunter, immer weiter. Längst musste sie Kellertiefe erreicht haben. Endlich gelangte sie in einen engen, niedrigen Gang. Feuchtigkeit sickerte die in den Sandstein gehauenen Wände hinab. Moderluft verschlug ihr fast den Atem. Die Kerze in der Hand, drang Aimee immer weiter vor, verlor das Gefühl für Entfernung und Zeit, eine Wendeltreppe vor ihr, sie folgte den Stufen hinauf. Eine geöffnete Falltür – Mondschein – Baumwipfel und Blütenranken – und da –

Aimee schrie.

Wölfe!

Drei Wölfe standen geduckt auf den Wegen und unter den Büschen, das Mondlicht ließ ihre lauernden Augen und ihre furchtbaren Zähne blitzen …

Aimee rannte, sie wusste, sie musste furchtlos stehen bleiben, durfte nicht rennen, sich ihnen nicht als Jagdbeute anbieten, aber sie konnte nicht anders, sie rannte. Da hetzten die Wölfe hinter ihr her, griffen an. Immer näher kam ihr heißes Hecheln. Schon setzten sie zum Sprung an. Doch auf einmal war da ein weiterer Wolf, eine Wölfin im silberhellen Fell, die sich den anderen in den Weg warf.

Aimee flüchtete sich auf eine steinerne Balustrade. Nach Atem ringend, mit klopfendem Herzen und ungläubigen Augen beobachtete Aimee, wie ein wilder Kampf unter den Wölfen entbrannte, drei gegen eine. Die silberne Wölfin wurde gebissen, in die Schulter, ins Bein, ins Ohr, aber sie gab nicht auf, räumte nicht das Feld. Sie verteidigt mich, als wäre ich ihr Junges!, dachte Aimee mit fassungslosem Staunen.

Endlich ließen die drei Angreifer von der silbernen Wölfin ab und verschwanden in der Tiefe des Gartens. Die Wölfin leckte ihre Wunden. Vorsichtig näherte Aimee sich ihr. Diese sah ihr entgegen. »Sie sind weg und kehren nicht wieder, hab keine Furcht!«, erklärte die Wölfin mit erschöpfter Stimme.

»Ich danke dir, du hast mich gerettet!«, sagte Aimee. »Kann ich dir helfen? Du blutest am Ohr und an der Schulter!«

Doch die Wölfin lehnte ab. Sie sah Aimee noch einmal an. So viel schien in diesem stummen Blick zu liegen – Trauer und Liebe und Furcht, Schmerz und Bitte und Dankbarkeit –, dass Aimee ganz verwirrt wurde und der Wölfin folgen wollte, als diese sich ins Gebüsch verzog. Da knurrte die Wölfin und zeigte ihr die Zähne, ehe sie verschwand.

Aimee blieb mit klopfendem Herzen stehen. Was hatte es mit dieser Wölfin auf sich? Warum war sie bereit gewesen sich für sie zu opfern? Und der Blick zum Abschied –

Aimee kam es vor, als wolle sich ein Gedanke in ihr formen, aber sie konnte ihn nicht greifen. Konnte nicht begreifen.

Schließlich zwang sie ihre Gedanken in eine andere Richtung. Sie war hier, um ihre Mutter zu suchen! Wo befand sie sich überhaupt?

Sie sah sich um. Kaskaden von Blüten über Spalieren, blühende Büsche, prachtvolle Bäume und dort, der Springbrunnen …

Sie erkannte den Ort. Es war der verbotene Garten. Der Garten aus dem Traum ihrer Mutter, der Garten aus dem wissenden Kristall.

Aimee schlug die Hand vor den Mund. Sie war ahnungslos in den verbotenen Garten eingedrungen! In Tremoires Garten. In Tremoires Gewalt. Was war die Gefahr durch die Wölfe gegen die Gefahr durch Tremoire!

Weg hier, nur weg! Aimee rannte los, den Kiesweg hinunter, bog um Ecken, rannte durch Bogengänge duftender Hecken, zwischen üppig blühenden Stauden hindurch, dann stand sie vor dem einzigen Tor, rüttelte an der Klinke. Das Tor war verschlossen. Es gab keinen Weg hinaus. Es blieb nur der Weg durch den unterirdischen Gang zurück ins Schloss.

Wieder rannte Aimee. Kieswege und schmale Pfade, breite Freitreppen und moosbewachsene Stufen, Dickicht und weite Beete, Bäume und Sträucher, doch die Falltür, durch die sie in den Garten gelangt war, fand sie nicht. Nicht die geringste Vorstellung hatte sie davon, wo der Einstieg in den Gang sein mochte, sie hatte nicht darauf geachtet, als sie in den Garten gekommen war, hatte nur die Wölfe gesehen, war kopflos vor diesen geflohen, ohne zu wissen wohin.

Mutter!, wollte Aimee rufen, Mutter, wo bist du? Sie wagte es nicht. Was, wenn Tremoire in dem Garten war, wenn sie diese durch Rufen auf sich aufmerksam machte?!

Aimee keuchte. Blieb stehen. Versuchte ihren Atem zu dämpfen. Nur kein Geräusch verursachen, sich so unauffällig verhalten wie nur irgend möglich!

Sie drückte sich an den Stamm einer Eibe, verschwand in deren tiefem Schatten. Eine unerschütterliche Ruhe ging von diesem mächtigen Baum aus, die den Aufruhr in ihrem Inneren dämpfte. »Ruhig«, raunte die Eibe, »sei ruhig, liebes Mädchen, ganz ruhig!«

Und Aimee wurde ruhig. »Danke, lieber Baum!«, flüsterte sie. Wie dumm sie war! Warum hatte sie nicht Bäume oder Tiere nach dem Weg gefragt? »Kannst du mir sagen, wie ich den Gang finde, der ins Schloss führt?«, bat sie wispernd.

Der Baum verneinte bedauernd – so weit sein Wipfel blicken könne, gebe es keinen solchen Weg –, doch dann vernahm Aimee die Stimme einer Eule, die im Geäst saß.

»Was für eine Frage!«, erwiderte diese tadelnd. »Wozu bist du hierher gekommen, wenn du dich nun unverrichteter Dinge wieder davonmachen willst?«

»Aber, ich, Tremoire, ich muss doch ...«, stammelte Aimee.

Die Eule schnalzte missbilligend. »Was man begonnen hat, das soll man auch zu Ende führen! Die Zeit ist reif dafür. Also tu, was du tun musst!«

»Ich will ja auch tun, was ich tun muss!« Vor Ärger vergaß Aimee ganz, im Flüsterton zu sprechen. Wie kam diese Eule dazu, ihr Vorhaltungen zu machen! »Du weißt ja überhaupt nicht, worum es geht!«

»So, meinst du! Mein liebes Kind«, herablassender

konnte man diese Worte kaum aussprechen, »meine Augen durchdringen das Dunkel der Nacht und das Dunkel der Vergangenheit, meine Ohren hören das Rascheln ferner Mäuse und die stummen Schreie verlorener Seelen – und du glaubst, ich wisse nicht, worum es geht! Seit Swasi – gepriesen sei sein Name um seiner Liebe willen – diesen wunderbaren Garten erschuf, nisteten hier meine erhabenen Vorfahren und sahen alles und hörten alles und bewahrten alles und gaben alles weiter von Eulengeneration zu Eulengeneration bis auf mich, bis auf die heutige Nacht. Es ist an der Zeit, dass ich es weitergebe an dich. Gehe den Kiesweg hinunter und wende dich nach rechts, dann erreichst du den Springbrunnen. An dessen Rand lasse dich nieder und blicke ins Wasser!«

»Aber wenn Tremoire mich –«, begann Aimee einen schüchternen Einwand, doch die Eule erklärte mit solcher Bestimmtheit: »Tu, was ich dir sage!«, dass sie gehorchte und sich aus dem Schutz des Baumes begab.

Bald erreichte sie den Springbrunnen. Es war, als ginge eine magische Kraft aus von seiner glitzernden Fläche, die Aimee unwiderstehlich anzog. Tremoire vergessend ließ sie sich am Rand nieder. Bilder tauchten im Wasserspiegel auf und verschwanden wieder: ein junges Paar, Mann und Frau, die in liebevoller Umarmung am Brunnenrand standen – ein König, der sich mit gezücktem Schwert auf den jungen Mann stürzte – die junge Frau, die dessen blutigen Leichnam im Schoß hielt und sich über ihn neigte, zerflossen in Liebe und Schmerz und Verzweiflung – die junge Frau sich am Boden krümmend und windend, schreiend vor Qual – dieselbe, ein winzig kleines Neugeborenes in ihren Armen, das sie wiegte und wiegte, obgleich es nicht weinte, sich nicht regte – endlich ihr Gesicht, verzerrt vor Hass, Hass, Hass.

Die Bilder erloschen. Als seien auf der Wasserfläche nie andere Spiegelungen gewesen als Blumenranken und Baumwipfel. Das Mondlicht spielte silbern mit dem Strahl des Springbrunnens. Da wurde dessen Murmeln lauter und formte sich zu einem Singsang voller Wehmut und Trauer. Die Eule aber strich dicht über Aimee und ließ sich auf der Schulter der Statue einer griechischen Göttin nieder, die in der Nähe des Springbrunnens aufgestellt war.

»Hörst du das Lied des Wasserstrahls?«, fragte die Eule. »Weinen muss er, ohne Unterlass weinen um die verlorene Liebe, die er gesehen, und das nimmer endende Leid, das hier an diesem Ort seinen Ausgang nahm und immerfort nimmt. Weinen um Swasi, den wahren Meister, dessen Todesnacht sich heute zum hundertsten Male jährt. Ein einfacher Bauernsohn war er, ein armer junger Mann, aber ein Gärtner, wie ihn die Welt nie wieder erblickt hat, sein Geist war Licht, sein Herz war Liebe und seine Seele ein klarer Wasserspiegel. Was seine Hände berührten, verwandelte sich und erkannte seine wahre Bestimmung. Er war der Erbauer des wundersamen Brunnens, er war der Schöpfer dieses Gartens, und nur aus Liebe zu ihm steigt der Wasserstrahl noch in die Höhe, nur aus Liebe zu ihm blühen noch diese Blumen in einmaliger Schönheit und wachsen noch diese Bäume und Hecken in nie gesehener Pracht. Liebe zu ihm war es auch, die Tremoire, die junge Königstochter, vergessen ließ, dass sie dem König eines fernen Landes versprochen war und dass ein Gärtner nie und nimmer um die Hand einer Prinzessin freien kann. Und aus Liebe gab sie sich ihm hin. Da schenkte er ihr einen Ring. Doch da er ein armer Mann war und weder Gold noch Edelsteine besaß, schnitzte er den Ring aus Lindenholz und steckte in die Fassung eine rote Rosenknospe, und Tremoire erschien dieser Ring als der schönste auf Erden und der wundersamste dazu, denn niemals verwelkte die Rose, sondern blieb frisch und rot wie am ersten Tag. Ein geheimer Gang, von dem niemand außer ihr wusste, führte von Tremoires Gemach geradewegs in diesen Garten, und Nacht für Nacht trafen sich die Liebenden hier im Schutz der Büsche, und ihr Glück kannte keine Grenzen wie ihr Schmerz, denn sie wussten, dass der König ihnen nicht zu heiraten gestatten würde und dass der Tag von Tremoires Vermählung mit dem hohen Verlobten näher und näher rückte. Es kam, wie es kommen musste, und Tremoire erkannte, dass sie ein Kind unter dem Herzen trug, das Kind ihrer Liebe. Wieder und wieder beschwor Swasi sie mit ihm zu fliehen. Wieder und wieder verschob sie den Zeitpunkt der Flucht, denn noch immer hoffte sie auf einen Weg, das Herz ihres Vaters zu erweichen, doch sie wagte es nicht, sich dem König zu offenbaren. Ihre Mutter aber, die ihr hätte raten können, war längst verstorben und ihrer Stiefmutter vertraute sie nicht. Den wissenden Blicken der Mägde und Hofdamen blieb ihr Zustand nicht verborgen, auch wenn Tremoire sich in weite Gewänder hüllte, und bald kannte jeder im Schloss ihre Geschichte, nur nicht der König und die neue Königin, denn keiner sagte es ihnen, fürchtete doch jeder des Königs jäh aufflammenden Zorn und hatte doch jeder Mitgefühl mit der Prinzessin und mit Swasi, dem von allen geliebten Gärtner. Dann endlich überzeugte Swasi Tremoire davon, dass sie nicht länger warten durften, denn er wusste um die Gefahr. Sie verabredeten die gemeinsame Flucht für die folgende Nacht. Ohne die Spur eines Bedauerns nahm Tremoire für sich Abschied von ihrem Reichtum und dem Glanz des höfischen Lebens, um in der Fremde mit Swasi und ihrem Kind ein einfaches Leben zu führen. Sie fürchtete die Armut nicht, so groß war ihre Liebe. Jedoch nicht Abschied nehmen zu können von ihrem Vater, das schmerzte sie sehr und deshalb schrieb sie ihm einen Brief, den sie auf ihrem Schreibtisch hinterließ. Es kam die Nacht der Flucht – es schien der Vollmond wie heute. Ein letztes Mal trafen Tremoire und Swasi einander im Garten, um sich gemeinsam auf den Weg zu machen. Doch zur gleichen Zeit erlauschte der König das Gespräch zweier Hofdamen und erfuhr die Wahrheit und stürmte in Tremoires Gemach und fand den Brief, in dem sie ihn um Verständnis dafür bat, dass sie ihre Verlobung löste, um Swasi zu folgen. Da entbrannte er in glühendem Zorn und stürmte in den Garten und fand seine Tochter in den Armen des Gärtners, zog sein Schwert und tötete diesen in blindwütiger Raserei. Dann schwang er sich auf sein Pferd und ritt davon, seinen Aufruhr zu kühlen. Tremoire aber blieb allein im Garten mit ihrem toten Geliebten. Ihre Verzweiflung, ihr Schmerz und ihr Entsetzen waren so groß, dass sich ihr Körper in Krämpfen zu winden begann, und viel zu früh und viel zu heftig wurde die Frucht ihrer Liebe aus dem Leib gepresst. Unfähig sich ins Schloss zurückzuschleppen, schrie Tremoire um Hilfe, doch keiner hörte sie. Und so gebar sie einsam und verlassen mitten im Garten ihr Kind und es war tot.«

Aimee presste die geballten Fäuste vors Gesicht. Konnte es etwas Furchtbareres geben als diese Geschichte? Es war entsetzlich, was Tremoire zugestoßen war, was deren Vater ihr angetan hatte, und etwas wie Mitleid regte sich in Aimee. Aber es war die gleiche Tremoire, die Elee der Mutter weggenommen und in Stein verwandelt hatte! Wie sollte man mit so einer Mitleid haben!

Der Strahl des Springbrunnens schoss höher hinauf, sein Murmeln wurde zum Rauschen, sein trauriger Gesang zum drohenden Sturmlied. Die Eule aber fuhr fort: »Das tote Kind in ihren Armen, den toten Geliebten an ihrer Seite, brach Tremoires Herz vor unendlichem Leid und wurde zu Stein. Und unendliche Liebe wurde zu unendlichem Hass, und unendliche Trauer zu unendlicher Rachsucht. Und sie rief die Mächte der Finsternis an und verschrieb sich ihnen mit Leib und Seele, wenn sie ihr die Macht gäben sich zu rächen am König und der ganzen Königsfamilie, immer und immer wieder, für alle Zeiten. Und die Finsternis erhörte ihren Schwur und verwandelte die Blume in Tremoires Ring in den Kopf einer Giftschlange aus schwarzem Stein. Dieser Stein gab Tremoire die Macht zu herrschen in diesem Garten, zu herrschen über jeden, der ihr vor Hass verzerrtes Gesicht erblickt hat, zu herrschen über jeden, den einer ihr verspricht, über den sie Macht erlangt hat. Seither ist sie weder tot noch lebendig, haust im Oben und im Unten, beheimatet in beiden Welten und nirgendwo zu Hause. Und selbst wenn sie von allem Unheil lassen wollte, so könnte sie es nicht, denn der schwarze Schlangenstein hält das Feuer ihres Hasses am Leben, ohne dass sie es weiß. Tremoires erstes Opfer wurde die Königin, ihre Stiefmutter, die tags darauf ahnungslos den Garten betrat. Tremoire verwandelte die Königin in eine Wölfin und verfluchte sie dazu, auch nach ihrem Tod in jeder Vollmondnacht in Wolfsgestalt in diesen Garten zurückkehren zu müssen. Die verzauberte Königin suchte sich dem König zu offenbaren und sprang des Nachts in sein Schlafgemach, doch der König sah nur den Wolf, zückte seinen Dolch und tötete ihn, nicht ahnend, dass er damit seine über alles geliebte Frau mordete. So erfüllte sich der erste Schritt von Tremoires Rache. Menschen, die nicht der Königsfamilie angehörten, verschonte Tremoire, auch ihren Bruder, den sie einst geliebt hatte, auf ihren Vater aber harrte sie in unversöhnlicher Rachsucht. Der König mied jedoch den Ort seines Verbrechens und so wurde sie seiner nicht habhaft. Verzweifelt über das unerklärliche Verschwinden seiner Gemahlin suchte der König Aufschluss bei einem Seher und dieser legte ihm die Wahrheit in all ihrer Schrecklichkeit dar. Da erkannte der König seine Schuld und deren furchtbare Folgen und verlor darüber schier den Verstand. Er gab Befehl den Garten niederbrennen zu lassen, doch erwies sich das als unmöglich, denn ein Zauber machte Swasis Garten unzerstörbar. Also ließ der König das Tor zum Garten verschließen und verbot bei Todesstrafe das Tor zu öffnen oder die Mauer zu übersteigen, doch sagte er niemandem den Grund, denn noch immer wollte er seine Schuld anderen gegenüber nicht eingestehen. Nur seinem Sohn und Thronfolger offenbarte er vor seinem Tod das dunkle Geheimnis und ließ ihn schwören, es an niemanden anderen weiterzugeben als wiederum an den Thronfolger unter dem Gelöbnis des Schweigens, und so immer fort. Der Garten, den Swasi einst so wunderbar geschaffen hatte, blieb verschlossen und verboten, doch hin und wieder, wenn ein Mitglied der Königsfamilie sich als verführbar erwies, fand Tremoire im Laufe der Jahrzehnte Gelegenheit das verschlossene Tor durch Zauberkraft zu öffnen und ahnungslose Nachfahren in ihren Bann zu locken. Immer aufs Neue vollzog sie ihre Rache und aus versteinertem Leid um ihr eigenes Kind waren es vor allem die neugeborenen königlichen Kinder, deren sie habhaft zu werden versuchte. So kam von Generation zu Generation namenloses Leid über die Königsfamilie, Leid, dessen Ursprung jedoch keiner kannte, keiner verstand außer dem jeweiligen König allein. Für Tremoires Opfer aber gab es keine Hilfe. Bis auf den heutigen Tag.«

Die Fontäne des Springbrunnens sank in sich zusammen. Die Eule verstummte. In Aimees Brust aber brannte die Wunde, deren Schmerz sie auf der Mondsichel kaum mehr gespürt hatte, schrecklicher denn je. »Elee!«, flüsterte sie.

»So ist es!«, sprach die Eule. »Deine Schwester war Tremoires letztes Opfer und noch viele werden folgen! Wenn du nicht hilfst und Tremoire nicht erlöst von dem Fluch, den sie selbst in ihrer grenzenlosen Verzweiflung über sich gebracht hat. Wenn du sie nicht befreist von den Fesseln der Finsternis, die sie selbst sich in brennender Rachsucht angelegt hat!«

»Ich?« Aimee zitterte. »Ich hasse Tremoire! Elee will ich erlösen und befreien, meine kleine Schwester, und ich weiß nicht, wie mir das gelingen soll, sechs Edelsteine habe ich schon, die ich dafür brauche, aber den siebten, den Diamanten, den kann ich nicht holen, weil ich nicht weiß, wie ich den Turm der allumfassenden Einheit jetzt noch erreichen kann, und was soll ich denn noch alles tun?! Tremoire – nein! Elee soll keinen Augenblick länger warten müssen als unbedingt nötig, und meine Mutter auch nicht, und darum, darum muss ich zum Mond, zum Turm der allumfassenden Einheit!« Fast schrie sie.

»Es ist schwer, ich weiß«, erklärte die Eule. »Sehr schwer. Aber nicht so unmöglich, wie du denkst. Du musst nicht zum Mond, denn alles liegt auf Erden. Du musst nicht nach den Gestirnen greifen, denn alles findest du in dir selbst. Du musst um den Diamanten zu gewinnen den Turm nicht erreichen, denn ein anderer hat den Diamanten herabgebracht.«

»Ein anderer?«, fragte Aimee und auf einmal war eine Hoffnung in ihr, die sie selbst nicht begriff.

»Du sagst es!«, bestätigte die Eule. »Swasi ist es, der einst den Turm der allumfassenden Einheit erreichte und den Kohinoor gewann, den reinen Diamanten. Und obwohl Swasi dort hätte bleiben können in ewiger Glückseligkeit, verließ er aus freien Stücken den Turm und kam hierher, um unvergängliche Schönheit zu bringen, wie sie nur jemand bringen kann, der im Besitz des Diamanten ist. Er tat es aus Liebe, um Freude zu bereiten, um zu geben, zu geben, zu geben. Den Kohinoor aber trug er in seinem Herzen.«

»In seinem Herzen?«, rief Aimee entsetzt. »Aber wie soll ich ihn dann finden?«

»Ließest du mich ausreden, so könnte ich es dir erläutern!«, kam tadelnd die Antwort der Eule. »Höre! Ihr totes Kind und ihren toten Geliebten brachte Tremoire in jenes Land, in das nur gelangt, wer bei Vollmond in diesen Brunnen steigt. Selbst ich weiß nicht alles, was dort geschah, aber genug, denn bisweilen spricht Tremoire davon, wenn sie ruhelos durch diesen Garten streift. Tremoire fuhr ihre Lieben über den großen Fluss und errichtete zwischen drei hoch aufragenden Felszacken einen Scheiterhaufen und verbrannte die sterblichen Hüllen. Dann kehrte sie hierher zurück und unter der Kälte ihrer Hoffnungslosigkeit hörte das Wasser auf zu fließen und die Landschaft gefror zu Eis. Steige hinab in den Brunnen und suche den Ort, an dem Tremoire den Leichnam von Swasi verbrannte. Dann wirst du den Diamanten finden!«

»Aber wie denn?«, fragte Aimee verwirrt. »Wenn der Diamant in Swasis Herzen war und Swasi tot ist und sie ihn verbrannt hat ...«

Die Eule gab etwas wie ein trockenes Lachen von sich. »Der Kohinoor ist kein gewöhnlicher Diamant, mein Kind. Er ist der Diamant der wahren Liebe. Die wahre Liebe aber ist unzerstörbar und überwindet alles. Darum ist auch der Kohinoor unzerstörbar. Kein noch so heißes Feuer kann ihn verbrennen, nichts kann ihn vernichten. Tu, was ich dir sage! Und wende dich nach Osten, immer nach Osten! Vom Osten kommt das Licht und im Licht suche nach dem Kohinoor. Wenn du den hast, dann hast du alles, um deine Schwester zu erlösen, um dich zu erlösen und auch Tremoire. Denn allein der Kohinoor ist es, der Diamant der Liebe aus Swasis Herzen, welcher die Macht des Ringes brechen und Tremoire von ihrem blinden Hass reinigen kann – und welcher den Fluch lösen kann, den sie über andere gebracht hat. Dann wird sich die Kraft ihres Hasses wieder wandeln in Kraft der Liebe und zum Segen werden für dich und andere. Gott sei mit dir!« Damit breitete die Eule ihre Flügel aus und glitt lautlos davon.

Aimee blickte in den Brunnen. Unergründlich tief erschien er ihr, bodenlos. Da hinein sollte sie ...

Da hörte sie eine Stimme hinter sich rufen: »Aimee! Mein geliebtes Töchterchen! Bist du es, bist du es wirklich? Komm her zu mir, komm zu deiner Mutter!«

Aimee fuhr herum, sah durch die tiefen Schatten der Bäume eine Frau im weiten Kapuzenmantel auf sich zu kommen, eine Laterne in der Hand. »Frau Mutter!«, rief Aimee und lief ihr entgegen, gleich war sie bei ihr, gleich würde sie ihre Mutter umarmen können, ihr alles sagen, alles. Noch konnte sie im Dunkel ihr Gesicht nicht erkennen, doch schon hob die Mutter den Arm mit der Laterne, als wolle sie sich ins Gesicht leuchten, ein seltsamer Ring war es, den die Mutter am Finger hatte, ein schwarzer Stein in Form einer –

Da plötzlich sprang ein lang gestreckter Schatten aus dem Gebüsch die Mutter an, die silberne Wölfin war es, sie biss der Mutter in den Arm, der die Laterne hielt, diese fiel zu Boden und erlosch. Die Mutter schrie. Nein, dies war nicht die Stimme der Mutter, dies war die wutverzerrte Stimme von Tremoire. Die Kapuze rutschte zur Seite, Giftschlangen ringelten sich darunter hervor, Giftschlangen ringelten sich um den Kopf der Frau, die nicht die Mutter war, sondern Tremoire, die furchtbare Rächerin. Aber ihr Gesicht lag im Dunkel, ihr Gesicht sah Aimee nicht.

Tremoire versuchte die Wölfin abzuschütteln und sich auf Aimee zu stürzen, doch die Wölfin hatte sich in Tremoires Arm verbissen und hielt diese fest.

Einen endlosen Augenblick stand Aimee wie gelähmt, nur die Gedanken in ihrem Kopf überschlugen sich: Tremoire, beinahe wäre ich ihr verfallen, wenn ich ihr Gesicht gesehen hätte, wenn die silberne Wölfin nicht, schon wieder hat sie mich gerettet, warum tut sie das, oh mein Gott, was soll ich bloß machen, ich bin in Tremoires Reich, hier hat sie die Macht, der Brunnen, ich muss in den Brunnen ...

Dann endlich drehte sie sich um und sprang über den Brunnenrand, sprang blindlings ins Ungewisse, ins Bodenlose, hörte hinter sich noch, wie Tremoire die Wölfin verfluchte: »Du Biest, wie kannst du es wagen, deine Herrin anzufallen, blind und taub sollst du sein, in Krämpfen sollst du dich winden dein Leben lang!«, hörte ein schmerzvolles Jaulen der Wölfin, dann schlug das Wasser des Brunnens über ihr zusammen.

15

Aimee hielt die Luft an. Immer tiefer sank sie, längst hätte der Auftrieb sie erfassen und wieder an die Wasseroberfläche tragen müssen, aber sie fiel weiter durch das Wasser nach unten, als sei sie ein Stein. Dunkel wurde es, kein Mondstrahl drang mehr in diese Tiefe, wie lange würde ihr Atem noch reichen? Dann plötzlich war es vorbei und Aimee fand sich bei Morgendämmerung in einer fremden Landschaft in bitterer Kälte wieder.

Zitternd zog sie ihren Mantel enger und vergrub ihre Hände in den Ärmeln. Verwundert und erleichtert bemerkte sie, dass sie nicht nass war, weder ihre Haut noch ihre Haare noch ihr Mantel. Als sei sie nicht ins Wasser gesprungen. Was für ein wundersamer Brunnen war das, den Swasi erbaut hatte? Doch darüber nachzudenken blieb keine Zeit. Vielleicht würde Tremoire sie verfolgen, würde jeden Augenblick hier auftauchen! Sie, Aimee, musste den Kohinoor finden, so schnell als irgend möglich.

Nach Osten solle sie sich wenden, hatte die Eule gesagt. Aimee sah zum Horizont. Dort, linker Hand, begann der Himmel sich zu röten, dort musste Osten sein. Sie lief los. Ihr Atem gefror auf dem hochgestellten Fellkragen zu Raureif. Eiswind biss in die Wangen, die Ohren, trieb die Tränen in die Augen, ließ die Nase gefrieren. Die Grashalme knisterten und brachen wie Glas unter Aimees Schritten, Blumen waren erfroren, ehe sie die Köpfe hängen lassen konnten, wie Steine lagen tote Vögel am Boden. Nichts regte sich, kein noch so kleines Tier. Das sommergrüne Land schien im jähen Kälteschlaf zur Leblosigkeit erstarrt. War es unverändert so, seit hundert Jahren, seit Tremoire hier ihre Toten bestattet hatte?

Aimee rannte, keuchte. Die grimmige Luft schnitt in ihre Lungen. Schon fühlte sie ihre Füße nicht mehr. Sie schlug sich zwischen Weidengebüsch hindurch. Gefrorene Zweige brachen, sobald sie dagegen stieß, Blätter fielen herab und zerrieselten auf dem versteinerten Boden. Aimee rutschte eine steile Böschung hinab und kam zum Stehen. Die glitzernde Eisdecke eines majestätisch breiten Flusses lag vor ihr. Jenseits des Flusses aber ragten drei schmale Felsen wie zum Schwur erhobene Finger in den Himmel.

Tremoire fuhr ihre Lieben über den großen Fluss und errichtete zwischen drei hoch aufragenden Felszacken einen Scheiterhaufen und verbrannte die sterblichen Hüllen.

Dort drüben war die Stelle, an der Tremoire ihr Kind

und ihren Geliebten in den Flammen bestattet hatte. Dort hinüber musste sie, Aimee, um den Kohinoor zu finden. Kurz zögerte sie, sah sich um. Keine Brücke weit und breit. Sollte sie es wagen, die Eisdecke zu überqueren?

Was für eine Frage! Ärgerlich über ihren Zweifel zuckte sie die Schultern. Bei dieser unglaublichen Kälte musste der Fluss meterdick zugefroren sein! Sie betrat das Eis und wagte die ersten Schritte. Zitternd tastete sie sich voran. Wenn sie einbrach, wäre ihr das Ende gewiss. Knirschte nicht schon das Eis?

Da – unter der Last ihrer Schritte gab die Eisdecke einen hohen, singenden Ton von sich, einen Ton, der aus dem Reich von Akasha zu stammen schien!

Erschreckt drehte Aimee um und sprang ans Ufer zurück. Dann schalt sie sich selbst. So lächerlich war es und noch dazu selbstmörderisch, das Eis mehr zu fürchten als Tremoire! Was immer diesen Ton verursacht haben mochte, ein Brechen des Eises hatte sie nicht zu fürchten.

Dennoch, die Angst blieb. Ihre Hände verkrampften sich in den Taschen. Da stieß ihre Rechte an die Edelsteine. Und zum ersten Mal geschah es, dass einer der Juwelen zu ihr sprach. Der Rubin war es, seine Stimme erinnerte an die des Vaters: »Stecke den Ring an den Finger und führe mich an deine Lippen!«

Ganz selbstverständlich erschien es ihr auf einmal, dass der Ring ihr die Kraft und den Mut des Vaters geben würde – warum hatte sie vorher nicht daran gedacht? Ohne weiteres Zögern tat sie wie geheißen und hob den

Fuß, um endgültig den Strom zu überqueren. Da, in dem gleichen Augenblick, in dem der Rubin die Lippen berührte, bebte die Erde und Aimee hielt in der Bewegung inne. Es war nicht mehr als ein Grummeln, ein kurzes Sich-Schütteln, dann war die Erde wieder ruhig. Doch mit ohrenbetäubendem Knall zersprang plötzlich die Eisdecke und stürzte unter Getöse in die Tiefe.

Aimee schrie. Unmittelbar vor ihren Füßen tat sich ein Abgrund auf, ein Abgrund, der schier ins Bodenlose führte. Viele, viele Meter ging es senkrecht hinab und unten türmten sich Felsbrocken und Geröll. Was sie für einen zugefrorenen Strom gehalten hatte, war eine dünne, trügerische Eisdecke über leerem Raum gewesen, über einer Schlucht! Nie und nimmer hätte diese frei schwebende Eisdecke der Belastung standgehalten, mit jedem Schritt zur Mitte wäre die Gefahr größer geworden und unweigerlich wäre das Eis irgendwann unter Aimees Schritten zersprungen.

Aimee starrte in die Tiefe. Da unten irgendwo würde sie jetzt mit zerschmetterten Gliedern liegen, wenn nicht Akashas Klang sie zum Umkehren bewogen hätte, wenn nicht die Erde selbst sie davor bewahrt hätte, diesen vermeintlichen Fluss zu überqueren.

Beinahe besinnungslos taumelte sie die Böschung hinauf und ließ sich fallen. Doch im gleichen Augenblick schoss sie wieder in die Höhe. In der Ferne, dort, wo sie selbst aus dem Brunnen stürzend hergekommen war, heulte ein Wolf, ein weiterer antwortete, dann noch einer. Kein Zweifel: Es waren die drei dunklen Wölfe, die Tremoire zu ihrer Verfolgung hinter ihr hergeschickt hatte!

Aimees Augen hetzten hin und her. Wo gab es ein Entkommen? Sich vor den Wölfen in ein Versteck zu flüchten war unmöglich – die Tiere würden sie wittern und aufspüren. Doch genauso undenkbar war es, vor ihnen davonzulaufen. Wölfe waren schnell. Über kurz oder lang würde sie von ihnen eingeholt werden und dann ...

Der Kohinoor aber, das Einzige, was sie vielleicht retten konnte, befand sich jenseits der unüberbrückbaren Schlucht.

Sie krampfte die Finger um den Rubin, mit der zweiten Hand aber fühlte sie nach den anderen Edelsteinen. Sie spürte den Bernstein und ihr war, als beginne er zu pochen, zu leben. Sie erinnerte sich an die Worte des Wassermannes: *Wie solltest du dich bedanken können für etwas, dessen Wert du gar nicht zu ermessen weißt! Mag sein, der Tag kommt, an dem du begreifst* ... »Bitte«, presste sie hervor, ihre Stimme war nur ein heiseres Krächzen, »bitte, Bernstein, hilf mir!«

Da erschallte rechter Hand ein dumpfes Donnern, das rasch näher kam und sich immer mehr steigerte. Die Luft bebte. Aimee blickte nach rechts, die Schlucht hinauf – und traute kaum ihren Augen. Eine gewaltige Woge rollte diese Schlucht herab, Wassermassen unvorstellbaren Ausmaßes wälzten sich durch den Abgrund, füllten ihn aus und verwandelten ihn in einen großen Fluss. Die Schlucht war nichts anderes gewesen als das vom Wasser entleerte Flussbett und der Bernstein hatte das Wasser zurückgerufen! Wo eben noch ein unüberwindlicher Abgrund gegähnt hatte, breitete sich nun ein Strom aus, dessen aufgewühlte Fluten sich so rasch beruhigten, dass es denkbar erschien, sie zu durchschwimmen.

Schon fasste Aimee Mut, doch im nächsten Augenblick begriff sie die Hoffnungslosigkeit ihres Vorhabens: Bei dieser Eiseskälte war ein Bad im Fluss tödlich.

Das Heulen der Wölfe kam näher.

Kalter Schweiß brach ihr aus, mit fliegenden Fingern tastete sie nach dem Topas. »Agnimandra, ich brauche Euch! Ich brauche Euch sofort!«, flehte sie.

Da erhob sich jenseits des Flusses die Sonne am Horizont und sandte brennende Strahlen zur Erde, Strahlen, deren Glut die Luft mit brüllender Hitze erfüllte.

Ein letzter Blick zurück – drei dunkelgraue Wölfe tauchten in der Wegbiegung auf und hetzten im gestreckten Lauf Aimee entgegen –, dann sprang Aimee ins Wasser. Kalt war es, aber nicht eisig. Mit aller Kraft begann sie zu schwimmen. Der Fellmantel behinderte sie, dennoch gab sie nicht auf, kämpfte sich vorwärts, der strahlenden Sonne entgegen. Doch als sie zurücksah, erkannte sie, dass die Wölfe ihr folgten, dass sie unbeirrt hinter ihr herschwammen, dass sich der Abstand zu verringern schien. Und sie hatte gehofft, im Wasser vor ihnen sicher zu sein!

»Dana!«, schrie sie, bekam Wasser in den Mund, verschluckte sich, hustete. Verzweifelt ruderte sie mit einer Hand, während sie mit der anderen nach der Manteltasche tastete. Sie wagte nicht, hineinzufassen; wenn sie den Smaragd verlor, war alles verloren! Doch sie spürte ihn durch das nasse Fell des Mantels. »Dana!«, bettelte sie noch einmal, von Hustenstößen geschüttelt, wild trat sie im Wasser.

Und eine mächtige Windböe fuhr wie ein Pfeil in den Strom, wie ein Messer teilte sie die Wasserfluten zwischen Aimee und den Wölfen, eine rasende Strömung erfasste die Wölfe und riss sie mit sich fort, den Fluss immer weiter hinunter, so schnell, dass Aimee sie nach kürzester Zeit aus den Augen verlor. Sie selbst aber erreichte sicher das jenseitige Ufer.

Zitternd nach der ausgestandenen Angst und abgewendeten Gefahr, schwach vor grenzenloser Erleichterung und weich vor noch grenzenloserer Dankbarkeit sank sie ins Gras, kniete da und dankte allen guten Mächten, die ihr geholfen hatten. Dankte ihrem Vater, dem König. Dankte dem Wassermann. Dankte Agnimandra. Dankte Dana. Dankte der Erde. Dankte dem Wasser. Dankte dem Feuer. Dankte der Luft. Dann machte sie sich auf, den Kohinoor zu finden.

Aimee gelangte zu den drei Felsen. Schon von weitem sah sie die dicke schwarz-graue Ascheschicht inmitten des mit Geröll bedeckten Bodens. Nicht ein einziger Grashalm war darüber gewachsen, nicht ein einziges Sandkorn darüber geweht. Hundert Jahre lang hatte die in Kälte erstarrte Landschaft die Reste der Leichenverbrennung so unverändert bewahrt, als habe die Zeit stillgestanden.

Aimees Blick haftete auf der dunklen Masse. Das also war geblieben von Swasi, der diesen wunderschönen Garten erschaffen hatte, und von Tremoires zu früh geborenem Kind – Asche, tiefschwarze Holzreste. Und da … Sie schluckte, als sie die fast zur Unkenntlichkeit verkohlten Knochensplitter erblickte. Eine ungeheure

Scheu hielt sie davon ab, etwas zu berühren: Nicht diese ewige Ruhe stören!

Aber sie hatte eine Aufgabe zu erfüllen und wenn sie das nicht tat, konnte sie Elee nicht erlösen und selbst nicht wahrhaft leben und konnte ihre Mutter nicht trösten und sich vor Tremoire nicht schützen.

Tief holte sie Luft. Dann kniete sie nieder und begann mit beiden Händen in den Resten des Feuerbrandes zu wühlen. Asche stob auf, rieselte als feiner Regen wieder auf Aimee herab und nistete sich in ihren trocknenden Haaren und dem dampfenden Fell ihres Mantels ein. Verkohlte Stücke – nicht darüber nachdenken, ob es Holz war oder Knochen! – zerbröselten zu fettem Staub, der an den Fingern klebte. Unter der schwarzen Schicht stieß Aimee auf Geröll und Steinbrocken, auf große Kiesel und kleine. Wie sollte sie unter all dem geschwärzten Gestein einen Diamanten finden?

»Steine, bitte helft mir!«, sagte sie. »Irgendwo hier muss ein Diamant sein. Wo ist er?«

Die Steine schwiegen.

»Kohinoor! Gib mir ein Zeichen! Sag mir, wo ich dich finde!«, bat sie.

Der Kohinoor gab sich nicht zu erkennen.

Die Sonne stieg höher. Erbarmungslos brannte sie vom Himmel, als wolle sie die Kälte von hundert Jahren an einem einzigen Tag aufwiegen. Aimee warf den Fellmantel ab. Bald waren ihr Unterhemd und ihre Haut so schwarz wie die Kohle. Der Schweiß hinterließ Spuren in der klebrigen Schicht. Ihr Mund war ausgedörrt. Dennoch gab sie nicht auf, schob gröbere Teile zur Seite, tastete und fühlte, grub und wühlte, nahm Stein für Stein in die Hand. Und immer wieder der Blick zum Fluss: Waren die Wölfe der Strömung entronnen und kamen zurück? Oder kam gar – Tremoire selbst?

Jetzt, nachdem sie, Aimee, in den Garten eingedrungen war, würde Tremoire sie erst recht mit tödlichem Hass verfolgen. Bevor sie Tremoire wieder begegnete, musste sie den Kohinoor in ihrem Besitz haben, um sich zu schützen. Sie musste!

»Kohinoor, erhör mich, hilf mir!«, bettelte sie.

Schweigen. Sonne. Hitze. Und jeder kleine Stein, den sie ausgrub und von dem sie die schwarze Schmiere rieb, erwies sich als wertloser Kiesel.

Die Wunde in der Brust brannte und pochte. Schwer dröhnte der Herzschlag gegen die Schädeldecke, jeder Schlag ein dumpfer Schmerz. Aimees Kopf wollte schier zerspringen. Schließlich konnte sie nicht mehr, richtete sich auf. Alles in ihr schrie nach Wasser. Sie schwankte, finster wurde ihr vor Augen, eine Woge von Übelkeit erfasste sie. Mühsam kam sie in die Höhe und schleppte sich zum Fluss. Ganz still strömte er nun, spiegelte ihr verzweifeltes Gesicht wider, ihre spröden Haare, ihre rußverschmierte Gestalt. Aimee tauchte den Kopf ins Wasser, die Arme, die Beine, trank und kühlte, kühlte und trank. Endlich stieg sie in die Fluten und blieb darin, trank immer wieder in kleinen Schlucken, bis der Schmerz von ihr gewichen war und sie neue Kraft spürte. Dann lief sie durch die sengende Sonne zurück zu den drei Felsen.

Wieder kauerte und wühlte sie im Schutt. Wieder ließ sie kleines Gestein durch ihre Finger gleiten. Vergebens.

Dann plötzlich stockte sie. Was war das? Sie putzte das kleine Ding, das sie in der Hand hielt. Da sah sie: Es war ein Zahn. Ein Zahn von Swasi.

Und auf einmal war alles da: Die junge Königstochter, die Swasi, den Schöpfer des Gartens, so sehr liebte, dass sie bereit war auf alles zu verzichten, was ihr wichtig gewesen war, auf ihren Reichtum, ihren hoch gestellten Verlobten und den auf sie wartenden Königsthron, nur um mit Swasi zu leben. Ihre zärtliche Freude auf das gemeinsame Kind, das in ihrem Leib heranwuchs und dessen Bewegungen zu spüren sie mit Glück erfüllte. Ihre Furcht vor dem Vater, ihre heiße Angst bei dem Gedanken, er könnte die Schwangerschaft bemerken, er könnte alles erfahren. Ihr lähmendes Entsetzen, als Swasi in ihren Armen starb, ermordet von ihrem eigenen Vater. Die Unmöglichkeit, das Unfassbare zu begreifen. Die Qual der sich krankhaft überstürzenden Geburt, die Verlassenheit dabei und die Todesangst. Der tiefe Schmerz im Augenblick der Erkenntnis, dass das Kind tot war, und der schneidende Gedanke: Auch das hat mein Vater getan, auch mein Kind hat er gemordet – Mörder, Mörder, Mörder! Die Trauer und Verzweiflung und Hoffnungslosigkeit, die größer waren, als sie ertragen konnte. Die nach der Entbindung geradezu unmenschliche Kraftanstrengung, die geliebten Toten in das Land jenseits des Brunnens zu bringen, das Holz für einen gewaltigen Scheiterhaufen zusammenzutragen und den Mann und das Kind darauf zu betten. Und dann das Feuer, in dem alles verbrannte, was sie geliebt hatte. Das Feuer, in dem ihr eigenes Herz verbrannte.

Aimee weinte. Weinte um Tremoire, die so unendlich gelitten hatte. Vergaß die Zeit und den Ort und die Gefahr, dachte nur noch an das Leid von Tremoire und weinte.

Da auf einmal hörte sie einen wunderbaren Klang von so vollendeter Harmonie, wie sie ihn nur in Akashas Reich vernommen hatte. Dicht vor ihr vom Boden stieg er auf. Sie schob die Asche beiseite, Geröll wie überall, nichts, was diesen Klang verursachen konnte, und doch war er da, schien auszugehen von einem unscheinbaren rußverschmierten Kiesel. Sie nahm ihn, hielt ihn auf der schmutzigen Handfläche, rieb ihn vorsichtig. Nichts als ein grauer Kiesel. Doch das Tönen wurde lauter und dann verwandelte sich der kleine schmutzige Stein in einen Diamanten von strahlender Leuchtkraft und reinster Klarheit, der das Licht der Sonne widerspiegelte in allen Farben des Regenbogens: der Kohinoor, Swasis Geschenk.

Später wusste Aimee nicht mehr, wie lange sie da in der Asche gekniet und das Licht des Diamanten geschaut hatte – Augenblicke, in denen sich die Ewigkeit zusammenzog. Sie bemerkte nicht, wie das Brennen der Sonne in ein sanftes Wärmen überging, wie das Land zum Leben erwachte, Blumen ihre Blütenkelche öffneten, geknickte Grashalme sich aufrichteten, Insekten summten und Vögel zwitscherten, Mäuse ihre uralten Wege huschten, Füchse auf Pirsch gingen und wilde Pferde mit wehenden Mähnen den Fluss entlanggaloppierten.

Im Spiegeln des Diamanten sah Aimee den Turm der allumfassenden Einheit.

Dann dachte sie an Elee und sprang auf. Sie wollte nach ihrem Fellmantel greifen und stockte. Der Fellmantel war verschwunden. Doch dort, wo sie den Mantel achtlos hingeworfen hatte, lag nun ihr perlenbesticktes blaues Seidenkleid, das sie der alten Frau gegeben hatte, und mit ihm das weiße Unterkleid, das dazugehörte, und alles war sauber und gebügelt und hatte nicht den kleinsten Riss oder Schaden mehr von jener nächtlichen Wanderung vor Urzeiten, ehe sie Elee gefunden hatte.

Mit offenem Mund stand Aimee da und starrte das Kleid an. Nur als schwache Erinnerung kam der Gedanke, dass es ihr irgendwann einmal Leid getan hatte um dieses Kleid. Ob verlotterter Fellmantel oder kostbares Seidenkleid, für sie war das einerlei geworden. Aber so schmutzig und verschwitzt, wie sie war, wollte sie es nicht anziehen. Also lief sie zum Fluss, um sich zu waschen. Als sie in die Fluten stieg, nahm sie den Kohinoor in den Mund, um sicher zu sein, dass sie ihn nicht verlor. Sie begann ihre Haare im Wasser zu reiben, wunderte sich, wie seidig diese sich auf einmal anfühlten, griff eine Strähne und betrachtete sie. Die Haare waren lang und blond und lockig – ihre alten Haare! Nun sah sie auch ihre Haut an, glatt war diese und zart. Aimee neigte sich über die ruhige Wasserfläche, spiegelte sich darin. Kein Zweifel, sie hatte ihr altes Aussehen wieder! So mächtig war der Kohinoor.

Sie nahm es dankbar hin als ein Wunder. Aber davon, wie sie sich einst danach gesehnt hatte, wieder so auszusehen, wusste sie nichts mehr.

Dann durchzuckte sie ein glühender Schreck: Die

sechs Juwelen hatten in der Tasche des Fellmantels gesteckt! Waren sie mit ihm verschwunden? Sie rannte zum Brandplatz zurück, riss das Kleid hoch, fasste in sein Täschchen und atmete tief und erleichtert auf: Da waren sie, die Edelsteine. Sie hatte sie alle. Sie konnte Elee erlösen und dank des Kohinoors musste sie sich auch nicht mehr vor Tremoire fürchten, denn er würde die finstere Macht des Schlangenringes brechen.

Nur – wie sollte sie aus dieser Welt jenseits des Brunnens zurückgelangen und zu der Burgruine finden, in der Elee versteinert gefangen lag?

In tiefem Nachdenken stieg sie in das Unterkleid aus feinstem Batist und zog das Seidenkleid darüber. Die Edelsteine kamen ihr in den Sinn. Sie hatten ihr schon einmal geholfen, würden sie es ein zweites Mal tun? Sie holte die Juwelen aus dem Täschchen und legte sie sich auf die offene Handfläche. Auf die Handwurzel legte sie sich den Rubinring des Vaters. Darüber den Bernstein des Wassermannes. Dann den Topas des Feuersalamanders. Danas Smaragd. Den Saphir aus Akashas Reich. Die Wunschblume aus der Kathedrale. Und als Letztes, auf ihre Fingerspitzen, den Diamanten aus Swasis Herzen.

Die Juwelen fingen das Sonnenlicht ein und spiegelten es tausendfach wider. Ein strahlender Farbbogen stieg aus Aimees Hand empor, wölbte sich über den Himmel und senkte sich in weiter Ferne wieder hinab. Alle Steine zugleich begannen zu singen. In langsamen, tiefen und festen Tönen bummerte der Rubin, leichter und wiegend schallte der Bernstein, rascher und feuriger hämmerte der Topas, höhere, weiche und sanfte Töne entströmten dem Smaragd und so fort, immer zartere und feinere Musik, bis hin zu dem allerhellsten überirdischen Klingeln und Klingen des Diamanten. Die Farben des bunten Himmelsbogens aber wurden immer kräftiger. Die Farben wurden so stark, dass sie Aimees Hand nahmen und sie mit unwiderstehlicher Macht mit sich zogen. In die Höhe. Weg aus dem Land jenseits des Brunnens.

16

Umfasst von den leuchtenden Farben und getragen von der vielstimmigen Musik stieg Aimee in den Himmel auf. Leicht wie ein Schmetterling, der – eben aus der Verpuppung geschlüpft – seine Flügel entfaltet, ließ sie sich mitnehmen und kannte keine Furcht, kannte nur das Wunder. Über das ganze Firmament flog sie, dann neigte sich ihre Bahn – und im Hof der Burgruine, am Fuße des Turmes, in dem die versteinerte Elee lag, landete sie sanft auf dem Erdboden.

Genau zu ihren Füßen wuchs eine Blume, wie Aimee sie noch nie gesehen hatte. Die blaue Knospe war fest geschlossen, doch als das Licht des Regenbogens sie berührte, öffnete sie ihre unzähligen zartblauen Blütenblätter, die gleich einem Kelch in einander umfangenden Ringen ein goldenes Herz umschlossen.

»Bist du die Prinzessin?«, fragte die blaue Blume.

»Aber ja! Woher weißt du das?«, erwiderte Aimee überrascht und kauerte bei ihr nieder.

»Ich warte auf dich!«, erklärte die Blume mit großem Stolz. »Schon in den Samen war mir gelegt, dass ich in der Hand einer Prinzessin leuchten werde, wenn etwas Großes sich erfülle. Das Unkraut hier zwischen den Ritzen will es mir nicht glauben und verlacht mich.«

»Dich verlachen?!«, rief Aimee. »Jeder muss doch sehen, dass es etwas Besonderes ist mit dir!«

Die Blütenblätter nahmen an den Rändern einen sanft violetten Ton an. »Nun ja«, die Blume hüstelte leicht, »die wilden Kräuter sind unverständig und ohne Herzensbildung, sie wissen es nicht besser. Aber ich muss gestehen, es kränkt mich doch, auch wenn ich eigentlich darüber erhaben sein sollte. Beschäme sie und pflücke mich und du wirst sehen, wie mein zartes Blau die tiefste Schwärze durchdringt und dir helfen wird, das Große zu erfüllen, das sich erfüllen soll! Aber bist du auch wirklich eine echte Prinzessin?«

Aimee nickte. »Das bin ich. Ich bin die Tochter des Königs. Die eine Tochter des Königs, denn er hatte eine zweite, aber die wurde verzaubert und verbannt, hierher in den tiefsten Kerker des Turmes. Ich bin gekommen sie zu erlösen. Und ich bin dir mehr als dankbar, wenn du mir dabei hilfst und in dem finsteren Turm leuchtest.«

»Habt ihr das gehört?«, wandte sich die Blume nach allen Seiten den zweiflerischen Wildkräutern zu. »Ich werde in der Hand einer Königstochter eine Königstochter erlösen! Mein Licht ist notwendig, damit Großes geschieht! So ist es doch, nicht wahr, Prinzessin?«

»Ja«, bestätigte Aimee, »ich wüsste nicht, wie ich ohne Licht in den Kerker gelangen und meine Schwester befreien sollte. Ich danke dir von Herzen!« Dann streichelte sie sanft über die zarte Blüte und pflückte die blaue Blume.

Langsam stieg sie mit dieser in der Hand die Treppe zum Wehrgang hinauf. So lange hatte sie auf diesen Augenblick gewartet, so aussichtslos war es ihr oft erschienen, dass sie ihn je erleben würde – nun auf einmal war er da. Sie hatte alles erfüllt, konnte Elee erlösen. Konnte sich selbst heilen.

Sich heilen? Ach, in der Kathedrale war es ihr doch ganz klar geworden: Die Wunde in ihrer Brust schließen, die brennende Sehnsucht löschen, das könnte nur die gleichaltrige Elee. Kein Baby würde dazu in der Lage sein, und wäre es noch so lieb.

Wie lange mochte es dauern, bis man mit einem Baby reden konnte, so richtig reden, über alles? Wie lange mochte es dauern, bis zwölf Jahre Altersunterschied nicht mehr ins Gewicht fielen, bis man sich wirklich als zwei Hälften eines Ganzen fühlen konnte? Wenn Elee so alt wäre wie sie jetzt, dann wäre sie selbst doppelt so alt ... Niemals würde es so werden, wie es hätte sein können. Niemals würde die Sehnsucht danach vergehen. Aber Elee sollte leben. Das war es, wofür sich alles gelohnt hatte.

Je dunkler es im Turm wurde, desto mehr begann die wundersame Blume zu leuchten. Sie verströmte ein klares blaues Licht, als Aimee im Turm Stockwerk für Stockwerk tiefer stieg, ohne einer Menschenseele zu begegnen.

Dann die Leiter ins tiefste Verlies. Dankbar dachte Aimee an die Bärin, die ihr einst hier ihren Schutz gewährt hatte. Nun brauchte sie deren Schutz nicht mehr.

Das marmorne Baby lag da in seiner aufgebrochenen Steinschale im Todesschlaf, wie sie es zurückgelassen hatte. Bläulich schimmerte sein starrer Leib im Blütenschein. Aimee kniete nieder, strich sacht über den kleinen kalten Kopf, fuhr mit dem Zeigefinger die geschwungene Linie von Stirn, Stupsnäschen und rundlichem Kinn nach. Zu denken, dass dies alles gleich zum Leben erwachen würde! Oder – würde es vielleicht doch nicht gelingen?

Auf einmal konnte sie keinen Augenblick länger warten. Sie legte den Rubinring des Königs zwischen die Beine der kleinen Statue. Ein Bild tauchte vor ihr auf: der Python in der tiefroten Erdhöhle. Gespannt beobachtete sie das marmorne Baby. Nichts geschah. Kalter Stein im bläulichen Schein. Sie legte den Bernstein des Wassermannes unter den Bauchnabel und sah leuchtend orange die Sonne durch den Wasserfall scheinen. Sie legte den Topas von Agnimandra über den Bauchnabel und erinnerte sich an die brodelnde, glühende Lava und das blendende Gelb der Sonne im Vulkankrater. Sie legte Danas Smaragd neben das Herz und erblickte dabei die grüne Wiese, durch die der Wind wehte. Sie legte den Saphir aus Akashas klingendem Reich in das Grübchen unter der Kehle und dachte an das lichtblaue Glitzern und Flimmern der unzähligen Saphire auf der Mondsichel. Sie legte die Amethystblume aus der Kathedrale auf die Stirn und spürte wieder die ganze erhabene Feierlichkeit des rötlich tiefblauen Kirchenschiffes. Doch noch immer zeigte die versteinerte Elee nicht die geringste Regung! Hatte sie irgendetwas falsch gemacht?

Schwer schlug Aimees Herz. Sie presste den Kohinoor in ihrer schweißnassen Hand. Wenn mit seiner Hilfe das Wunder nicht geschah, dann würde es nie geschehen. Zitternd streckte sie die Hand mit dem Diamanten aus und zog sie wieder zurück. Sie traute sich nicht. Da schloss sie die Augen und begann zu beten. Betend drückte sie mit geschlossenen Augen dem steinernen Baby den Kohinoor auf den Scheitel und hielt beide Hände auf den Kopf der kleinen Statue, damit er nicht wieder herabfiel.

War da eine Bewegung unter ihren Fingerspitzen – oder war es nur das Zittern ihrer eigenen Hand? Erwärmte sich der Stein – oder wurde er von ihr erwärmt? Atmete da jemand – oder war es nur der Widerhall ihres eigenen Atems? Geschah das Wunder, kehrte das Leben in diesen toten kleinen Körper zurück, vereinte sich die Seele mit ihm und machte den Marmor zu Fleisch und Blut, zu einem lebendigen Baby, das gleich den Mund öffnen würde und weinen oder schreien, wie Babys das eben taten – oder blieb das Wunder aus, war alles umsonst gewesen?

Aimee öffnete nicht die Augen. Sie wollte nicht sehen, ehe sie nicht sicher war.

Bilder und Erinnerungen blitzten in ihr auf: der Schlosspark im Mondschein und die Stimme aus dem Wald: »Hilf dir!« – das Lächeln der Mondfee – die schreckliche Riesin mit den gewaltigen Armen – die Bärin, die vor ihr die Leiter in den Kerker hinabkletterte – der Stein, der auseinander brach wie eine Form und die kleine versteinerte Elee gebar – das Ungeheuer im See – die Linde, die ihr Schutz in ihrem Stamm gewährte – die unter Tränen betende Mutter in der Schlosskapelle – die Eishöhle – Dana, die den Grasball an ihr klares Herz drückte und ihn ihr als Smaragd verwandelt darreichte – Akasha in ihrem klingenden Kleid – der im hellsten Violett gleißende Turm der allumfassenden Einheit – das Mädchen auf der Parkbank unter dem herbstbunten Ahorn, das Mädchen, das so aussah wie sie und doch braune Haare hatte – der strahlende Kohinoor in ihrer rußverschmierten Hand – das Feuerrad des Wünschens und die Wunschblume in ihrer Hand: »Ich wünsche mir einen Weg zu finden, um Elee zu erlösen« …

Sie holte tief Luft. Sie hatte die Blume nicht in den Brunnen geworfen und nun war sie hier. Sinha, der Geflügelte, hatte versprochen, das Feuerrad werde den Wunsch erfüllen … Sie verbannte allen Zweifel. Glaubte.

Nein, das war kein Stein mehr, auf dem ihre Finger ruhten, das waren Haare, dichte, weiche Haare. Viele Haare, lange Haare. Konnten das denn die Haare eines Babys sein?

Und noch immer hielt diese Bewegung unter ihren Händen an, etwas wurde lebendig, nein, nicht nur das, es wurde größer, es wuchs und das Atmen wurde langsamer und fester, und dann war da eine Stimme, sehr vertraut und glücklich und ein wenig zitternd: »Aimee! Aimee, meine Schwester, meine geliebte Schwester!«

Aimee öffnete die Augen. Neben ihr auf dem Boden des

Kellerloches lag kein strampelndes Baby, das die Arme nach ihr reckte. Neben ihr auf dem Boden des Kellerloches lag ein junges Mädchen, ein Mädchen so groß wie sie selbst, ein Mädchen mit den gleichen Gesichtszügen wie sie selbst, aber mit dunklen Augen und braunen Haaren, das Mädchen, das sie bei ihrem Flug über der Zeitschlange im Park gesehen und für sich selbst gehalten hatte ... Elee, ihre Zwillingsschwester.

Sie sahen sich an. Lange, sehr lange. Und vergaßen zu reden, vergaßen zu denken, vergaßen zu atmen. Ihre Augen tauchten ineinander und erkannten sich. Dann fielen Aimee und Elee einander in die Arme. Und was mitten entzweigerissen war, wurde eins.

Stille Tränen liefen Aimee über die Wangen, Tränen, die sie gar nicht spürte. Es war geschehen, das Wunder. Und es war noch viel, viel wundersamer, als sie es sich je hätte träumen lassen. Sie hatte sie gefunden, die Freundin, die Vertraute, die gleichaltrige Schwester! Die, mit der sie würde reden können und lernen und sich trösten und alles gemeinsam machen. Die, mit der es keine Einsamkeit und keine Verlorenheit mehr geben würde. Die Einzige, welche die Wunde schließen konnte für immer.

Ohne sich loszulassen, sich fest in den Armen haltend, standen sie gemeinsam auf. »Danke, Aimee!«, flüsterte die Schwester dicht an ihrem Ohr. »Ich danke dir! Ich danke dir so sehr!«

»Bist du es wirklich?«, fragte Aimee. Sie wusste die Antwort, sie wusste sie ganz sicher und dennoch musste sie es hören: »Bist du wirklich meine Zwillingsschwester?«

Elee lachte. »Natürlich bin ich das! Obwohl – das hier«, sie ließ Aimee los, streckte ihre Arme aus, drehte und wendete ihre Hände, strich sich über Haare, Gesicht, Schultern und Körper, wirbelte einmal im Kreis, »das hier kenne ich noch gar nicht. Wie sehe ich aus?«

»Genauso wie ich«, erwiderte Aimee und etwas ließ ihre Stimme zittern.

»Dann bin ich wunderschön!«, erklärte Elee lachend und strahlte sie an.

Aimee stutzte. Wunderschön – war sie selbst das denn? Sicher hatte sie Nene und die Hofdamen von ihrer Schönheit sprechen hören, aber sie hatte es nie wirklich geglaubt. Doch nun, da Elee es sagte und da sie Elee so sah ...

Rasch öffnete sie die Häkchen ihres blauen Seidenkleides, stieg daraus und hielt es Elee hin, denn diese hatte gar nichts an. »Hier, du kannst mein Kleid haben! Mir reicht mein Unterkleid, das sieht auch nicht anders aus als ein weißes Gewand.«

Als sie Elee in ihrem Kleid so vor sich stehen sah, schüttelte Aimee staunend den Kopf. »Fast könnte ich selber glauben, ich sei du! Nur deine Haare und deine Augen sind anders als meine. Richtig schön dunkelbraun.«

»Die Helle und die Dunkle!« Elee nickte sehr ernst. Und plötzlich war es, als zöge ein tiefer Schatten in ihr Gesicht. Ihre Augen wurden noch größer, steile Falten gruben sich zwischen den Augenbrauen ein, die Mundwinkel glitten nach unten, die Lippen begannen zu beben. Aimee schluckte. Niemals hatte sie einen solchen Ausdruck von Schmerz gesehen, von so uferlos großem, reinem Schmerz, wie er sich nun im Gesicht ihrer Schwester zeigte, ihres anderen Selbst.

»Es war so furchtbar, Aimee!«, flüsterte Elee fast tonlos. »Du ahnst ja nicht, wie furchtbar es war! Hier gefangen zu sein und keinen Körper zu haben als diesen toten Stein und sich nicht rühren können und von dir nicht gehört zu werden und nicht gefühlt und nicht verstanden ... Du ahnst ja nicht, wie entsetzlich einsam ich war und wie verloren und wie allein. Einsam und verloren und allein, obwohl ich immer bei dir war.«

Aimee starrte die Schwester an. »Du warst immer bei mir?«

»Immer. Tag und Nacht. Jeden Augenblick. Wir gehören doch zusammen, du und ich, und nichts und niemand kann uns trennen, auch nicht Tremoire. Meinen Körper hat sie hierher verbannt und versteinert, aber meine Seele hat sie neben dir lassen müssen, dort, wohin sie gehört. Ich weiß alles, was du erlebt hast, was du gelernt hast und was du getan hast. Bei allem habe ich dich mit meiner Liebe begleitet. Aber du hast mich nicht bemerkt! Und das war so grausam für mich, so entsetzlich, und ich habe schon gefürchtet, du wirst mich niemals hören!« Elee verbarg ihr Gesicht in den Händen. Aimee aber war so im Tiefsten erschüttert, dass sie nichts sagen konnte und nichts tun. Wenn sie das alles gewusst hätte, wenigstens geahnt ...

Klagend fuhr Elee fort: »Ohne Unterlass habe ich zu dir gesprochen, geschrien habe ich in deine Seele, aber du hast es nicht begriffen, und eine menschliche Stimme, die an dein Ohr dringen konnte, hatte ich nicht. Nur einmal im Jahr, in der Mittsommer-Vollmondnacht, hat Tremoire mir eine wirkliche Stimme verliehen, doch auch das nur, damit mein Schmerz, nicht vernommen zu werden, noch größer sei. Und Jahr um Jahr rief ich nach dir und du hörtest mich nicht. Warum warst du so schrecklich taub? Du hast doch gespürt, dass dir etwas fehlte, dass ich dir fehlte?«

»Ich, ich«, Aimee stotterte, »schon, nein, doch ... Ich meine, eines Tages bin ich aufgewacht und habe gespürt, dass mir etwas fehlte. Dass mir schon immer etwas gefehlt hat und dass ich nicht mehr würde leben können ohne dieses Etwas. Das war der Tag, an dem ich dann nachts deine Stimme gehört habe. Aber dass du es warst, das wusste ich da noch nicht. Und vorher ...« Sie stockte. Mit tastenden Worten suchte sie nach einem Ausdruck für das, was sie immer tief in ihrem Herzen verschlossen gehalten hatte. Wovon sie gedacht hatte, es niemals aussprechen zu können, zu keinem Menschen. »Da war immer so ein Gefühl, dass etwas mit mir nicht stimmte. Dass ein Abgrund in mir war, in den ich nicht fallen durfte, weil ich sonst nie wieder herausgefunden hätte. Und dass ich nicht wirklich lebte. Dass da etwas war, was mich vom Leben trennte wie eine Wand aus Glas. Wenn ich gesehen habe, wie andere weinten oder lachten ...« Sie verstummte. Und erst jetzt wurde ihr bewusst, dass sie das Weinen gelernt hatte, seit sie sich auf den Weg gemacht hatte, um Elee zu erlösen. Aber dass sie noch immer nicht wusste, wie Lachen ging. Alles hatte sie getan, was nötig war, um Elee zu erlösen und sich selbst zu heilen. Jede Aufgabe hatte sie erfüllt, die sieben

Juwelen errungen. Doch das Lachen, das Lachen, nach dem sie sich so sehr sehnte, hatte sie nicht gewonnen. Sie weinte.

Da legte Elee die Arme um sie und die Wange an die ihre und eng umschlungen standen sie da und weinten und weinten und ihre Tränen vermischten sich so auf ihrer Haut, dass es nicht mehr zu trennen war, ob es Elees Tränen waren oder Aimees.

Schließlich löste sich Elee von Aimee, wischte sich die Tränen aus dem Gesicht und trocknete auch Aimees Wange. »Aber jetzt bist du ja gekommen«, erklärte sie, »und hast mich erlöst. Und ich weiß, wie schwer das war und was du dabei geleistet hast, wie viel Kraft und wie viel Mut und wie viel Schmerz es gekostet hat. Ich weiß es genau, denn ich war ja immer dabei und habe es gesehen und gefühlt und konnte dir nicht helfen dabei und habe um dich gezittert und um mich. Wie oft habe ich gefürchtet, du könntest aufgeben, weil es einfach zu schwer war! Aber das hast du nicht. Du nicht!«

»Ach«, erwiderte Aimee, »irgendwie hatte ich ja gar keine Wahl. Da war etwas in mir – ich musste es einfach tun.«

Elee nickte. »Und trotzdem: Du hast es getan. Du bist eine richtige Heldin, Schwester.«

Aimee spürte, wie sie rot wurde. »Ach nein!«, versuchte sie abzuwehren.

»Oh doch!«, erklärte Elee entschieden.

Schön war das, sehr, sehr schön ...

Sie schwiegen, standen nur da und sahen sich an und hielten sich an den Händen. Und wieder und wieder musste Aimee sich selbst im Stillen sagen, was erst langsam so richtig Fuß in ihr fasste: Sie hatte wirklich gefunden, was ihr gefehlt hatte, wonach sie die Sehnsucht zerrissen hatte – die gleichaltrige Schwester, die Freundin, die Vertraute.

»Elee«, fragte Aimee schließlich, »wie kam es, dass ich dich manchmal später auch noch hören konnte, ich meine, nach der Mittsommer-Vollmondnacht, in der du wirklich rufen konntest?«

»Ich weiß auch nicht genau«, antwortete Elee. »Ich glaube, es lag daran, dass du dich auf die Suche nach mir gemacht hattest, dass du mich hören *wolltest*. Aber ich musste mich sehr abmühen, um wenigstens manchmal zu dir durchzudringen. Nur wenn du hier im Turm warst, hast du mich besser gehört und als du meinen versteinerten Körper gefunden hast und so erschüttert warst, dass du mir innerlich ganz nah warst. Aber wenn ich zu anderen Gelegenheiten versucht habe dir einen Rat zu geben, dann hast du es nie vernommen. Nur einmal, da hatte ich das Gefühl, du spürst, dass ich bei dir bin.«

Aimee stutzte. Der Wildbach fiel ihr ein und der Stein, an dem die Schwäne sie abgesetzt hatten. Da war es gewesen, dieses Gefühl, dass da jemand bei ihr sei ... Sie staunte.

Dann, nach einer langen Pause, fragte sie: »Hast du eigentlich gewusst, was ich tun musste? Hast du gewusst, wo ich die Juwelen finden konnte und das alles?«

»Nein, das wusste ich nicht. Im Grunde wusste ich nicht einmal das, was ich dir gesagt habe. Es war gar nicht, als sei ich es, die da sprach. Sonst hätte ich dir ganz andere Dinge gesagt. Dass ich deine Schwester bin zum Beispiel. Aber die Worte, sie kamen einfach von selbst, ich weiß nicht woher.«

»Vielleicht von der Mondfee?«

»Ach nein, Aimee. Von höher. Von weit höher!«

»Von weit höher«, wiederholte Aimee leise und ein Schauer rieselte ihr den Rücken hinunter und auf einmal musste sie wieder an die Bibliothek der wissenden Steine denken und an die Kathedrale der wunschlosen Wünsche und an den Turm der allumfassenden Einheit, den sie nie erreicht hatte, weil sie schon die sechste Wunschblume nicht in den Brunnen geworfen hatte. Wie hatte Sinha, der Geflügelte, gesagt? *Wem alles Wünschen aufhört und wem nichts als selbstlose Liebe bleibt …* Selbstlose Liebe? Sehr selbstlos wäre es nicht gewesen und auch nicht sehr liebevoll, Elee zu vergessen und zu verraten, nur um selbst in den Turm zu gelangen! Plötzlich war sie gar nicht mehr so sicher, was geschehen wäre, wenn sie diese Wunschblume in den Brunnen geworfen hätte, ob sich dann wirklich der sechste Riegel an der Tür gelöst und sie schließlich nach dem Loslassen aller weiteren Wünsche Einlass zum Turm erhalten hätte oder ob alles anders gekommen wäre, ganz, ganz anders. *Sei gewarnt, es ist ein schwieriger Weg voller Fallstricke …* Ihr schien auf einmal, es könnte eine Prüfung gewesen sein, eine Versuchung, die sie gar nicht bemerkt hatte. Aber als sie selbst sich nicht mehr hatte helfen können, war ihr dabei geholfen worden. Und sie hatte Elee erlösen können. Sie? Ach nein, nicht wirklich sie.

Gute Mächte hatten sie geführt und geleitet die ganze Zeit, und so hatte geschehen können, was geschehen musste, damit Elee erlöst wurde. Und am Ende waren ihr überreiche Geschenke unverhofft in den Schoß gefallen: ihr Kleid, ihre eigenen Haare, ihre zarte Haut!

Da auf einmal sah Aimee Sinha vor sich, aber seine Augen schossen keine feurigen Blitze, sondern lächelten ihr voller Liebe zu, und sie hörte ihn sprechen: »Viel hast du gegeben, viel sollst du erhalten! Wie es ist, ist es gut, denn Liebe hat dich bestimmt. Es war für dich nicht an der Zeit, den Turm zu erreichen. Trage sein Bild in dir. Und wisse: Es gibt nicht nur den einen Weg.«

Eine tiefe Freude erfüllte Aimee. Ehe sie noch etwas fragen konnte, war Sinha wieder verschwunden. Aber das machte nichts. Sie wollte gar nicht noch mehr erfahren, sie wollte sich nur freuen. Freuen, hier zu sein, vereint mit Elee. Und freuen, dass sie Wünsche hatte, deren Erfüllung sie glücklich machen würde. Den, Elee und die Mutter zu vereinen, zum Beispiel.

»Komm«, sagte sie zu Elee, »gehen wir! Du und ich!«

Im Schein der blauen Blume stiegen sie aus dem Kerker zum Turmzimmer hinauf. Aimee bedankte sich bei dieser für das wunderbare Licht. Die Blume glühte vor Stolz und vor Glück. »Ich habe alles gesehen und gehört!«, erklärte sie, während Aimee und Elee die Treppe vom Wehrgang in den Burghof nahmen. »Und es bewegt mein Innerstes bis in die zartesten Blattspitzen. Nun weiß ich, mein Schicksal ist erfüllt. Tut mir die Liebe und steckt mich an den Ausschnitt von Elees Kleid. Auf der dunkelblauen Seide würde mein zartes Blau zu trefflichster Geltung kommen. Und am Herzen der Prinzessin, die ich zu erlösen geholfen habe, könnte ich getrost welken und vergehen!«

»Das tun wir gerne!«, erklärte Aimee und Elee sagte: »Nichts lieber als das! Sei bedankt, edle Blume!«

»Edle Blume!«, wiederholte diese strahlend und blickte sich zu den Wildkräutern um. »Habt ihr gehört, Freunde?«

»Wir haben gehört!«, bestätigten diese und neigten ihre Köpfe. »Du musst verstehen, wir wussten nicht ...«

»Aber gewiss doch, ich verstehe!«, erwiderte die Blume gnädig. »Wie hättet ihr es auch erkennen können! Einer zu Höherem erwählten Blume wie mir war euereins ja noch niemals begegnet!« Damit lehnte sie mit einem letzten Aufleuchten ihren Blütenkelch an Elees Brust und verstummte.

Hand in Hand verließen Aimee und Elee die Burgruine. Und auf einmal wusste Aimee, dass sich die Wunde in ihrer Brust für immer geschlossen und dass von diesem Augenblick an ein neues Leben begonnen hatte, nicht nur für Elee, auch für sie selbst. Das wahre Leben.

Doch noch galt es, ins wirkliche Leben zurückzukehren, Elee nach Hause zu bringen, ihr den Platz zu verschaffen, der ihr zustand. Und dem Vater gegenüberzutreten.

Bei dem Gedanken an den Vater zog sich der Magen zu einem harten Klumpen zusammen. »Denk an seinen Traum! Er hat um dich geweint. Er liebt dich! Er wird glücklich sein, dich wieder zu sehen – dich und erst recht Elee«, flüsterte eine beruhigende Stimme in ihr. »Was ist schon ein Traum!«, höhnte dagegen eine ängstliche. »Wer sagt, dass sein Traum irgendetwas mit der Wirklichkeit zu tun hat! Denk daran, wie streng er dich für jedes noch so kleine Vergehen bestraft hat! Denk an seinen Zorn!« Mal war die eine Stimme lauter, mal die andere. Dennoch – daran, dass es notwendig und richtig war heimzugehen, zweifelte Aimee nicht.

Elee war eine Prinzessin und als solche sollte sie leben. Und sie selbst war auch eine Prinzessin und gehörte zum König und zur Königin und hatte getan, was sie hatte tun müssen, und keinen Grund, sich dafür zu schämen und zu verstecken.

»Du überlegst, ob du dich schämen müsstest für das, was du getan hast?!«, fragte Elee empört. »Das wäre ja noch schöner!«

Aimee starrte Elee verblüfft an. Diese lächelte vergnügt. »Warum schaust du so? Nur weil ich deine Gedanken errate? Darin habe ich jahrelange Übung!« Da spürte Aimee, wie sich ein zaghaftes Lächeln in ihr Gesicht stahl, ganz von selbst, ohne dass sie sich vornehmen musste die Mundwinkel zu verziehen.

Freundliche Tiere halfen ihnen den Weg durch den Wald zu finden. Den ganzen Tag wanderten sie nebeneinander her und nicht ein einziges Mal ließen sie dabei einander los. Sie hatten sich lange genug entbehrt. Sie sprachen davon, wie schön jetzt alles werden würde und dass sie sich nie wieder trennen wollten. Dass sie miteinander lernen würden und miteinander Musik machen und spazieren gehen und reden, sehr viel reden, und im gleichen Zimmer schlafen und alles gemeinsam machen würden. Dass sie einmal gemeinsam den Thron besteigen und das Land mit Güte und Weisheit regieren würden. »Zwei Königinnen sind sowieso besser als ein König!«, erklärte Elee und lachte.

Als sie Elees blitzende Augen, ihr glückliches Gesicht und ihren lachenden Mund sah, spürte Aimee einen scharfen Stich im Herzen. Sogar Elee kann lachen, dachte sie, Elee, die all die Jahre wirklich keinen Grund dazu hatte. Nur ich, ich kann es nicht. Und die Sehnsucht nach dem Lachen wurde in ihr so groß, dass es wehtat.

Je näher sie dem Schloss kamen, desto stiller wurde Aimee nach außen. Und desto lauter wurde es in ihrem Inneren. Gefühle und Gedanken, Hoffnungen und Ängste, Bilder und Fragen überstürzten sich in ihr und bildeten ein unentwirrbares Knäuel.

Nun würde sie die Mutter wieder sehen … Würde die Mutter verstehen, dass sie hatte weggehen müssen, oder würde sie ihr Vorwürfe machen? Würde es möglich sein, mit der Mutter über alles zu reden, auch über das, was die Mutter immer verschwiegen und verheimlicht und verborgen hatte? Und auch darüber, wie zornig Aimee gewesen war und wie sie die Mutter trotzdem liebte? Und wie würde es sein, wenn die Mutter Elee zurückbekam? Würde sie, Aimee, neben Elee überhaupt noch wichtig sein, oder würde die Mutter jetzt nur noch Elee sehen?

Und der Vater? – Hastig schob Aimee den Gedanken beiseite. Sie musste als Erstes mit der Mutter reden, unbedingt. Und die Mutter bitten, beim König ein gutes Wort für sie einzulegen, ihn vorzubereiten, ihn gnädig zu stimmen …

17

Die Soldaten am Tor des Königsschlosses glotzten sie mit aufgerissenen Mündern an.

Der wachhabende Offizier verneigte sich und tat so, als sähe er nicht, dass Aimee nur ein Unterkleid trug, aber auch er konnte es nicht lassen, Elee mit neugierigem Blick zu streifen – wunderschön sah diese in dem blauen Seidenkleid aus. »Prinzessin Aimee, Seine Majestät haben Befehl gegeben, dass Ihr Seiner Majestät sofort vorgeführt werdet, wann immer Ihr im Schloss erscheinen solltet!«, erklärte er und geleitete sie beide höchstpersönlich zum Arbeitszimmer des Königs.

Aimees Hals war ausgedörrt. Auf einmal war es unmöglich zu schlucken und selbst das Atmen fiel schwer. Nun musste sie also dem Vater ohne die Fürsprache der Mutter gegenübertreten – und nach Erdenzeit war ein voller Monat vergangen, seit sie sich auf die Suche nach Elee gemacht hatte! Ein voller Monat, in dem er vergebens darauf gewartet hatte, dass sie wieder heimkam, in dem er nach ihr hatte suchen lassen, in dem sein Zorn über ihr Weglaufen Zeit gehabt hatte zu wachsen und zu wachsen und zu wachsen. Wenn er ihr die ganze Geschichte nicht glaubte, wenn er überhaupt nicht zuhörte, wenn er Elee für tot hielt und deshalb nicht anerkannte, dass Elee seine Tochter war, sie für eine Betrügerin hielt …

Elee drängte sich an sie und flüsterte: »Ich habe Angst!«

»Ich auch«, erwiderte Aimee. »Vor dem König hat jeder Angst. Aber darauf kommt es nicht an!« Auf einmal, neben Elee, wegen Elee, fühlte sie sich stark und erwachsen. Sie würde dem Vater alles erklären und sie würde Elee beschützen. Schließlich kannte sie ihn und wusste, wie man sich vor ihm benehmen musste. »Lass mich reden und mach einfach alles genauso wie ich!«

»Du und ich, wir beide?«, fragte Elee.

»Ja«, erwiderte Aimee fest, »wir beide!« Und dann, kurz vor seiner Tür, fiel ihr noch ein: »Aber die Mutter verraten wir nicht! Dass sie in den verbotenen Garten gegangen ist, das dürfen wir nicht sagen! Das darf der König auf keinen Fall erfahren!«

Der König stand am Fenster und kehrte ihnen den Rücken zu. Herrisch und unbeugsam wie immer sah dieser Rücken aus. Dann wandte der König sich um.

Es schien Aimee, er zucke zusammen. Es schien ihr, er mache eine unwillkürliche Bewegung auf sie zu. Es schien ihr, sie höre seinen Atem stocken. Aber sicher hatte sie sich getäuscht in all dem, denn nun stand er wieder steif und hoch aufgerichtet wie immer.

Aimee sank in einen Knicks, bis ihr Knie den Boden berührte, und Elee tat es ihr gleich. Sie waren durch die Weite des Raumes vom Vater getrennt. Hinter ihnen schloss sich lautlos die Tür.

Sie warteten in der tief gebückten Haltung. Man durfte sich erst erheben, wenn der König ein Zeichen gab. Man durfte erst sprechen, wenn er es erlaubte. Niemals, unter keinen Umständen, durfte man den König von sich aus anreden.

Der König gab kein Zeichen und sprach kein Wort. Gegen das Licht war der Ausdruck seines Gesichts nicht zu erkennen.

Plötzlich richtete Elee sich auf und lief zum König. »Vater!«, rief sie. »Vater!« Das »Herr« ließ sie weg, sie breitete die Arme aus und flog ihm entgegen, als wollte sie ihm um den Hals fallen. »Ich bin so froh, dass ich endlich zu Hause bin!«

Der König regte sich nicht.

Da stockte Elee, ließ die Arme sinken, blieb dicht vor ihm stehen und fragte leise, mit farbloser Stimme: »Freut Ihr Euch denn gar nicht? Ich bin es doch, Elee, Eure Tochter!«

»Elee ist tot!«, erwiderte er harsch. Aber war nicht doch etwas wie ein Schwanken in seiner Stimme, ein Zweifel? Er fasste Elee an den Schultern, hielt sie auf Armlänge von sich und betrachtete prüfend ihr Gesicht, dann gab er Aimee mit einer kurzen Kopfbewegung zu verstehen, sie solle herankommen. Abwechselnd sah er sie beide an, Aimee, Elee, Aimee, Elee.

»In der Tat, die Ähnlichkeit ist verblüffend«, sprach er

verwundert wie zu sich selbst. Und dann zu Elee gewandt: »Du behauptest also Prinzessin Elee zu sein! Ähnlichkeit mit Aimee alleine reicht mir zum Beweis nicht aus. Aber ich werde Mittel und Wege finden dich zu prüfen. Sprichst du die Wahrheit, so wirst du mir von ganzem Herzen willkommen sein und ich werde Gott für dieses Wunder preisen und danken. Aber gnade dir Gott, wenn du gelogen hast! Dann wirst du erleben, wie ich eine abgefeimte Betrügerin zu strafen weiß. Genauso wie Aimee erleben wird« – damit wandte er seinen Blick zu Aimee und sah sie scharf an – »wie ich eine ungehorsame Tochter für ihr Weglaufen strafe! Aimee, du hattest dein Zimmer nicht zu verlassen, geschweige denn das Schloss. Und was tust du? Du schleichst dich heimlich davon und bleibst für einen ganzen Monat fern, ohne auch nur eine Nachricht zu geben! Deine Mutter hat vor Angst um dich beinahe den Verstand verloren.«

Seine Stimme war immer härter geworden. Und dieser Blick, so unnachgiebig, so unbewegt. Nicht daran zu denken, er, der König, könnte jemals weich werden, geschweige denn weinen, ein Traum war es gewesen, weiter nichts, das hier, das war die Wirklichkeit.

»Wenn du nicht eine sehr gute Rechtfertigung hast, wirst du dafür, dass du dich gegen mein Gebot weggestohlen hast, einen Monat im Turm verbringen und für jeden Tag deines Fernbleibens drei weitere Tage dazu!«

Drei Tage für jeden Tag eines Monats und ein Monat dazu. Vier ganze Monate! Der Turm. Ein kahler Raum mit meterdicken Wänden, und kein Mensch, kein einziger Mensch …

»Also? Was hast du mir zu sagen?«, fragte der Vater. Da war er wieder, der Blick, unter dem sie sich immer kleiner werden fühlte, unter dem sie nie ein Wort herausbekam, nie.

Sie senkte den Kopf, konnte die Augen nicht mehr heben. Trocken klebte die Zunge am ausgedörrten Gaumen. Da schossen ihr Bilder durch den Sinn: die Bärin mit den drohend gebleckten Zähnen, die Riesin mit den furchtbaren Armen, das widerwärtige Ungeheuer im Sumpf, der Wassermann auf seinem rotgoldenen Thron, der Schatten Tremoires an der Wand ihres Rittersaals, die brodelnde Lava im Vulkankrater, die scheinbar ausweglose Eishöhle, Tremoire im Garten, die Wölfe im Fluss ... All diesen Gefahren hatte sie getrotzt, aus allen war sie gerettet worden, durch meterdicken Fels war sie gedrungen mit der Kraft ihres Willens – und sollte nun die Sprache nicht finden vor ihrem eigenen Vater?

Langsam hob sie den Kopf. Noch langsamer hob sie die Augen. Dann blickte sie ihm mitten ins strenge Gesicht. »Ich musste meine Schwester erlösen helfen, Herr Vater!«, erwiderte sie. »Ich musste sie finden, weil ich ohne sie nicht mehr leben konnte. Weil wir wie zwei Hälften eines Ganzen sind, das mittendurch gerissen war.«

Täuschte sie sich oder sah sie in seinen Augen Betroffenheit? »Deine Schwester erlösen helfen?«, wiederholte er. »Die Entscheidung, ob dieses Mädchen wirklich Elee ist, überlass mir! Woher wusstest du überhaupt, dass du einst eine Schwester hattest? Ich will jetzt auf der Stelle alles wissen, alles! Nicht nur, wie du an dieses Mädchen geraten bist, das sich für deine Zwillingsschwester ausgibt! Ich erwarte ein vollständiges Geständnis all dessen, was du seit dem Tag, an dem ich dich in dein Zimmer verwiesen habe, getan und erlebt hast! Wage nicht, etwas hinzuzufügen, zu beschönigen oder wegzulassen!«

Mit einer Handbewegung wies er sie beide an auf dem Sofa Platz zu nehmen.

Aimee setzte sich auf die vorderste Kante, holte tief Luft. Jetzt galt es. Jetzt musste sie den Vater überzeugen. Nicht nur für sich selbst. Mehr noch für Elee. Aimee fasste nach der Hand ihrer Schwester und hielt sie sehr fest. So begann sie zu sprechen.

Sie berichtete, wie sie in der Vollmondnacht den Hilferuf gehört und sich auf die Suche gemacht hatte, wie sie von der Mondfee zu der Burgruine geleitet worden war und eine der seltsamen alten Frauen nach der anderen im Turm getroffen hatte, wie sie die Sprache der Tiere, der Pflanzen und der Steine gelernt und dafür ihre Schönheit geopfert hatte. Der König hörte schweigend zu, ohne sie zu unterbrechen. Aber war da nicht etwas in seinen Augen, erst ein Erstaunen, dann ein stetig wachsendes Erschrecken? Mehr und mehr fiel die Angst von Aimee ab, immer leichter wurde es, ihm alles zu sagen. Dann erzählte sie von dem versteinerten Baby.

Der König fuhr auf. »Ein versteinertes Baby?«, brach es aus ihm heraus. »Oh mein Gott! Sag rasch, Aimee, hast du etwa dieses versteinerte Baby erlöst, von dem du da erzählst? Und ist das gar dieses Mädchen, das ich jetzt vor mir sehe?«

Aimee nickte. »Ja, Herr Vater. Elee war dieses versteinerte Baby.«

Er starrte Elee an. »Dann bist du es wirklich!«, rief er aus. »Dann bist du meine Tochter, meine Elee! Und Tremoire muss es gewesen sein, die dich versteinert hat! Das kann kein anderer vollbracht haben als diese Furie. Und ich dachte, ein Entführer habe meine kleine Elee geraubt, ein Irrer, ein heimtückischer Feind! Jahrelang habe ich nach dir forschen lassen, Elee, und schließlich gab ich die Hoffnung auf.« Er erhob sich, fasste Elee an den Händen, zog sie in die Höhe und schloss sie in die Arme. »Mein Kind«, sagte er und seine Stimme war dunkel und weich, wie Aimee sie noch nie gehört hatte, »mein kleines Töchterchen! Wie dankbar bin ich, dass du mir wieder geschenkt bist!« Lange hielt er Elee, drückte sie an sich, streichelte sanft ihre dunklen Haare, ehe er sie wieder freigab, zum Hinsetzen aufforderte und selbst Platz nahm. »War es Tremoire, die dich geraubt und verzaubert hat?«, fragte er.

Elee schluchzte auf und nickte. Da schrie er: »Aber wie konnte Tremoire das gelingen? Sie hat nur Macht über jene Menschen, die ihren Garten betreten, und ich habe ihn stets verschlossen gehalten, ich habe bei Todesstrafe ...« Er brach ab.

Aimee wurde es kalt bis ans Herz. Wenn der Vater die Wahrheit erkannte! Das durfte er nicht, um nichts in der Welt. Sie musste die Mutter schützen. Warum hatten sie sich keinen Plan zurechtgelegt, was sollte sie tun?

Mit seltsam tonloser Stimme fragte der Vater: »Elee, hat Nene das Verbot missachtet und mit dir den Garten betreten? Oder war es jemand anderes? Hat sich jemand aus dem Schloss Eintritt in den Garten verschafft und auch noch dich dabei mitgenommen? Ich hatte einen solchen Verdacht, oh ja, ich habe nach deinem Verschwinden höchstpersönlich jeden Einzelnen ins Verhör genommen, sogar eure Mutter, sie ganz besonders, doch alle haben geschworen … Kannst du dich erinnern? Weißt du, was vorgefallen ist?«

Mit angehaltenem Atem hatte Aimee zugehört und zugleich verzweifelt nach einer Lösung gesucht. Nun schöpfte sie Luft. So einfach war es: Elee musste nur sagen, dass sie es nicht wusste, und der Vater würde die Wahrheit nie erfahren. Die Mutter war gerettet. Erleichtert wartete sie auf das »Nein« ihrer Schwester.

Doch Elee erwiderte heftig und voller Bitterkeit: »Und ob ich das weiß! Dort, wo ich war, gelten die Gesetze des Vergessens nicht, und wann immer Tremoire mich in meinem Gefängnis heimsuchte – und das tat sie oft, um sich an meiner Verzweiflung zu weiden –, hat sie es mir zum Hohn wiederholt: Es war meine Mutter, die in den Garten eingedrungen ist. Und aus Furcht vor Euch bot sie Tremoire ihr Liebstes und Teuerstes an, wenn diese sie nur nicht an Euch verriete, Vater! Ihr Liebstes und Teuerstes – das waren Aimee und ich. Aber Tremoire machte es mehr Vergnügen, uns beide zu trennen und zu sehen, wie wir außer allem anderen auch noch unter dieser Trennung litten. Und so nahm Tremoire nur mich in ihre Gewalt, mich allein.«

Es war, als würde das Zimmer um Aimee herum unwirklich, als wären der Vater und Elee ganz weit weg. Nun war alles vorbei. Der König hatte öffentlich angekündigt, jeden hinrichten zu lassen, der den verbotenen Garten betrat. Jeder wusste es. Er konnte es überhaupt nicht zurücknehmen. Die Mutter war verloren.

Der König war blass geworden. Schweigend erhob er sich und ging ans Fenster, drehte ihnen den Rücken zu, sprach kein Wort mehr.

Aimee hätte schreien mögen, aber etwas schnürte ihr die Kehle zu. »Elee, warum hast du das getan?«, fragte sie flüsternd. »Warum hast du unsere Mutter verraten?«

»Ich sie verraten?« Nun war es Elee, die aufsprang und schrie. Elees Gesicht wurde rot, ihre Augen funkelten vor Zorn. »Hast du vergessen, wer hier wen verraten hat, Aimee? Hast du vergessen, wer hier wen hätte schützen müssen und es nicht getan hat? Ich habe mein ganzes Leben, das kein Leben war, sondern ein einziges namenloses, unsichtbares Leid, keine Stimme gehabt, niemand hat mich gehört, nicht einmal du! Ich habe keine Lust mehr zu schweigen! In dieser verdammten Familie ist viel zu viel geschwiegen worden! Es wird Zeit, dass sich das ändert!« Damit fegte sie mit einer heftigen Handbewegung das Schachbrett vom Tisch, sodass die kostbaren Figuren aus Elfenbein und Ebenholz durch das ganze Zimmer flogen.

»Und Ihr, Vater«, schrie sie weiter, »glaubt bloß nicht, dass das alles allein die Schuld unserer Mutter ist! Ihr habt die Wahrheit gekannt, Ihr habt gewusst, wie rachsüchtig Tremoire ist und welche Gefahr jedem von uns in diesem Garten droht. Und was habt Ihr dagegen getan? Ein Tor abgeschlossen und die Todesstrafe verhängt! Wenn das alles ist, was Ihr dem Fluch entgegenzusetzen hattet! Wenn das alles ist, was Euch zu unserem Schutz eingefallen ist! Warum habt Ihr unsere Mutter nicht über das Verhängnis aufgeklärt, dann wäre das alles nie geschehen!«

Das war die Wahrheit. Plötzlich spürte Aimee ihn auch, den Zorn auf den Vater, spürte ihn als feurige Kugel im Bauch, die aufstieg und sich ausweitete und ihren ganzen Körper in Flammen setzte. Sie ballte die Faust, presste die Zähne zusammen, dass sie schmerzten.

Elee schrie den Vater an: »Und mit Eurer Androhung der Todesstrafe habt Ihr alles noch schlimmer gemacht! Denn nur weil unsere Mutter solche Angst vor Euch hatte, hat sie Tremoire ihr Liebstes und Teuerstes angeboten, damit Ihr nichts von ihrer Übertretung erfahrt! Daran seid Ihr schuld mit Eurer fürchterlichen Strenge!«

Sie hatte Recht, die Schwester! Die heißen Zornflammen erreichten den Kopf und verwandelten ihn in Glut. Gleich würde auch sie schreien, gleich –

Doch plötzlich war es, als würde eiskaltes Wasser über sie ausgegossen, denn da war der Gedanke: Was nützte alles Recht! Der Vater war der König. Der König hatte die Macht. Die Macht über Leben und Tod. Und kein Mensch durfte so zu ihm reden, wie Elee es getan hatte, kein Mensch, auch nicht sein eigenes Kind. Aimee drückte die Fäuste gegen das tobende Herz. Wie, mit welch schrecklicher Strafe, würde der König solche wilden Anschuldigungen beantworten?

Der König hatte ihnen noch immer den Rücken gekehrt. Nun sagte er leise, mit beinahe gebrochener Stimme: »Ich hatte meinem Vater Stillschweigen geloben müssen, ehe er mir dieses Familiengeheimnis anvertraute.« Dann wandte er sich um.

Weiß war er im Gesicht und beinahe unheimlich ruhig. »Aber was du sagst, ist wahr, Elee. Ich habe darin versagt, euch zu beschützen, dich ganz besonders. Und dass du es wagst, mir das vorzuhalten, in solch schonungs- und hemmungslos offener Art, nimmt mir den letzten Zweifel darüber, ob du wirklich meine Tochter bist. Keiner außer dir würde das wagen und von keinem außer dir würde ich es dulden. Du bist mein Fleisch und Blut, das sehe ich nicht nur, das fühle ich. Ja, ich habe mich schuldig gemacht, indem ich mein Wort gehalten habe. Jetzt erkenne ich: Es gibt Höheres als das Wort eines Königs. Und dieses Höhere habe ich verletzt.« Er streckte Elee seine Hand hin. »Ich bitte dich um Verzeihung, Elee.«

Aimee vergaß zu atmen. Solche Worte aus dem Mund des Vaters, des Königs!

Einen Augenblick stand Elee ganz still. Dann lief sie zum Vater. Aber sie nahm nicht seine Hand, sie umarmte ihn und drückte sich an ihn. Und weinte an seiner Brust.

Er hielt sie lange fest. Dann, als Elee sich von ihm löste, sah er Aimee an und wiederholte: »Ich bitte auch dich um Verzeihung, Aimee.«

Aimee nahm die Hand, die der Vater ihr reichte, und er zog sie an sich. »Vater«, flüsterte sie an seiner Brust, »es tut mir Leid, dass ich weglaufen musste und Ihr Euch Sorgen gemacht habt und ...«

»Lass gut sein, Kind!«, erwiderte er. »Wofür ich auf deine Verzeihung angewiesen bin, wiegt weit schwerer. Außerdem hast du ein höheres Gebot gehalten als mein

Verbot. Von Strafe, wie ich sie dir vorhin angedroht habe, kann nicht die Rede sein.«

Tief atmete Aimee auf. Dann fragte sie flüsternd: »Und bei der Mutter?«

Er schob Aimee von sich. »Auch eure Mutter werde ich nicht bestrafen, schon gar nicht mit dem Tode. Eure Mutter ist genug gestraft. Mein Gott, ich beginne zu begreifen! Welch furchtbare Abgründe! Berichte weiter, Aimee, rasch!«

Wieder erzählte Aimee. Als sie bei dem Traum anlangte, in dem er ihr seinen Ring gegeben hatte, fuhr er auf: »Mein Krönungsring? *Du* hast ihn?!«

»Aber Ihr habt ihn mir selbst gegeben, Herr Vater!«, erwiderte Aimee, fasste in ihr Täschchen und streckte ihm den Ring hin.

»Wer soll das je verstehen?«, murmelte der König und steckte sich den Ring wieder an. »Sprich weiter!«

Aimee erzählte und erzählte. Draußen wurde es dunkel und noch immer berichtete sie. Dann sprach Elee davon, wie es gewesen war, versteinert und ausgestoßen zu sein, mit dem sichtbaren Teil ihres Selbst tot und im Stein eingeschlossen, mit dem unsichtbaren aber immer in Aimees Nähe, ohne die geringste Möglichkeit sich mitzuteilen, sich bemerkbar zu machen, einzugreifen, wenn sie den Dingen am liebsten einen anderen Lauf gegeben hätte, wenn sie Aimee hätte trösten wollen oder ihr helfen oder ihr Mut machen.

Als sie geendet hatten, schloss der Vater sie beide noch einmal in die Arme. Doch diesmal hielt er Aimee länger als Elee, viel länger. »Aimee«, sagte er, »meine mutige, tapfere Tochter! Was du auf dich genommen hast, um deine Schwester zu retten, ist mehr, als ich fassen kann. Unmenschlich schwer erscheint mir der Weg, den du zurückgelegt hast. Vor dir kann mancher Mann den Hut ziehen. Dir kann auch ich nur meinen Respekt erweisen. Und dir aus tiefem Herzen meinen Dank sagen. Meine Aufgabe wäre es gewesen, Elee zu beschützen. Meine Aufgabe wäre es gewesen, Elee zu retten. Doch vollbracht hast das du, du allein!«

Aimee schluckte. Alles in ihr wurde warm und weit und leicht. Solche Worte von ihrem Vater! »Nicht ich allein!«, sagte sie leise. »Da waren die Bärin und das Heckenröschen und der Felsen und der Python und die Urahnin und Ihr in Eurem Traum, Herr Vater, und …«

»Ja«, fiel er ein und lachte ein kurzes, bitteres Lachen, »mein Traum! Nicht viel, was ich zu deinem Weg beigetragen habe – meinen Traum und meinen Ring!«

»Oh doch«, flüsterte Aimee und spürte Hitze ins Gesicht steigen, »sehr viel. Weil der Ring mir Mut gemacht hat. Und weil ich seither weiß, dass Ihr …« Sie kam ins Stocken.

»Ja?«, fragte er.

»Dass Ihr mich liebt«, flüsterte sie noch leiser. »Auch wenn ich …, wenn ich mich vorhin nicht so richtig getraut habe daran zu glauben!«

»So!«, machte er und es klang ein wenig verlegen. Mehr sagte er nicht dazu. Aber er drückte sie fest, so fest, dass es mehr war als Worte. Dann erklärte er: »Nun wollen wir aber an die Zukunft denken! Noch einmal soll Tremoire nicht Macht über jemanden gewinnen. Gleich morgen werde ich den geheimen Gang vom Schloss in den Garten, von dem du erzählt hast, Aimee, zumauern lassen und ich werde eine Mauer um die Mauer des verbotenen Gartens herum errichten lassen, die viel höher ist als jene und kein einziges Tor hat. Ohne Unterlass werde ich sie von Soldaten mit Hunden bewachen lassen und nie wieder wird Tremoire euch oder sonst jemanden zu Gesicht bekommen!«

»Auf diese Art könnt Ihr uns wohl fürs Erste schützen, aber Tremoire nicht besiegen, Herr Vater!«, erwiderte Elee. »Ihr Hass wird immer größer werden, je länger sie ihre Rache nicht erfüllen kann, und eines Tages wird sie neue Wege finden, die Ihr nicht vorhergesehen habt, und alles Unheil wird von neuem beginnen! Ich kenne sie. Man muss sie wirklich besiegen, man muss sie vernichten – ein für alle Mal!«

Da plötzlich stiegen Bilder in Aimee auf: Tremoire am Springbrunnen, den blutüberströmten Kopf ihres ermordeten Geliebten im Schoß – Tremoire auf den Knien, ihr totes Neugeborenes im Arm – Tremoire neben dem lodernden Scheiterhaufen, in dem alles verbrannte, was sie geliebt hatte ... Und ihr Herz weinte vor Mitgefühl.

»Nicht besiegen und vernichten!«, widersprach Aimee. »Erlösen! Damit sie in Frieden sterben kann und nicht mehr weder tot noch lebendig ist, beheimatet in beiden Welten und nirgendwo zu Hause. Denn dass sie so böse geworden ist, das ist ja aus Verzweiflung geschehen, weil sie so Furchtbares erlebt hat, dass ihr Herz gebrochen ist. Vielleicht würde sie längst von ihrem Hass lassen wollen und kann es nicht, weil sie die Mächte der Finsternis angerufen hat. Aber wir können ihr zur Erlösung verhelfen, denn wir haben den Kohinoor!« Bittend sah Aimee ihre Schwester an. »Du und ich, wir beide?«

Elee runzelte die Stirn und schwieg. Dann nickte sie. »Erlösen ist besser als besiegen. Denn erst wenn Tremoire erlöst ist, hat es wirklich ein Ende. Du und ich, wir beide!«

»Ihr beide!«, wiederholte der Vater nachdenklich und nickte langsam. »Ja, wenn ihr zusammensteht, wer sollte euch aufhalten? Dann in Gottes Namen! Meine Töchter, tut, was ihr tun müsst, es ist das Richtige, ich erkenne es. Erlöst Tremoire und nehmt damit für alle Zeit den Fluch von unserer Familie. Der Himmel stehe euch bei!«

Er machte eine Pause, dann befahl er: »Aber zuvor besucht eure Mutter. Euch beide zu sehen wird ihr vielleicht die Lebenskraft wieder zurückgeben. Sie ist seit letzter Nacht schwer krank. Ich habe sie selbst noch nicht gesehen, der Leibarzt hielt mich davon ab, er stehe vor einem Rätsel und sei außerordentlich besorgt, erklärte er mir. Aber zwei verloren geglaubte Töchter wiedergeschenkt zu bekommen, das kann auch die schwerste Erkrankung nur zum Besseren wenden! Und wenn ihr tatsächlich den Fluch von Tremoire lösen könnt ... Ich beginne zu ahnen ... Doch lassen wir das! Geht zu eurer Mutter, ich werde Befehl geben, dass man euch zu ihr lässt! Und um eines klarzustellen: Dies heute war ein Gespräch außerhalb jeder Regel, das alle Regeln außer Acht gelassen hat. Was nicht heißt, dass es in Zukunft nicht wieder Regeln geben wird!«

»Ja, Herr Vater!«, erwiderten Aimee und Elee wie aus

einem Mund und machten einen Knicks so tief, dass ihre Knie den Boden berührten, denn auf einmal fiel ihnen ein, dass der Vater der König war. Er bedeutete ihnen mit einer Kopfbewegung, dass sie entlassen seien. Doch ein kaum wahrnehmbares Lächeln war in seinen Augen und um seinen Mund, das da früher nicht gewesen war. Oder hatte Aimee es nur nie bemerkt?

18

Gemeinsam begaben sie sich zum Schlafgemach der Königin. Gemeinsam standen sie am Bett ihrer Mutter. Aimee sog scharf die Luft ein, fasste nach Elees Hand, hielt sich an ihrer Schwester fest und diese sich an ihr.

Die Mutter hatte einen Verband um den Kopf und einen Verband um Schulter und Arm, ihr Körper zuckte und wand sich, sie wurde von Krämpfen geschüttelt, ihr Gesicht war von einer unglaublichen Qual verzerrt.

»Mutter!«, schluchzte Aimee. »Mutter!« Sie wollte am Bett niederknien, die Mutter umarmen, streicheln, halten. Doch der Leibarzt fasste Aimee am Handgelenk und hielt sie zurück. »Nicht, Prinzessin! Berührt Eure Frau Mutter nicht! Noch weiß ich nicht sicher, von welchem Übel Ihre Majestät befallen sind, doch ich fürchte, es könnte die Tollwut sein, auch wenn mich der rasche Ausbruch der Krankheitsanzeichen verwirrt. Falls es so ist –

diese schreckliche Krankheit kann von einem Menschen zum anderen überspringen. Ihre Majestät haben Wunden am Ohr und an der Schulter, die sehr danach aussehen, als habe ein tollwütiger Hund Ihre Majestät gebissen, auch wenn keiner weiß, wie dergleichen geschehen konnte. Die Zofe fand Ihre Majestät heute Morgen in diesem Zustand im Bett.«

»Ein Hund?!« Aimee schrie auf. Die Spuren im Geheimgang unter dem Bett der Mutter – waren es Hundepfoten gewesen? Oder – Wolfspfoten? Ein Gedanke war da, ein Gedanke …

»Mutter, ist das wahr? Sag doch etwas, Mutter! Siehst du mich nicht? Ich bin es, Aimee, ich bin wieder zu Hause! Und siehst du, wen ich mitgebracht habe? Elee ist es, meine Schwester! Elee lebt, hörst du, Mutter, sie lebt, sieh sie doch an, Mutter!«

Der Leibarzt sagte leise: »Ihre Majestät sehen Euch nicht und hören Euch nicht, Prinzessin. Ihre Majestät sind blind und taub. Es tut mir unendlich Leid. Ihr müsst Euch auf das Schlimmste gefasst machen.«

Blind und taub sollst du sein, in Krämpfen sollst du dich winden dein Leben lang …

Und Bisswunden wie von einem Hund. Oder einem Wolf. Bisswunden an Kopf und Schulter … Bisswunden, wie die silberne Wölfin sie davongetragen hatte, als sie Aimee verteidigt hatte, so wie eine Wölfin ihr Junges verteidigt, ohne Rücksicht auf das eigene Leben. Es war unvorstellbar. Und doch jenseits des Zweifels: Die Mutter war die silberne Wölfin! Die silberne Wölfin, die nur in Vollmondnächten gesehen wurde.

Mir verfallen bleibst du auf alle Zeit. Wenn der Vollmond scheint, wirst du erfahren, was das bedeutet …

Tremoire hatte die Mutter dazu verflucht, jede Vollmondnacht zur Wölfin zu werden, und die anderen Wölfe im Garten waren ebenfalls verfluchte Vorfahren, die durch Tremoires Fluch zu Wölfen geworden waren. Aber die Mutter hatte sie, Aimee, trotzdem noch gekannt und geliebt, die Mutter hatte sie mit ihrem eigenen Leben geschützt, hatte sie vor den anderen Wölfen verteidigt, hatte für sie sogar Tremoire gebissen, denn ihre Liebe war stärker gewesen als der Fluch. Aber Tremoire hatte sich furchtbar gerächt und nun musste die Mutter so entsetzlich leiden, weil sie ihr, Aimee, das Leben gerettet hatte.

Weinend drückte sie sich an Elee. »Mutter ist die silberne Wölfin!«, flüsterte sie in deren Ohr.

Elee nickte. »Ich weiß es schon lange, Aimee, ich weiß es schon immer.«

»Aber warum hast du mir das nicht gesagt!«, brach es aus Aimee heraus. »Das hättest du mir gleich sagen müssen!«

Elees Gesicht verschloss sich. »Du hättest es nicht geglaubt.«

Aimee schwieg. Es war die Wahrheit, was die Schwester da sagte. Bevor sie nicht mit eigenen Augen die Mutter so gesehen hatte, hätte sie das nicht geglaubt. Wie blind sie doch gewesen war!

»Komm!«, forderte Elee. »Gehen wir!«

»Gehen?«, empörte sich Aimee. »Wir können unsere Mutter doch nicht allein lassen, wo sie so sehr leidet, und das nur, weil sie mich beschützt hat! Nein, ich bleibe bei ihr! Vielleicht merkt sie ja doch irgendwie, dass ich da bin, und es hilft ihr! Ich rühre mich jedenfalls nicht mehr von der Stelle!«

»Wunderbar!« Elee blitzte Aimee zornig an. »Du willst also lieber zusehen, wie unsere Mutter stirbt, anstatt das Einzige zu tun, was sie retten könnte! Siehst du denn nicht, dass es nur eine Rettung für sie gibt? Der Fluch muss für alle Zeit gelöst werden! Und ich dachte, das wäre dein Einfall gewesen und du hättest es versprochen: du und ich, wir beide?«

Aimee schluckte. Sie warf noch einmal einen Blick auf die Mutter, die sich stöhnend im Bett hin und her wälzte, dann nickte sie. »Ja, das ist wahr. Tremoire selbst muss Frieden finden, dann wird vielleicht auch unsere Mutter wieder gesund. Worauf warten wir noch?«

Zur grenzenlosen Bestürzung des Leibarztes und der Zofe krochen Aimee und Elee unter das Bett der Mutter und öffneten die Falltür. Doch der König hatte Befehl gegeben, seine Töchter in allem gewähren zu lassen, und so hielt niemand sie zurück, als sie, eine Kerze in Händen, in dem düsteren Gang verschwanden.

Als sie in den Garten kamen, war der Mond aufgegangen, noch immer rund, wenn auch nicht mehr ganz voll.

»Meinst du, die anderen Wölfe sind noch im Garten?«, flüsterte Elee.

»Hoffentlich nicht!«, flüsterte Aimee zurück und schauderte zusammen. »Hoffen wir, dass auch sie nur bei Vollmond ihr Unwesen treiben! Oder dass sie aus dem Land hinter dem Brunnen nicht zurückgekehrt sind!«

Heute würde ihnen keine silberne Wölfin beistehen …

Sie schlichen zum Springbrunnen. Keinen Blick hatten sie für die zauberhafte Schönheit des Gartens. Alle Sinne waren gespannt, erwarteten einen Angriff Tremoires. Mit der rechten Hand umklammerte Aimee den Kohinoor, mit der linken hielt sie Elee.

Die Eule strich über sie hinweg und ließ sich auf der Schulter der griechischen Göttin neben dem Brunnen nieder. »Sieh an«, sagte die Eule, »die doppelte Prinzessin! Nun denn, Aimee, vollende gemeinsam mit deiner anderen Hälfte das Werk, das du allein begonnen hast!«

»Und wie?«, fragte Aimee und wartete auf einen Rat. Die Eule wusste so vieles, es schien, sie wusste alles.

»Dergleichen Botschaft habe ich nicht für dich«, erwiderte diese mit Würde. »Aber meine hellhörigen Ohren vernehmen Schritte und meine hellsichtigen Augen erblicken eine finstere Gestalt. Wappne dich, Aimee! Wappne dich, Elee! Tremoire naht!«

»Elee, was soll ich tun?«, flüsterte Aimee.

»Ich weiß es nicht!« Elees Stimme war auf einmal ganz klein. »Mach du, Aimee, bitte, ich kann nicht, ich hab solche Angst, solche Angst …«

Auch Aimee spürte lähmende Angst in jeder Faser ihres Körpers, in jedem Winkel ihres Bewusstseins. Aber auf einmal war es, als beginne der Kohinoor in ihrer Hand rhythmisch zu pulsieren. Mit jedem Pulsschlag strömte er Kraft und Zuversicht durch Aimees Adern und erfüllte sie mit einer unwirklichen Ruhe.

Auf dem Kiesweg knirschte es. Der Garten hielt den

Atem an. Dann erschien Tremoire, die Laterne in der Hand, die Kapuze weit ins Gesicht gezogen.

»Ihr wagt es!«, sagte Tremoire und ihre Stimme war wie der eisige Odem des Nordwindes. »Nun, dieses Mal hast du mich zu oft herausgefordert, Aimee! Dieses Mal wirst du mir nicht mehr entkommen! Das Schicksal deiner Schwester sollst du teilen, die ich zurückverwandeln werde in das, was sie war! Doch da ihr euch so liebt, sollt ihr vereint bleiben, der gleiche Stein soll euch beide umschließen für immer und ewig!« Tremoire lachte ein grausiges Lachen, unter dem der murmelnde Strahl des Springbrunnens zu Eis gefror. Dann hob sie die Laterne und zog sich die Kapuze vom Kopf.

Und Aimee sah das Gesicht, das kein Mensch sehen konnte, ohne Tremoire zu verfallen: Schlangen wanden sich durch Tremoires zottelige Haare. Ihre Augen glühten in irrem Feuer. Wolfsgleiche Zähne blitzten im weit aufgerissenen Mund. Das ganze Gesicht war verzogen zu einer einzigen Fratze wahnsinnigen Hasses.

Elee stöhnte angstvoll auf, wimmerte.

Aimee aber spürte den Schutz des Kohinoors wie einen unzerstörbaren Mantel um sich. Er entströmte dem Diamanten in ihrer Hand und umgab sie wie ein undurchdringlicher Wall, hinter dem sie unerreichbar war, sicher vor jeder Gefahr.

Tremoires rechter Arm schoss unter dem Mantel hervor, mit spitzem Zeigefinger fuhr sie auf Elee zu. Der Schlangenkopf aus schwarzem Stein auf ihrem Fingerring begann rot zu pulsieren. »So höre, Elee, du, die du mir von deiner Mutter versprochen warst, du als Erste!

Zu Stein sollst du werden und in Stein sollst du gebettet sein ... «

Aimee fühlte, wie Elees Hand kalt wurde. Hörte, wie Elees Atem verstummte. Jetzt galt es! Mit aller Kraft zog Aimee ihre Hand aus Elees Umklammerung, trat vor die Schwester, trat genau vor den zum Fluch ausgestreckten Arm Tremoires.

Einen nicht enden wollenden Augenblick war da nichts als die Leere des Entsetzens: nicht zu wissen, was sie tun sollte. Dann war es der Kohinoor, der ihr eingab, was sie sagen sollte und was tun.

»Sieh, Tremoire, was ich dir bringe!«, sagte Aimee und streckte die Rechte mit dem Kohinoor vor. Sie öffnete die Finger. Der Stein glitzerte und funkelte im Mondlicht, verströmte ein leuchtend zart violettes Licht. »Tremoire, ich bringe dir den Diamanten der wahren Liebe aus Swasis Herzen! Swasi weint um dich und dein Leid. Und solange du nicht ablässt von deinem Hass, solange kann er nicht aufhören zu weinen.«

Tremoire ließ den Arm sinken. Verstummte. Stand still, den Kopf leicht zur Seite geneigt, als lausche sie auf eine ferne Stimme.

»Jetzt lege mich in Tremoires rechte Hand!«, befahl lautlos der Kohinoor.

Aimee starrte auf Tremoires Rechte, starrte auf den Schlangenring, der die Macht der Finsternis verlieh, auf das magische schwarz-rote Pulsieren. Alles in ihr zog sich vor Angst zusammen. Wenn sie den Kohinoor aus der Hand gab, beraubte sie sich selbst seines Schutzes. Dann war sie Tremoire genauso ausgeliefert, wie Elee es war.

Doch der Kohinoor wollte es so. Und sie glaubte ihm. Der Diamant der wahren Liebe, der Stein aus dem Turm der allumfassenden Einheit, konnte nicht lügen und nicht betrügen und nicht irren.

»Ich will es und ich kann es!«, flüsterte Aimee tonlos. Sie nahm alle Kraft zusammen, allen Mut und allen Willen. Schwerer fast war es, als durch die Mauer zu gehen. Aber sie tat es: Sie fasste Tremoires Hand und legte den Kohinoor hinein.

Da erlosch der Schlangenkopf und verschwand. An seiner Stelle aber erblühte eine rote Rosenknospe in der hölzernen Fassung des Ringes, eine Rosenknospe so rot und schön, wie Aimee sie noch nie gesehen hatte.

Tremoire schrie auf, schrie, schrie, schrie. Erst war der Schrei Wut, dann war er Schmerz, ein Laut, wie Aimee ihn noch nie vernommen hatte.

Tremoire sank in die Knie. Sie blickte auf ihren Ring und auf den Kohinoor, drückte ihre Lippen auf den Diamanten. »Swasi, Swasi, mein Geliebter! Mein Herz, meine Seele!«, wimmerte sie und begann zu weinen.

Als ihre Tränen die Rose benetzten, begann diese noch röter zu leuchten als zuvor. Tremoires Gesicht aber wurde weich und sanft und traurig, unendlich traurig. »Es tut mir so Leid!«, weinte sie. »Um dich, mein Swasi. Um unser Kind. Um mich. Um unsere Liebe. Um die vielen, die ich zerstört habe. Um alle, alle. So Leid, so Leid ...«

Im selben Augenblick tat Elee einen tiefen Atemzug, regte sich und legte den Arm um Aimee. »Danke!«, flüsterte Elee. »Danke, Aimee. Ich war wie gelähmt. Das hier, das konntest nur du. Du hast mich gerettet. Und du hast Tremoire überwunden.«

»Das war nicht ich, das war der Diamant der Liebe!«, erwiderte Aimee leise. Sie schwiegen und sahen Tremoire an und die unaufhaltsame Veränderung, die mit dieser vor sich ging. Die Schlangen um den Kopf waren verschwunden und aller Hass aus dem Gesicht. Aus der rasenden Furie war eine trauernde junge Frau geworden, doch nun wurde aus dieser eine alte Frau, dann eine uralte, die Haare wurden grau und dann weiß, die Gestalt schrumpfte zusammen und schien förmlich auszutrocknen, die Haut wurde immer runzeliger ...

Da kniete Aimee nieder und nahm Tremoire in die Arme. Leicht wie ein Vögelchen war diese, ihr Weinen war verstummt, nur ganz sacht hob sich noch ihre eingefallene Brust. Dann blieb ihr Atem aus und ihr Kopf sank zur Seite.

Sanft legte Aimee Tremoire ins Gras, sanft schloss Elee dieser die Augen. Ein Ausdruck unaussprechlichen Friedens lag auf dem Gesicht der Toten – und etwas wie ein Lächeln.

»Sie ist erlöst!«, sagte Aimee leise.

»Ja, das ist sie!«, bestätigte Elee. »Und mit ihr alle, die von ihr verflucht waren, ich spüre es. Ich spüre es in jeder Faser meines Körpers und mehr noch in meiner Seele. Unsere Mutter und all unsere Vorfahren, die Tremoire verfallen waren, sie alle werden nun frei von ihr. Die Toten werden tot sein können und die Lebenden leben, und keine Werwölfe werden mehr in Vollmondnächten die Gegend unsicher machen. Ach, Schwester!« Elee legte ihre Arme um Aimees Hals und begann an deren Schulter zu weinen.

Dann knieten sie beide lange schweigend im Gras neben Tremoire. So vieles empfanden sie zugleich: Erleichterung und Dankbarkeit, dass nun die Gefahr abgewendet, die Angst ausgestanden und die große Aufgabe erfüllt war, Erschütterung über das, was sie soeben miterlebt hatten – Tremoires Wandlung und Reue und Tod –, und Ehrfurcht vor dem, was da geschehen war, und auch noch einmal Schmerz darüber, was sie selbst, ihre Mutter, ihr Vater und so viele ihrer Vorfahren erlitten hatten. Das und noch viel mehr. Sie weinten. Hörten auf zu weinen. Wurden still, ganz still, ganz gelöst. Und fühlten: All das Schwere war vorbei, wirklich vorbei. Es war gut.

Endlich nahm Aimee vorsichtig Tremoire den Diamanten aus der Rechten, legte ihn Tremoire auf das Herz und faltete ihr die Hände darüber. Als sie dabei die Rosenknospe des Ringes berührte, spürte Aimee plötzlich eine Freude in sich wie noch nie. Die Freude entströmte der roten Rose, strömte durch die Fingerspitzen in die Hand, durch den Arm in die Brust, strömte mitten ins Herz.

Und auf einmal war ein seltsames Gefühl in Aimees Bauch, als würde da etwas springen und hüpfen, höher und höher, in die Brust, in die Kehle, in den Mund, lustig war dieses Gefühl, warm wurde Aimee dabei und leicht und glücklich, ein Strahlen spürte sie aufblühen in den Augen und im Gesicht, ganz von selber öffnete sich der Mund und zog sich in Richtung der Ohren, ganz von selber kamen Töne heraus, helle, kollernde, purzelnde Töne …

Es dauerte lang, bis Aimee begriff, was da mit ihr geschah: Sie lachte! Sie, die ihr Leben lang nicht hatte lachen können, hatte das Lachen gefunden, das Lachen hatte sie gefunden und brach aus ihr heraus und wurde trotzdem nicht weniger, wurde mehr und mehr und machte sie froh, durch und durch leuchtend und froh.

»Aimee! Elee! Der König sagte mir – seid ihr es wirklich, ist es wahr, bist du heimgekehrt, Aimee, und hast Elee gesucht und gefunden und erlöst, und du, Elee, du lebst, welch ein Wunder, was für eine Gnade, Elee, mein Töchterchen ...« Die Mutter kam den Kiesweg herabgelaufen, breitete die Arme aus, kein Verband mehr am Kopf, kein Verband an der Schulter, gesund war die Mutter, konnte sehen und hören und ein Jubel war in ihrer Stimme.

Aimee fiel der Mutter um den Hals und küsste sie. Und die Mutter drückte sie an sich und streichelte sie und sagte immer und immer wieder, wie glücklich sie sei und wie dankbar und wie Leid es ihr täte und welche Angst sie um Aimee gehabt habe und wie sie unter allem gelitten und sich schreckliche Vorwürfe gemacht habe, aber dass es nun gut werde, wirklich gut, und dass sie über alles reden müssten und dass sie gar nicht wisse, wie sie Aimee jemals danken könne.

Dann sah die Mutter Elee an. Und Elee sah die Mutter an. Da ging Aimee still zum Brunnen und hörte dem Wasserstrahl zu, der wieder erwacht war und fröhlicher plätscherte denn je.

Bei dem, was da geschah zwischen der Mutter und Elee, konnte ein Dritter nur stören, selbst sie.

»Wie ähnlich ihr beide euch seid, wie unglaublich ähnlich!«, sagte die Mutter, als sie nach langer, langer Zeit Elee wieder aus ihren Armen ließ. »Wenn Elee nicht dunklere Haare und Augen hätte, ich wüsste nicht, wie ich euch unterscheiden sollte!«

»Oh, das wirst du schon merken mit der Zeit!«, erwiderte Aimee. »So ähnlich sind wir uns gar nicht, wie du denkst! Aber wir gehören zusammen wie zwei Seiten, die zusammen das Ganze sind. Eins in zwei, zwei in eins.«

»Die Helle und die Dunkle!«, ergänzte Elee.

»Die Helle und die Dunkle!«, wiederholte Aimee und lachte. Lachte aus vollem Herzen.

Tremoire wurde am Springbrunnen begraben, an der Stelle, an der hundert Jahre zuvor Swasi gestorben war. Den Kohinoor aber ließ man auf ihrem Herzen. Kaum war der Erdhügel über ihrem Grab geschlossen, wuchs daraus ein großer Rosenstock hervor, der in wenigen Stunden zu den üppigsten roten Rosen erblühte, die je ein Mensch erblickt hat. Niemals verwelkten diese Rosen, sondern blühten tagaus und tagein, selbst mitten im kältesten Winter. Wer ihren betörenden Duft roch, fühlte brennende Liebe, und wer sie berührte, spürte strömende Kraft.

Von nun an blieb das Tor zum Garten bei Tag und Nacht weit geöffnet und jeder durfte hineingehen und sich an seiner Schönheit erfreuen. Und wer Ohren hatte zu hören, der konnte bei Vollmond im Plätschern des Springbrunnens, im Gesang der Nachtigall und im Rauschen der Bäume leises Lachen vernehmen und zärtliche

Liebesworte. Und wer Augen hatte zu sehen, der konnte im Wechselspiel schwankender Schatten, im Glitzern des Wassers und im durch die Blätter brechenden Mondlicht die Gesichter eines jungen Mannes und einer jungen Frau erkennen, die einander voller Liebe ansahen. Jeder aber, der traurig diesen Garten betreten hatte, verließ ihn getröstet, und wer ihn fröhlich betreten hatte, verließ ihn noch froher.

Es verging kein Tag, an dem Aimee und Elee nicht gemeinsam den Garten besuchten und an Tremoires Grab den Duft der Rosen einatmeten und sacht über die roten Blüten strichen. Dann fassten sie einander an den Händen und sahen sich an und waren froh, so froh. Und bald erzählte man sich im ganzen Königreich, dass keines Menschen Lachen so hell und rein sei wie das von Aimee und Elee.

Von Gabriele Beyerlein bei Thienemann
u. a. bereits erschienen:

Der Schatz von Atlantis
Der schwarze Mond

Beyerlein, Gabriele:
Vollmondnächte
ISBN 3 522 17559 X

Gesamtausstattung: Daniela Chudzinski
Umschlagtypografie: Michael Kimmerle
Schrift: Caslon 224 und Copperplate
Satz: KCS GmbH in Buchholz/Hamburg
Reproduktion: immedia 23 in Stuttgart
Druck und Bindung: Friedrich Pustet in Regensburg

5 4 3 2 1* 03 04 05 06

Thienemann im Internet: www.thienemann.de